新 潮 文 庫

寝 ぼ け 署 長

山本周五郎著

新 潮 社 版

2754

目次

主要登場人物一覧

五道三省…………………………某市の警察本署長
私………………………………署長の秘書役
太田……………………………司法主任
青野庄助………………………毎朝新聞社会部の記者

宮田……………………………刑事
中村勇吉………………………中央銀行の出納係
渋谷時市郎……………………中央銀行の収入係
渋谷昌子………………………時市郎の娘
角田良助………………………中央銀行の貸付係
茂木礼三郎……………………中央銀行の支店長
貝塚……………………………中央銀行の支店長代理

小田……………………………刑事
沼田久次………………………書籍文房具店の店主
沼田吉左衛門…………………久次の父。故人

海南信一郎……………資産家。市の有力者
海南弓子……………信一郎の養女

森田杉………………中沢家の小間使
森田みき……………杉の母
西山文次……………建具職人。杉の許婚者
中沢万三郎…………市の有力者
中沢由美子…………万三郎の次女
沖原忠造……………市長
沖原忠雄……………忠造のひとり息子
青田勇作……………クラブ「香蘭社」のマネージャー

角谷貞夫……………「新生座」の座長格
渡辺謙一……………「新生座」の幹部
星野欣三……………「新生座」の座員
葉川美津子（小野葉子）…「新生座」の座員
佐多玲子（小野美津乃）…「新生座」の座員。葉川美津子の娘

八巻徳兵衛…………金融業者

八巻五郎……………………徳兵衛のひとり息子

文……………………………料亭「茶仙」の女中

木村熊造……………………五十軒長屋の住人

真田虎市……………………弁護士

成瀬正彦……………………旧藩主の一族。資産家

成瀬佐知子…………………正彦の妻

和泉勇作……………………正彦の秘書

松川郁造……………………正彦の甥

木内又平……………………成瀬家の老僕

須川源十……………………須川組の親分

島村洋子……………………花売り娘

小栗公平……………………古本の夜店の店主

河西…………………………洞町の派出所の巡査

藤川又作……………………市立の屠殺所の職員

藤川幸………………………又作の妻

野口銀八……………………野口一族の本家の主人

岩田夫人……………………岩田岩三の妻
北村夫人……………………北村郁松の妻

佐多英一……………………子爵
佐多秀次……………………英一の養子
鉄村昌三……………………東洋人造絹糸の社員
石田ちか子…………………昌三の婚約者

渡辺…………………………象牙職人
関口泰三……………………時計職人
関口久美子…………………泰三の娘
尾崎亀三郎…………………印判屋

寝ぼけ署長

中央銀行三十万円紛失事件

一

「とにかくあんな風変りな署長はこの市《まち》はじまって以来あとにも先にもみたことがないですね、なにしろ五年の在任ちゅう、署でも官舎でもぐうぐう寝てばかりいるので、口の悪い毎朝《まいちょう》新聞などは逸早《いちはや》く「寝ぼけ署長」という綽名《あだな》を付けるし、署内でもお人好《ひとよ》しでぐうたら兵衛《べえ》でおまけに無能だという専《もっぱ》らの評判でした。

——世間がこんなに穏やかだからいいが、これが二三年まえだったらとても勤まったものじゃないぜ。

——勤まる勤まらないは別として、あんなに暢気《のんき》に寝てばかりいられないことは慥《たし》かだ。

——署長のためには誂《あつら》えたような時代さ。

本署でも分署*でも、若い腕利《うでき》きの警部*れんちゅうがそんなことを云《い》うのを私もよく聞いたことがありました、本当にその期間はふしぎと犯罪事件が少なくて、寝ぼけ署長の前と後とを比較すると約十分の一くらいしか事件が無かったでしょう、それでよけい無能などという評判も立ったものだと思います、在任ちゅうはずっとそんな風でしたが、いよいよ他県へ転任と定《きま》ったときは面白い現象が起こりましたよ、それまでお人好しとかぐうたら兵衛などと蔭口《かげぐち》をきいていた人間が、まるで血を分けた親にでも別れるように悲しがるんです、本署と五つの分署では署員はもちろん*小使から*給仕まで泣きました、警察関係ばかりじゃ有りません、市民の中にもずいぶん別れを惜しがる者がいました、殊《こと》に貧民街などでは、ええ今では、ごろつきの温床といわれているあの富屋町から金花町いったいですね、あの町の住民達などは*蓆旗《むしろばた》を立てて留任陳情のデモをやったくらいです、決して誇張じゃありません、当時の市の新聞にその写真が出ていますから暇が有ったら見てごらんなさい、記事がまたふるっていました、着任した当時は辛辣《しんらつ》に悪口をいった毎朝新聞までが、手のひらを返したように感傷的な惜別の辞を載せているから可笑《おか》しいくらいです」

話し手はここで言葉を切り、茶を淹《い》れ替えてうまそうにひとくち啜《すす》った。静かな秋雨の降りしきる宵である、どこかの隅で死に後れたこおろぎが心ぼそげに鳴いているほか、四辺は森閑としてなんの物音も聞えない、話し手は茶を啜り終ると、肱《ひじ》掛《か》け椅子《いす》の背にゆっくりと凭《もた》れかかりながら、いかにも楽しげな調子で語り継いだ。
「これは後任署長が来てずっと経《た》ってからわかったことですが、寝ぼけ署長の在任した期間は、犯罪事件が非常に少なくて、起訴件数などは他の署長時代に比べると、四割以上も減っていました、つまりそれだから寝ぼけ署長でも勤まるなどと云われたわけです、ところで時間が経過するに従ってわかったんですが、そういう蔭口はまったく逆でなければならなかった、事件が少なく起訴件数が減ったのはひとえに寝ぼけ署長のお蔭だったのです、……その一例にお話しするのが中央銀行の三十万円事件なんですが、話のまえにいちおう署長の人柄を申上げて置きましょう。

署長は五道三省《ごどうさんしょう》という名でした、年は四十か四十一だったでしょう、たいへん肥えた人で肩などは岩のように盛上っていました、顎《あご》の二重にくくれた、下腹のせり出した、かなり恰好《かっこう》の悪い軀《からだ》つきです、細い小さな眼はいつもしょぼしょぼしているし、動作はなんとなくかったるそうだし、言葉つきはたどたどしくてはっきりしないし、全体として疲れた牡牛《おうし》という鈍重な感じでした、……署長はこの本署のすぐ裏にある官舎に独りで住んでいました、ええまだ独身だったんです、そして当時まだ独身だった私が、署では秘書のような役をしながら、一緒に官舎で暮していました、といっても老人の料理番はいたし、その女房が女中の役をしていましたから、私としては官費で高等下宿にいるようなものでした、本当は署長の雑用をする筈《はず》なんだが、公用にしろ私用にしろ決して人の手を煩《わずら》わさない人でしたし、前にも云ったように大抵はうつらうつら居眠りをしているという風ですから、結局のところ私の手を出す仕事が無かったわけです、ついでにもう一つ断わって置きたいのは署長の読書力です、英、独、仏三カ国語がやれ、漢文が読める、そして署長室でも机の上にはいつも新刊書が五六冊は積んである、私はどうせこれは「つん読」の方だろうと思っていました、だって事務さえ無ければぐうぐう眠っているんですからね、……ところが読むんです、二百頁《ページ》から三百頁ぐらいの洋書なら三日から四日で片付ける、いつどうして読むかわからないがちゃんと読んでいる証拠には後から見るとどの本にも要所要所には赤と青との鉛筆でアンダーラインや書入れがしてあるんです、然《しか》もその多くが詩とか詩論とか文学史やその評論といったものばかりでした、これに就いては、もう少し紹介して置きたいんですが、そしてその必要もあるんですが、とにかく三十万円事件のほうへ話を移すとしましょう。

それは十月はじめのよく晴れた日でした、午前十時頃でしたが、太田という司法*主任が入って来て「ちょっと署長に話があるんだが」と云うのです、その頃はもう署長の居眠りは誰知らぬ者もない事実になっていましたから、用のある時はまず私のところへ来る、そして私が署長室へいって起こしてから入るというのが不文律のようになっていました、私は署長室へ入ってゆきました。

二

署長は肱掛け椅子の背に凭れて、肥えた腹の上へがくりと首を垂れて眠っていました。大きな事務卓子《テーブル》の上はきちんと片付いて、読みかけのハンス・ヤールセンの本が披《ひろ》げてあるきりです、これはその日に限ったことではなく、五年の在任ちゅうその卓子の上はいつも掃いたように片付いていて、曾《かっ》ていちども書類などの散らばっているのを見た例《ためし》がありません。そうそういつでしたか県の内務部長が*（村松正作といって後に内務次官*になった人で、寝ぼけ署長と大学の同期生だったそうです）訪ねて来て、君の机の上はいつ来てもきれいだな、と感嘆したように云いました、すると署長は例の舌ったるい調子で、

——ああ、いつも一時間もやると片付いてしまうんだ。

そう云ってけろりとしていました。

「ええ司法主任？」と、署長はもの憂《う》そうに眼を明けました、それから椅子の上でもぞもぞと掛け具合を按配《あんばい》しながらのんびりと云いました、「どうぞ」

入って来た太田主任は、もう習慣になっていますからすぐ椅子に掛けましたが、普断とは違ってだいぶ緊張した顔つきだし、頻《しき》りに口髭《くちひげ》を撫《な》でる手つきも、明らかになにか事件の起こったことを物語っていました。

「署長、いま中央銀行の支店長が来て探査を依頼されたんですが、お会いになりますか」

「なにかあったのかい」はんぶん眠っているような、のろのろしたまだるっこい調子です、眼はつむったままです。

「現金が紛失したのだそうです、前週の土曜から日曜へかけての出来事で、まだ犯人も金も出ないと云ってます」

「前週の土曜、から、日曜、というと、……今日は、なに曜日かね」

「火曜日の十月三日です」と私が側《そば》から答えました。

「経過は、聴いたのかい、その……」

「概略は聴きました、然し精《くわ》しいことは署長に会ってお話ししたいと云っています」

「君の聴いたところだけ聴こうじゃないか、それで会う必要があれば……」

「土曜日の夜、現金の三十万円入っている手提げ金庫を納《しま》い忘れたまま退《ひ》けたのだそうです、その日はなんでも面倒な調査があり、それが午後八時頃まで掛って、お茶を飲んだりして退けたのは九時頃だったといいます、その夜の宿直は出納係の中村勇吉という青年で、日曜の朝九時に日直と交替し、日曜日の夜は角田なんとかいう貸付係の男が宿直をしています、そして月曜日の朝、支店長代理が金庫を明け、出納課長が手提げ金庫を出す時に一つ数が足りないのに気がついた、そこで慌《あわ》てて捜すと、金庫はちゃんと在ったんですが、中の金がそっくり紛失していたというのです」

署長はふんとも云わない、両手を腹の上で組んで、椅子の背に凭れて、眼をつむったまま身動きもしない、まるでぐっすり眠っているとより他に思いようがありません、然し主任は続けました。

「行内を隈《くま》なく捜す一方、すぐに本店へ電報を打つ、本店から捜査係が出張するのを待って本格的に調査してみたのですが、三十万円という金の紛失は間違いのない事実とわかったのです、……勿論《もちろん》、土曜日から日曜日までの宿直と日直に当った三人は厳重に調べたそうです、家庭へも人がいって、ちょっと乱暴なはなしですが家宅捜索もしたようすです、然しその結果は凡《すべ》て徒労だったというわけです、私の聴いたのはこれだけですが」

「外部から入った容子《ようす》は……」

「土曜日の夜は絶対に無かったそうです、宿直の中村勇吉が神経性の不眠症にかかっていて、朝まで眠らずにいたし、夜中には一時間おきに行内を見まわったそうですが、外から人の侵入した容子もなし物音も聞かないと主張しています、日曜日には日直員の友人が二人来て話していきましたが、これは当直室だけで出納係の方へはゆかなかった、日曜の宿直員は小使の老人と十二時過ぎまで将棋を指してから寝たそうですが、これも朝まで異常は認めなかったと云うことです」

「君にいって貰《もら》おう」署長はだるそうにそう云いました、「私が会ってもしようがない、つまり、おもて沙汰《ざた》にしないで、なんとかして貰おうというんだろう」

「たぶんそうだろうと思います、では私がいってまいりますから」主任はそう云って椅子から立ちました、「捜査主任と宮田を伴《つ》れてゆきます」

太田主任が出てゆくと、署長はぐうっと両脚を大きく伸ばし、むにゃむにゃ口を動かしたかと思うとまた眠りこんでしまいました。

太田主任たちが帰って来たのは午後二時頃でした、そして結局のところ支店長の話以上にはなんの収穫もなかったのです、ただ土曜日の調査というのが、支店事務の古い問題に関係したもので、八年前の帳簿まで遡《さかのぼ》って調べる必要があり、そのため退けるのが遅れたという理由がわかったくらいのものでした、尤《もっと》も現金を検《しら》べて金庫へ納った（その内の手提げ金庫を一つ納い忘れたのもその時です）のはそれから一時間ほど後のことなのでその調査とは関係はないということでした。

三

この事件の内容は極めて単純ですが、念のため摘要を申上げて置きましょう。

九月三十日　土曜日

午後から支店事務調査があり、全員が八時まで残った。——調査は必要上支店長代理の机で行われ、地下倉庫から八年前の帳簿が取出された。——調査が終ってから現金の再検べをし、五つの手提げ金庫と共に大金庫へ納めた。——中の鍵《かぎ》は四つあり、これは支店長代理が持って帰った、表の鍵はコムビネーション*になっていて必ず支店長が閉める。——それから茶を飲んで、九時十分にみんな退けた。——宿直員は出納係の中村勇吉で、彼は不眠症のため朝まで眠らず、一時間毎《ごと》に行内を見まわったが異常が無かった。

十月一日　日曜日

午前九時、収入係の渋谷時市郎が出社、中村宿直員と交替する。午後一時頃、収入係の同僚で、根岸藤吉と橋本啓二郎という二人が遊びに来、二時間ほど当直室で雑談をして帰ったほか異常なし、根岸、橋本の二人は映画にいった。――午後五時、貸付係の角田良助が出社、渋谷日直員と交替する、その夜も行内に異常を認めなかった。

十月二日　月曜日

午前八時三十分、支店長代理が大金庫を明けた。――次いで出納課長が現金入りの手提げ金庫を取出した時、数が一つ不足しているのを発見した。――すぐに手分けをして捜すと、出納係のブースの中に在るのをみつけた、――その時の状況は土曜日の夜に納い忘れたという感じであった。（めったに無いことだが前例はある）課長は係りの者と立会いで明けたが、中に入れてあった金が紛失していた。百円紙幣で三十万円という額である。――それからすぐ本店へ電報を打ち、行内を捜索する一方、支店長と代理とで三人の宿直員を調べ、人を遣《や》って中村と渋谷の二人の住居の家宅捜索をした、然し結果は凡て得るところ無しだった。

「外から侵入した形跡は全然ありません」と太田主任が云いました、「犯人は内部の者に間違いないので、宿直日直の三人を訊問《じんもん》してみました、角田は三十九歳で妻子五人家族、貯蓄もあり家は小さいが自分の物で、つましくおちついた生活をしています、渋谷というのは四十五歳になる男やもめで、酒も隠れて飲むようですし、ひと頃は高利貸などにも関けいがあったそうです、家族は中学三年の長男と、今年十九になる娘の三人、現在のとこ別に金の必要に迫られている事実はないようです、それから中村勇吉ですが、これは給仕から行員になった二十六歳の、勿論まだ独身の青年です、実家は県下の山の中で小作農をしており、彼は市内に下宿しています、神経性の不眠症にかかるくらいですから、気の弱い臆病《おくびょう》そうな男で、だが事務はたしかだし従来なんの間違いもなく、まず優秀な行員だと課長が保証しています、……然し他の行員の話を宮田……当時の捜査課ではピカ一と云われた刑事でした……が聞いたのですが、中村には女事務員に恋人があり、日曜などによく二人で郊外へ散歩するらしいということでした、以上を総合してみますと、外部から侵入した盗難でないこと、宿直、日直の三人以外に嫌疑を向くべき者のないこと、その内角田は除外する、つまり犯人は中村と渋谷と二人の内いずれかであると思います」

「いや、もう一つ、あるよ」と、署長は手を伸ばして煙草《たばこ》を取りながら云いました、署長は煙草の喫《す》い方《かた》が下手で、まるで十日まえから喫い始めたように不器用でした、「と云うのは、金は盗まれたのではなくて、計画的に、紛失が装《よそお》われた、という疑いだ」

太田主任も私もあっけにとられました。なにしろそんな疑いは塵《ちり》ほども頭に浮ばなかったのですから、然し署長は私たちの驚くのを見て有るか無きかに微笑し、ゆったりと煙を吐きだしながらこう云いました。

「勿論、これは単なる疑いさ、だが、二人の当直員を疑うなら、対者たる、銀行をも疑うのが公平だ、そんな例があるんだからな、……時に、誰がこの事件を、担当するかい」

「宮田が任せて貰いたいと云っています」

「じゃあ宮田に私がやると云ってくれ」

「署長ご自身でですか」

「成功しても、おもて沙汰にできない、とすると、むだ骨折りだからな、暇な私が片付けるよ」

「すると、なにか成算がお有りなんですか」

「うん、一つだけはね」署長はだるそうに云った、「それはね、金は、銀行の中にある、ということさ」

「念のためにお聞かせ下さい、どの点からそう推定なさることができるのですか」

「どの点も、この点もないさ」と、署長は煙草を灰皿へ捨てながら、「だって、金の無い銀行というものが、有るかい」

嚙《か》みつきそうな顔をする太田主任には構わず、署長は私に中央銀行へ電話を命じました。それは土曜日に支店事務の調査をした者全部と、当直員三人に残っていて貰いたいこと、午後六時に署長が自分で調べにゆくからという注文でした、銀行では承知の旨《むね》を答えました。

四

官舎で早い夕食をとってから、署長は和服の着ながしで銀行へゆきました、随行したのは私ひとりで、むろん私も平服です。銀行では私達を会議室へ導きました。

そこには支店長の茂木礼三郎氏はじめ十三人いました、支店長代理がその一人ひとりを紹介しましたが、これは必要がないから省略します、紹介が終ると署長は革張りの深い肱掛け椅子の背に凭れながら、例のまだるっこい調子で云いました。

「ごらんの通り、私は、こんな恰好です、皆さんも、私が警察署長だ、などと思わないで、楽に、寛《くつろ》いで下さい、煙草でもやりながら、話しましょう、支店長どうです」

そして自分からまず煙草に火をつけました、そう云われたからって、集まっている問題が問題ですから、寛いだり楽な気持になれるわけがありません、それでも二人か三人は煙草を取出した者もみえましたが、多くは緊張した、中には怯《おび》えたような顔さえして、じっと息をひそめているという風でした。

「さて」署長が云いました、「これから皆さんで、土曜日の経過を、話して頂きたい、支店事務調査が、どんな順序で、始まり、進行し、終ったか、どんな按配に、退けたか、それぞれ担当された方が、自分の担当した事務を、精しく、順序立てて、話して頂きたい、他人《ひと》と重複することを、避けないで、なるべく繰り返されても、いいですから、できるだけ精しく、例えば、そのときインク壺《つぼ》が倒れた、というような事でも、結構です、では始めて頂きましょう」

こう云い終ると、例の如《ごと》く椅子の背に頭を凭せ、両手を肥えた腹の上で組み、のんびりとした恰好で眼をつむりました。

「では私から始めましょう」支店長代理の貝塚氏が口を切りました、「調査の内容は銀行の秘密でもあり不必要と思われますので申上げられませんが、或《あ》る傍系会社の整理統合に就いて、当支店の出資表を作成するため、八年前まで遡って帳簿の突合せを致しました、これは数日まえから予定されていたのですが、支店長の都合で当日に延びたものでございます」

こうして恐ろしいほど詳細にわたる陳述が始まりました。私はこの間に三人の当直員をそっと観察していました、彼等はそこにいる他の者達より明らかに昂奮《こうふん》し不安そうに見えました、殊に中村勇吉という青年は顔色が紙のように白く、頰がこけて眼の周囲に青黒い隈ができていました、単なる不眠症ではなく、なにか心に苦悶《くもん》をもっている容子が歴々《ありあり》とみえます、警察心理からすれば、こういう者に嫌疑をかけるのは当然すぎることで、私にも太田主任の気持がよくわかるのでした。

「帳簿を出したのは僕です」と、そのとき一人の若い行員が陳述を始めました、「納ってあるのは地下倉庫にある五号金庫で、取出した帳簿は三十二冊ありました、つまり上半期と下半期の元帳四冊ずつ八年分で、一年毎に包装してあるものを八個出したわけです、給仕の小山という少年と二人で運び、調査が済んで納う時にも私がやりました」

その頃には署長はもうすうすう軽い鼻息をさせながら眠っていました。次に出納課長、それから貸付係長など、代る代る話すのですが、当の署長が眠っているのでどうにも気が乗らない、然し側に私という者がいるので止《や》めるわけにもゆかず、甚だ妙な気分のうちに時間が経ってゆきました。それから三人の当直員の陳述になったのですが、これは前に申上げたこと以上に変った事実はないので略すことにしましょう、唯《ただ》一つ、私が異様に感じたのは、中村勇吉の陳述がひどく感情的で、どうかすると自分で自分に罪を衣《き》せようとするかのような印象を与えられたことです。

「外部から誰か入ったということは絶対に有りません」と、彼は痙攣《ひきつ》るような声で主張しました、「そして手提げ金庫の置いてあった出納課のブースへ入ったのは私だけだと思います、宿直員でも普通は電燈《でんとう》を点《つ》けて、あの扉口《とびらぐち》からずっと見渡すだけで、各課のブースまで入って見ることはありませんから、私だって毎《いつ》もはそうしているのです、然しあの晩はまったく眠れなかったもので、一時間おきに隅々までずっと見てまわりました、むろん手提げ金庫のあったことは気付きませんでしたが、あのブースへは何度も入っています」

こういう云い方の裏には、嫌疑を受けるなら自分より他にない、と肚《はら》を定めているありさまが誰にも感じられるようでした。渋谷時市郎と角田良助の二人からは格別の印象は受けなかった、渋谷はもう頭も薄くなり、飲酒家らしく鼻の赤くなった中年者で、口の辺りにどこかしら皮肉な嘲《あざけ》るような色を浮べていました。

「やあ、色いろ有難う」陳述がすっかり終ると署長がそう云って身を起こしました、眼はしょぼしょぼしているし、寝足りない人のように動作ものろくさしています、

「大体よくお話はわかりました、また明日、この時間に、やって来ますから、どうかこの人数で、集まっていて下さい、失敬しました」

五

明くる日また同じ時間に、やっぱり和服の着ながしで署長は銀行へでかけました。そして昨日と同じように、土曜日の出来事を聞くのです、「決して省略しないで、あった事をあったとおり、精しく話して下さい」というわけです。

支店長はじめ集まっている人たちは明らかに不満そうでした。なにしろ犯罪事件の捜査といえばもっとスリリングで科学的で、推理だの実験だの反証だのという、色いろな手段や方法が用いられるものと考えていたでしょう、ところが当日の事務の経過を馬鹿《ばか》のように精しく、繰り返し陳述させられるのですから、その退屈さはともかく、これがなんの役に立つのかという疑問のために、みんなひどく気乗りのしない調子になっていました。……陳述は殆《ほと》んど前日のとおりでした。署長は始まるとすぐ椅子の背に凭れて眼をつむり、例のとおり寝こんでしまいましたが、話し手が少しでも昨夜と違った陳述をするとすぐに指摘して誤りを訂正させる、つまりまったく眠っているわけではないし、記憶の正確なことにみんな驚いているようすでした。……陳述が終ったのは七時半頃でした、前夜は八時過ぎまで掛りましたから三十分ほど早く終ったわけです、署長は欠伸《あくび》をしながら身を起こして、「やあどうも、お蔭で、だいぶはっきりしてきました、然し、もう少しはっきりさせたいところがある、甚だ御迷惑だが、明日もこの人数で、この時間に、集まって下さい、どうかお願いします」

こう云って会議室を出ました。すると支店長が送りに来まして、たいへん不安そうに「こうしている間に金が無くなってしまいはせんでしょうか」と囁《ささや》いた。すると署長はこう、ゆっくりと相手の方へ振向いて云いました。

「……せんでしょうか、と云って、あなた、金は有るんですか」

支店長はあっけにとられたような顔で、まじまじとこちらを見ていました。

「金が無くなったから、私が、こうして足を運んで、いるんでしょう」

「いやそれは」支店長は苦笑いをしました、そしてからかわれているのではないと知ると、寧《むし》ろ肚立たしそうに肩を揺上《ゆすりあ》げました。

「私が申上げるのはその盗まれた金が、こんな事をしている間に始末されてしまいはしないかと惧《おそ》れるのですが」

「それは、充分、御心配の値打がありますな」

署長はそう云ったなり銀行から出た。そして官舎へ向う暗い道の上で、独り言のようにぽつんとこう云いました。

「おれは、人間の方を心配しているんだ」

それは思い懸けないほどしんみりした、心をうつような響きをもっていました、私は虚を衝《つ》かれたような気持で、改めて署長の鈍重なけだるそうな歩き振りを見直したものです。……官舎へ帰ると客が待っていました、留守をしていた婆《ばあ》さんが妙な顔つきで「若い娘さんです」と囁くように云いました、署長は私にも来いという身振りをして、そのまま客間へ入っていった。

待っていたのは二十そこその、小柄な、顔も軀もちまちまとした娘でした、ひどくじみな銘仙《めいせん》の着物に、花模様の色の褪《あ》せたメリンスの帯を締め、小さな軀を縮めるようにして坐《すわ》っていました。署長は娘の方を見ないように、顔を外向《そむ》けたまま用件を訊《き》いた。娘は私がいるのを気にしたのでしょう、暫《しばら》くもじもじしていましたが、やがて意を決したという風に、然し恐ろしくたどたどしい言葉つきで、こんどの中央銀行の三十万円紛失事件に就いて、ごく内証で訊きたいことがあって来たと云いだしました。……私は非常な驚きと興味に駆られて、思わず膝《ひざ》を乗出しましたが、署長はおやという顔もせず、腕組みをして静かに眼をつむりました。

「それで、訊きたいと、いうのは……」「あのう」と娘はまた云い渋りました、「あのう、もしも、これはまったく、此処《ここ》だけの話にして頂きたいのですが、もしも、あのお金をとった者があるとしまして、その時は、あのう、どんな罪になるのでしょうか、とても重いのでしょうか」「それは、私にもわかりません」署長は眠そうな声でこう答えました、「だが、罪になるか、重いか、軽いか、よりも、その人が、というのは、間違いを犯した、人があるとして、その人の将来、その人の気持が、どうなるか、という方が、もっと大切ですね」「はい」「人間は、うっかりすると、転ぶ、その転び方が悪いと、一生、片輪になる、三十万円が、百万円でも、人間の一生と比べれば、単なる金に過ぎない、失《な》くした金は、また儲《もう》けることが、できる、けれども、片輪になった人間を、元どおりにすることは、非常に、むつかしい、私はそれを、心配して、いるんです」

六

娘は心に浸《し》み透《とお》ったように頷《うなず》き、深く頭《こうべ》を垂れました。そして暫くなにか云おうとして躊《ため》らっていましたが、やがて非常な決心をしたという風に顔をあげて云いました。

「念のためにお伺いするのですけれど、ここでわたくしが、その人を訴えて出ましたら、そしてお金が無事に戻りましたら、その人を罪にしないで頂けるでしょうか」

「それは、返辞ができません、じっさい、それは、私の力の、外にあることですから」

「でも警察の方にみつけられてからよりも、そうする方が幾らか罪を軽くして頂けるのではございませんでしょうか」

娘はつきつめた眼つきで縋《すが》りつくように署長を見あげました。もしゆるされたら相手にとびかかって、声を限りに泣いて哀願したかも知れません。署長は眼をつむったまま黙っていました、それから暫くしてからこう云いました。

「その人の名を、本当に、云えますか」

「……はい」娘の声は震えていました。

私は息苦しいような気持で、娘の口から次に出る言葉を全身を耳にして待ちました。署長はなにも云いません、娘は喘《あえ》いでいました、云っていいのか、云えというまで待つべきかわからず、恐怖に似た感動で身をふるわせているのです、署長はやっぱり眼をつむったまま、なんの関心もないという調子で、「あなたのお名前を聞かせて下さい」と云った。

「わたくし、渋谷昌子《まさこ》と申します」

「渋谷……」署長はこう云って、また暫く黙っていました、「お嬢さん、この世の中で、いちばん美しく、いちばん強いのは、愛です、無条件な愛には、敵《かな》うものはない、あなたが此処へ来たのも、それでしょう、よく来られました、どうか今の気持を、忘れないで、その人を、愛しつづけておいでなさい、お互いに、転ばないように、例え転んでも、怪我《けが》をしないように、援《たす》け合って、ゆくんです、さあ、お帰りなさい、間もなく、なにもかもよくなりますよ」

私はこの言葉をこの耳で聞きました、そして聞きながら思いました、署長はなにか過去に大きな悲しみをもっている、癒《いや》され難い心のいたでを、そのために今でも独身でいるのだということをです、……この事では別にお話があるのですが、今はまあ預かって置きましょう。……さて娘は帰ってゆきました。私にはもう事件の全《ぜん》貌《ぼう》が推察できました、渋谷昌子という名は、そのまま当直員の渋谷時市郎につながります、曾て高利貸などと関係もした、飲酒家のやもめ男、陳述の席でも赤い鼻をして、どこやら人を嘲笑《ちょうしょう》するような表情を浮べていた男、四十五歳という年で下級銀行員を勤めているあの男なら、そのくらいの事は遣り兼ねませんからね、殊に娘があんな風に訴えて来た以上、もう疑う余地はないと云ってもいいでしょう、ただ残る問題は金です、三十万円という金が無事で戻ればいいが、もし戻らないか、戻っても手を付けてあるとすると、娘の哀《かな》しい願いは届かないことになる、私はその娘のために、渋谷本人の事はともかく金が無事であることを祈りました。

翌日午後六時、署長は銀行へゆきました。そしてその翌日も、またその翌日（土曜日でした）もです、勿論はじめの時と同じように、土曜日の経過を精しく話させるのでした、どんな些《さ》細《さい》なことも省略させません、ちょっとでも順序や筋が違うと必ず指摘して正確な答えを追求するのです、それは話す者よりも聞く者の方が飽き飽きする退屈な時間でした。……こうして日曜日を休み、月曜日になりました、その夜も六回めの陳述を聴く予定で、午後六時に私達はでかけていったのです。

会議室には定った人数が集まっていました、誰の顔にもまた苦痛な時間が始まるのかという、うんざりした表情が刻まれています、署長は判で捺《お》したように、革張りの肱掛け椅子に腰を下ろし、ゆったりと背中を後ろへ凭せかけましたが、静かに眼をつむると、例の眠たそうな声でこう云いだしました。

「先日から、私は、皆さんの話すのを、こうして聞いていました、同じことを、何度も、同じ順序で、繰り返すことは、さぞ辛《つら》かったろうと、お察しします、が、……お蔭で、色いろなことが、はっきりしました、今夜でこれも終りにします、ただひと言、皆さんに、聞いて頂きたいことがある」ここでちょっと言葉を区切り、ながい溜息《ためいき》をつきました、「……孫子《そんし》の言葉にこんなのが、あります、*軍政に曰《いわ》く、云うこと聞えず、故《ゆえ》に、金鼓を為《もちい》る、視《み》ること相見えず、故に旌旗《せいき》を為ると、夫《そ》れ金鼓旌旗は、人の耳目を一にする所以《ゆえん》なり、……これを逆にしたのが、私の、この五回の集まりでした、私はこうして、黙って、眼をつむって、聴いている、諸君はそれぞれ、自分の担当した事を、話す、その中に、問題の人がいる、その声が、その言葉が、私の耳に入って、来るわけだ、……人間の顔は、他の動物と違って、表情を持っている、或る種の表情はかなり人の眼を、瞞着《まんちゃく》することができる、それで、日本でも、*昔の或る判官は、障子越しに、訴訟を聴いたそうです、私はその故知にならったわけです、罪を犯した者は、善《よ》かれ悪《あ》しかれ、どこかで嘘《うそ》を云う、その罪跡が完全に、発見の惧れがない時には、極めてあけすけに、寧ろ露悪的に、ぎりぎりまで事実を云う、つまり殊更に嫌疑を掛けられようとするほど、誇張する、要するに、犯人はいつも、知らずして必ず、金鼓を鳴らし、旌旗を押立てるわけです、私は五回、眼をつむって、じっとその金鼓の鳴るのを聞き、押立てられる、旌旗を見ていました」

七

「こう云えば、おわかりだろう、このなかに、ひょいと、躓《つまず》いた人がいる、躓いただけで済んだ、怪我はしなかった、これに懲《こ》りて欲しい、これ以上は、云わなくとも、わかる筈だ、その人は、九日間、ずいぶん苦しんだ筈だから、……そして皆さんも、どうかその人を捜さないで、頂きたい、誰だろうという疑いは、お互いを傷つけるばかりだ、躓いた者を援けてゆく、そういう気持で、今までどおり、なにも無かった積りで、明朗にやっていって下さい、人生は苦しいものだ、お互いの友情と、援け合う愛だけが、生きてゆく者のちからです、どうか、……ではこれで終りましょう、ながいこと御苦労でした」

署長の言葉の与えた印象は深いものでした、簡単な、ごく有り触れた意味に過ぎませんが、人々はかなり強く心をうたれたようです。然しやがて支店長と代理の二人を残して、他の者はみんな帰ってゆきました。

「支店長」と、静かになるのを待って、署長は静かに身を起こしました、「これから事件の片をつけるのですが、つまり、金と、犯人の問題ですが、あなたは」こう云いかけて、署長は大きく眼を瞠《みは》り、じっと支店長の顔を瞶《みつ》めました、「……あなたは、金が欲しいですか、それとも、犯人が欲しいですか」

「と仰《おっ》しゃると、どういう意味に……」

「犯人が欲しいなら、犯人を出します、金が必要なら、金を出しましょう、どうです」

「わかりました」支店長の茂木氏は大きく頷きました、「銀行としましては、こういう間違いを起こした人間は原則として使っては置けないのですが、さっき署長の仰しゃったお言葉に対しても、私の立場として解雇するというわけにはまいりません、金だけ出して頂きたいと思います」

「それは、たしかですね、もし今後、その当人が推定できる、ような場合にも……」

「御念には及びません、私と致しましても監督ふゆき届きの責任があるのですから」

「では……」と云って署長はやおら椅子から起《た》ちました、「ひとつ地下倉庫へ案内して頂きましょう」

支店長と代理とはすぐに立ちました、そして鍵束を取出し、電燈のスイッチを入れて、地下室へ下りてゆきました。そこには用度品を入れた種々な箱や櫃《ひつ》があり、巨大な金庫が六つ並んでいます、署長は「五号金庫を明けて下さい」と云いました、代理の貝塚氏が明けました、中は包装した書類がぎっしり詰っています、署長はその側《そば》へ寄って、包装紙に書いてある年月記号を読み、それを指で叩《たた》きながら、静かにこう云いだしました。

「土曜日の夜、支店事務調査が終って、それから現金を再検べして、納《しま》った、と……こういうことでしたね、そのとき、手提げ金庫の一つを、納い忘れた、……だがそれは間違いです、納い忘れたときには、その手提げ金庫の中には、金は入っていなかった、それより一時間くらい前に、金は他へ移されていたのです」こう云いながらも、署長は包装した書類を指で次ぎ次ぎと叩いていました、「……現金を検べ直すとき、手提げ金庫をも、明けて、勘定をしますか、恐らくそうは、しないでしょう」

「そうです、入っている金額はもうわかっているものですから」

「束にした紙幣を、数え直さない、ようにね……犯人はそれを知っていた、ただ、抜取った時間を、わからなくするために、手提げ金庫を、納い忘れたかの如く、拵《こしら》えたのです、あたかも、皆さんが退《ひ》けたあとで、抜取られたかのように、見せかけたわけです、金はそれより前に、安全な処《ところ》へ移されていました、つまり……」

そう云いかけて、署長の指は或る書類包の上で止りました。もういちど、耳を付けるようにして叩くと、両手でそれを引出し、貝塚氏に渡しながら、「これを明けてみて下さい」と云った。

「金はこの中に入っています」

十分の後、私は署長といっしょに銀行から出ました。私の頭の中には、土曜日の銀行の片隅で行われた事が、暗い映画の一齣《ひとこま》を見るようにおぼろげに想像されました、支店事務調査が終って、帳簿を包装している人達のシルエット、その中の犯人がこっそりと、然《しか》し大胆な手つきで紙幣束を包み込んでいる、二冊の帳簿をこっそり脇《わき》へ始末する、……誰だろう、シルエットだから顔は見えない、軀の恰好でも判断はつかない。そうです、紙幣が包み込まれた場面は推察できますが、犯人が誰であるかということは、署長はひと言も口にせず、私にも遂《つい》に察しがつきませんでした。

それから半年ほど経った春の或る日でした。ちょうど休日で、署長と私が官舎の裏庭で豚の世話――署長は鶏を七羽に豚を五頭飼っていました、それからセロリとかレタス、トマトなどという生食野菜も作っていたのです、――をしておりますと、婆さんが来客だと知らせて来ました。

「こっちへまわれと云ってくれ」署長は汚れた手を振りながらそう云います、やがて庭をまわって、若い二人伴《ふたりづ》れの男女が入って来ました。女の方が渋谷昌子だということはすぐわかりましたが、男が中村勇吉だと気づくにはちょっと時間が必要でした、中村は新しい背広で、靴も光っている、昌子の方は安物だが、*御召《おめし》の袷《あわせ》に牡丹《ぼたん》の花を染めた派手な帯を締め、髪をあげ化粧をしていました。まるで新婚の一対という感じだな、そう思うのと一緒に、「そうだ新婚なのだ」と気づきました。

「やあ、これは、これは」と、署長は大きな声をあげて迎えました、「お揃《そろ》いでよくいらっしゃった、さあどうぞ」

「いつぞやは」と、中村勇吉が進み寄って、じっと署長の眼を見あげながら、心の底から滲出《にじみで》るような調子で云いました、「いつぞやは、たいへんお世話さまになりました、お蔭さまで、一昨日これと結婚致しました」

「そうですか、それはおめでとう」

「御恩は一生、忘れません」

中村勇吉の眼にふつふつと涙がつきあげてきました。そのとき昌子は、抱えていた花束を捧《ささ》げるようにして署長の前へ歩み寄りました。

「お恥ずかしい物でございますが」

「有難う、有難う」署長は手が汚れているので、両の腕のところで花束を受取りました、そしてこの涙の場面をどう転換すべきかに面喰《めんくら》っているようでしたが、「さあ、とにかく上って下さい、もう午《ひる》でしょうから一緒になにか喰《た》べましょう、ああ君」と私の方へ振向きました、「済まないが田川屋へ電話を掛けてくれ給《たま》え、鰻《うなぎ》を、一、二、三、六人前、お祝いだから爺《じい》さん達にも驕《おご》るとしよう、皆は景気よく大串《おおぐし》がいい」

「承知しました、蒲焼《かばやき》六人前ですね」

「待った、皆は大串だが、私の分ははしけにして貰おうか」

「はしけ、はしけですか」

「鰻の小さいのさ」と、署長は焦《じ》れったそうに云うのです、「このくらいの小さなのを並べて串に差したやつだ、江戸ではこんなのをはしけと云うんだが」

「それなら此処ではいかだと云いますが」

「ああいかだか、いかだだよ」署長は急いで頷きました、「なんでも海に浮んでる物だと思ったっけ、それだよ」

そう云いながらも署長は自分で笑いだしました。私も、中村も昌子も、笑いました、それこそ腹を抱えて笑いましたっけ、……そして私は、鰻屋へ電話を掛けながら、犯人が誰だったかということは、もう考える必要がないということに気がつきました。

海南氏恐喝事件

一

　私どものように長いあいだ警察界にいて世間を見てまいりますと、世の中の正邪というものが案外まちがいなく整頓《せいとん》され、善悪はいつか必ずそれ自らの席に坐《すわ》る、ということを信ずるようになります。善悪などと一概に云《い》うのは乱暴でもあり、そういう信じ方も甘すぎる嫌いはありますが、まあ大体として誤りはないと申上げて宜《よろ》しいでしょう、わが寝ぼけ署長は赴任して来た初めにこういうことを申しました。

「不正や悪は、それを為《な》すことがすでにその人間にとって劫罰《ごうばつ》である、善からざることをしながら法の裁きをまぬかれ、富み栄えているように見える者も、仔細《しさい》にみているると必ずどこかで罰を受けるものだ、だから罪を犯した者に対しては、できるだけ同情と憐《あわ》れみをもって扱ってやらなければならない」

　秋も末に近い或《あ》る日の午前でした。署長が留置所を見るというので、一緒にまわって戻りかかると、刑事部屋の一つでなにか喚《わめ》く声がしています。覗《のぞ》いてみると小田という刑事が一人の青年を調べているのでした。青年は二十七八になるでしょうか、額が広くて顎《あご》のすぼまった、よく動く大きな眼と、筋の通った鼻と濃い眉《まゆ》つきの、すばしこそうな顔だちですし、痩《や》せがたで小さいが、筋肉の発達した弾力のある軀《からだ》つきです。喚いているのは彼でした、刑事のほうは寧《むし》ろ当惑しているようにさえみえるのです、署長は部屋の中へ入っていって「どうしたのか」と、例のねむたそうな調子で訊《たず》ねました。

「この警察は金持の用心棒ですか」青年はたいへんなけんまくでこう云いました、「なんの罪もない者をむやみに呼出して訊問《じんもん》したり個人問題にまで関渉して勝手な命令をするなんて、これが正しい警察の仕事なんですか」

「そう呶鳴《どな》ってもわからない、いったいどうしたんです」

「僕は柳町二丁目に文房具の店を出している沼田久次という者ですが、昨日この刑事さんから呼出しがあって」

「いや呼出しじゃあないんです」小田刑事が側《そば》から静かに口を挿しはさみました、「店で話してもよかったんですが、それでは却《かえ》ってひとめについて悪いからと思ったもので此方《こちら》へ来て貰《もら》ったわけです、実は海南氏が先日ここへみえまして、非常に困るからというお話だったものですから」

小田刑事の話はこうでした。この市《まち》の有力者でもあり資産家で聞えた海南信一郎氏が来て、氏の令嬢が或る不良青年に誘惑され、時どき金品など持出して与えている事実が判明した、それで厳しく令嬢を戒める一方、その不良青年にも今後の絶縁を固く申渡したところ、青年は脅迫がましい態度を示し、その後も邸《やしき》の周囲をうろついたり、外出する令嬢を待伏せて密会を強要したりする、これではまったく不安でやりきれないので、警察から然《しか》るべく説諭してくれるように、そう頼まれたということでした。

「その不良青年というのが、つまり、君なんだね」

「そうです」署長の問いに対して沼田青年は反抗するようにこう答えました、「不良という言葉が当っているかいないかは水掛け論ですから云いますまい、然し僕と弓子さんとの関係が貴方《あなた》がたの想像するような汚《けが》れたものでないことだけははっきり申上げて置きます、どんな富のちからだって、権力だって、人間の愛を抑えたり枉《ま》げたりすることはできやしない、またそんな権利もない筈《はず》です」

「済まなかったね」署長は呟《つぶや》くようにこう云いました、「いまこの刑事が云ったとおり、店で話すより此処《ここ》のほうがいいだろうと考えて来て貰ったのだそうだし、海南さんの用心棒になって、君をどうしようというわけでもないのだ、まあそう怒らずに気持を直して帰ってくれ給《たま》え」

「僕にはわかってます」青年は立ちながら云いました、「海南氏はまた来るでしょう、そして貴方がたはすぐまた僕を呼出すに違いない、おまけにこんどは手錠でも嵌《は》めてね……」

署長はびっくりしたように、頭を振りながら青年を見やりました、沼田久次は嘲《ちょう》笑《しょう》するような、また挑みかかるような眼つきで署長を見あげ、置いてあった帽子を摑《つか》んでさっさと出てゆきました。

沼田青年の予言したとおり、一週間ほどして海南氏が警察へ来ました。こんどは署長に会いたいというのです。署長は快く会いました。海南信一郎氏は六十二三でしたろうか、痩せた五尺七寸*あまりもある軀つきで、面ながの品の好《よ》い顔に、短く刈込んだ、白い口髭《くちひげ》と、黒い濃い眉とが際立《きわだ》っていました。英国物らしいツイードの背広にかなり派手な柄のスコッチの外套《がいとう》を着、マラッカ*・ケーンの洋杖《ステッキ》を持って静かに入って来た容子《ようす》は、こんな地方都市には珍しく瀟洒《しょうしゃ》な、おちつきと美しさを感じさせるものでした。椅子《いす》に掛ける身ぶりも上品だし、低い声でゆっくりと静かに話す言葉つきも、すべて教養の高い典型的な紳士という感じなのです。

二

「先日お願いしました件はもうお聞き及びかと思いますが」氏は用件をきり出しました、「特に御配慮をお願いしてまいったので、多分これで安心できるものと考えていたのですが、お手配ねがえたのでしょうか、如何《いかが》でしょう」

「さよう、その事ですが」署長は椅子の上で軀をもじもじさせました、例の如《ごと》く半分ねむっているような調子です、「係りの刑事から、大体の話を聞いただけですが、どうも警察で取計らう範囲外のようでして……」

「なるほど、つまり事件になっていない、こういうわけですな」

署長は眉をひそめました、「事件」という言葉が耳に刺さったのでしょう、署長という人は法律用語を非常に嫌っていましたから。

「私もその点が無理だろうとは考えました、それで特別の御配慮をお願いしたわけですが、然しこんどはだいぶ違ってきたのです」こう云って海南氏は一通の手紙を卓子《テーブル》の上へさしだしました、「昨夜こういう物がまいりました、どうかごらん下さい」

署長は取って読みました、私は後で見たのですが、大体こんな意味のことが書いてありました。「貴方が警察へ訴えたことは、自分の決心を強くさせてくれた、自分はどんな障害があろうとも必ず弓子を奪ってみせる、たとえばそれが貴方を殺すことになるとしても、或る場合に執るべき手段を緩和するようなことはないだろう、貴方はこの通告を受取った瞬間から警戒を厳重にし、自分を危険から守るために有《あら》ゆる策を講ずるが宜しい、だが……」文句はそこで終っているのです、署長は手紙をしまって溜息《ためいき》をつきました。

「あの青年から来たのですね」

「脅迫状です」海南氏はやはり静かな声でこう云いました、「私を殺すような手段をも執ると明らかに書いてあります、これなら当然、警察の手で予防的処置を採って頂けるものと思いますが、如何でしょう」

「予防的な処置と云いますと……」

「つまりかかる不穏な人間は当市から放逐する、というような方法でもですね」氏は穏やかな調子で、然しかなり強硬な態度を示しながら云いました、「この手紙には、自分を危険から守るために有ゆる策を講ぜよ、と書いてあります、これは警察制度に対しても挑戦する言葉で、当然なんらかの手段を執って差支えないと思われるのです」

「御意見はわかりました」署長は暫《しば》く考えた後にこう答えました、「これだけでは、あの青年を市から放逐する、というわけにもゆかないでしょうが、ひとつよく考えまして、適当な方法があればやってみましょう」

「私の生命が脅迫されている、そういう事実をお忘れにならないで頂きたい」

終りのひと言を云うとき、海南氏の手は微《かす》かに震えていました、然し顔つきや身ぶりには些《いささ》かも昂奮《こうふん》した容子はなく、丁寧に会釈《えしゃく》をして去ってゆきました。……署長はその後でもういちど沼田青年の手紙を読みました、そしてそれを私に読ませてから、「これは単純じゃないね」と云いました。

「恋人を得るためにその父親へ送る手紙じゃあない、その文章にはなにか隠された意味がある、青年をこの市から放逐しろという、あの紳士の希望にも裏があるようだ」こう云って署長は大きな溜息をつきました、「済まないが君、海南氏と沼田青年のことを精《くわ》しく調べてくれないか、できるだけ精しく、……それもなるべく早いほうがいい」

私はすぐ調査にかかりました。凡《およ》そ一週間ほどかかりましたが、結局は署長の察した以上に複雑であり、予想外な事実がたくさんわかったのです。……海南氏は三十年ほど前は微々たる仲買人で浜町《はまちょう》の小さな店には小僧一人しかいないという、かなり苦しい生活をしていたのですが、或るとき市の有力者のひとりで沼田吉左衛門という人の援助を受けることになり、それからめきめきのし始めました、店もひろがる、使用人も多くなる信用も出来るというわけで、十年ほどすると市の仲買人では指折りの人物になったのです、このあいだに結婚をしましたが、奇妙なことに相手は二つになる子持ちで、教育もなく縹緻《きりょう》もぱっとしない、ごく貧しい未亡人だったということです。……間もなく後援者の沼田吉左衛門氏が事業上の失敗で破産するという事件が起こりました、然し海南氏のほうはもうなんの影響も受けず、却って沼田氏に代る勢力となって、*市会にも出るし、*商工会議所の*会頭にもなるという風に、とんとん拍子に発展してゆきました。これが表面に現われた大体の経歴です、今から五年前に氏は業界を隠退し、有ゆる事業から手を引いて、高松町の邸宅にひきこもったまま現在に及んでいるわけです。……然し、こうした表面の歴史とは別に、私生活には複雑な人事上のごたごたが少なくありませんでした。

三

その第一は沼田氏との関係です、沼田氏は海南氏にとって最初の、そして唯《ただ》一人の後援者でした、海南氏の今日あるのはまったく沼田吉左衛門氏の後援に依《よ》るのです、それは当市の実業界でも一致した批評です。それにも拘《かかわ》らず、沼田氏が失敗したときまったく傍観的態度で、実際上の助力はもちろん精神的な援助さえしなかったのです、その結果「沼田氏の失脚は海南氏の謀略だ」という噂《うわさ》さえ立ったくらいでした、じっさい今でもそう信じている人がいるのです。……沼田氏は失敗すると間もなく病死しました、遺族は夫人と久次という少年の二人きりでしたが、海南氏は恩人に酬《むく》ゆるためでしょう、二人を引取って邸内に住まわせ、保護者として少年の面倒をみることになりました、これが十五年ほど前のことです、さよう、こんどの問題の青年がそのときの久次少年だったのです。

第二は家庭です、子持ちで海南家へ嫁《か》した婦人は当時二十五六でした。亡《な》くなった主人は海南氏の事務所に働いていたそうで、主人に死なれ、身寄りもなく途方にくれているところを、海南氏が妻に迎えたというわけです。夫人は二年ほど前に亡くなりましたが、困窮から救われたこと、それも既に資産家として名高い海南氏の正式の妻に迎えられたということを常づねたいへん恩に着て、氏に対するときはまるで奴隷《どれい》のようにへりくだっていたし、未明から深夜まで坐る暇もなく働きとおしたということです、死ぬまでそんな状態が続き、夫婦の情愛などというものはまるで無く、まったく主人と召使の関係だったそうです。

沼田青年の母親は七年まえに亡くなっていました。同じ邸のなかで、似たような境遇にある者が、互いに同情し合うのはごく自然なことでしょう。海南氏の養女にはなっても、母がそんなありさまですから令嬢の弓子さんはまるで父に愛情がもてずいつからか久次青年のほうへ心を惹《ひ》かれていった、そして令嬢の母が亡くなると、その感情はにわかに恋へとすすんだもののようです。これはまもなく海南氏の気づくところとなりました、氏は久次青年を呼んで、日頃の穏やかな調子とは別人のように烈《はげ》しく叱《しか》ったそうです、青年も昂奮していたのでしょう、やがて口論になり、卓子を叩《たた》いてこんなことを叫んだと云います。

僕は貴方の悪事をみんな知っている、僕がその事実さえ摑めば貴方は法の裁きを受けなければなるまい、貴方は自分の富を積むために有ゆる機会を覘《うかが》って人を騙《だま》し、裏切り、詐欺《さぎ》を以《もっ》て陥《おとしい》れた、僕の父の失敗も貴方の拵《こしら》えた罠《わな》だった、僕はその証拠を握りたいばかりにこの邸にいたのだ、然しこんな汚れた家には一刻《いっとき》もいない、これからすぐに出てゆく、そして必ず貴方の悪事の証拠を握って、貴方を正しい法の裁きの前につき据えてみせる。

青年は本当にその夜その邸を出ました。弓子嬢にも一緒にと誘ったが、さすがに若い娘のことで、いきなり養父を棄《す》てるという決心がつかなかったのでしょう、彼は一人で出てゆきました。……海南氏の容子は、それを機会に変りました、お時という婆《ばあ》や一人を残して、他の召使には全部ひまを出し、高松町の広い邸のなかで令嬢と婆やと三人きりの生活を始めました、弓子嬢に対してでも人が違ったようにやさしくなり、起きるから寝るまで殆《ほと》んど側《そば》を離さない、そしてうるさいほど着物や帯や小さな道具類を買って与える、然し令嬢のほうでは、そうされるほど嫌悪感《けんおかん》におそわれるようで、なるべく氏の側に近づかないくふうをする、……そんな状態が続いていたわけです。邸を出た久次青年と弓子嬢が、どんな方法で逢《あ》うようになったかは知る必要はないでしょう、青年は邸を出ると間もなく亡父の知人の補助で柳町二丁目に書籍文房具の店を始めました、それには弓子嬢もなにかのかたちで援助したのでしょう、海南氏の云う「金品を持出す」というのはその点を指すのだと思いますが、これはたしかだとは云い切れません。要するに、私が一週間かかって調べた結果は以上のようなものだったのです。

「沼田が出てゆくとき」と署長が訊《き》きました、「そんな不穏な言を云ったというのは、どこから訊きだしたのかね」

「出入りの植木職に婆やから聞きださせたものです、実際はもっと烈しい言葉のようでした」

ふうむと云って、署長は眼をつむり、幾たびも頭を振りました。張子の虎《とら》のような、ちからのない、のろくさした振り方でした。それから聞きとりにくいほどな声で、ゆっくりとこう呟きました。

「私は多くの人間を不幸にし、また多くの人間から不幸にされた、いつかは、片方が片方を帳消しにしなくてはならない」

「それは、なんの意味ですか、署長」

「＊ストリンドベリイの幽霊曲にあるせりふだ」と、署長はもの哀《がな》しげな調子で云いました、「そのあとにこんな文句もある、……私と君との運命は、君のお父さんに依って、それからもっと他のものに依って、結び付けられている、……海南氏と沼田青年との関係が、ちょうどこの文句に要約されているようじゃないか」

「その戯曲は悲劇に終るんですか」

署長は答えませんでした。そして立って、魚市場へいって来ると云い置き、珍しく一人で出てゆきました。

四

海南氏が三度めに訪れて来たのは、それから五日ほど後のことでした。身装《みなり》や態度は常のとおり優雅で穏やかなものですが、顔は蒼白《あおじろ》く沈んでみえますし、眼は怯《おび》えたようにおちつかず、言葉も吃《ども》りがちでした。私はすぐ「これはまたなにかあったな」と直感しましたが、署長はまったく無関心で、いや、毎《いつ》もより度を越して眠そうな、ぐったりした容子で応対しました。

「私は市民の一人として自分の生命や家庭生活の安全を保護して貰う権利がないのでしょうか」氏はこう云い出しました、「私は二回にわたって、私が脅迫されたこと、犯罪の予告のあった事実を申上げ、その予防手段を執って頂けるようにお願いしました、あれは不当すぎるお願いだったでしょうか」

「念のために申上げますが」署長はけだるそうに、ゆっくりと頷《うなず》きました、「先日お示しになった、あの程度の私信を根拠にして、御要求のような手段を執る、ということは、もともと私どもに許されてはおらぬのです」

「すると私は、海南信一郎という人間は、かくべつ当市から重要視されておらぬ、そういうわけですな」

「なにしろ、新任早々なものですから」

それが署長の返辞でした。つまり氏が重視される人物か否《いな》か存知しないという意味でしょう、署長には珍しい皮肉ですが、海南氏には通じなかったようでした。そればかりでなく、氏は神経質に手の指を痙攣させながら、できるだけ風格を示そうとつくろいつつ、そのくせ隠しきれない卑俗な調子で云いました。

「自分の口から云うのはなんですが、私は市会でも議長を三回つとめ、商工会議所では会頭として数年、実業界の事は別としても、些少《さしょう》ながら市のために尽力した積りです、この点で一般市民よりも幾らか尊重され、名誉を保護されても過当ではないと思うのですが」

「さよう、私もそうありたいと思います」

「私は貴方にお願いしているわけですよ」

「私の立場は、中上げました、署長はわざとのように、まだるっこい、ゆっくりした口調で答えました、「私の与えられた仕事は、経歴に依って人の扱いに差別をつける、というわけにはまいらないのです」

海南氏の顔に血がさしました、非常な屈辱をうけた、凌辱《りょうじょく》された、そういう激越な感情があからさまに現われたのです。氏は上衣《うわぎ》の内隠*しから一通の封書を取出し、黙って卓子の上へ押しやりました。署長はなにも感じない人のように、黙って取上げて読みました。それにはこんな意味のことが書いてありました。「……自分は過去三十年間の貴下の不正と瀆職《*とくしょく》の事実を手に入れた、これは一週間後に司法当局へ提出する積りである、もし貴下に自分と懇談する意志があるなら、その期日を忘れないように希望する、一週間という日限は決して誇張ではない」署長は読み終るとすぐ、その手紙を私のほうへよこしました、それで私も読んだのですが、読み終るのといっしょに、私は思わず「あっ」と云って署長の顔を見ました。然し署長は殆んど眼をつむったまま、私の声などは耳にも入らぬようすで、しずかにこう云いました。

「恐喝ですな」

「恐喝です」氏は半身をのりだしました、「脅迫ではなく明らかに恐喝です、こういう書状がある以上、こんどは然るべく手配をして頂けると思いますが如何でしょう」

「……そう思いますが、貴方のほうは、……は失礼ですが、貴方のほうにお差支えはないでしょうな、つまり、……これがおもて沙汰《ざた》になった場合に……」

海南氏は石のように軀を固くし、恐ろしくつきつめた眼で署長をみました。

「わかりました、つまるところ、貴方は私に対してなにも助力はできないと仰《おっ》しゃるのですね、恐喝者と私とを同列に並べて取扱うというわけですな」

「……………」

「致し方がない、私は自分のちからで自分を護《まも》ることにしましょう、つまり」氏は椅子から立ってこう云いました、「つまり、私としては正当防衛の手段に出るより仕方がないわけです、この点をあらかじめお含みを願って置きます」

去ってゆく氏の容子は慇懃《いんぎん》でしたが、明らかに挑戦的なものを含んでいました。署長は眼を閉じたまま黙って身動きもしませんでしたが、やがて「気のどくな人だ」と、太息《といき》をつきながら云いました。

「然しあのままでいいのですか、署長」

「少し心配だな」署長はようやく身を起こしました、「君は柳町へいって、沼田青年を伴《つ》れて来てくれ、さよう、召喚だ」

「署長もおでかけですか」

「魚市場へいって来る、帰りは午後になるだろう」

五

私は柳町へ急ぎながら、わけのわからない疑惑に頭を悩まされました。なぜなら、海南氏の持って来た恐喝状は、紛れもなく署長の手跡だったからです、右肩の下った、ぶっつけるような筆癖は、ひと眼でそれとわかるものでした。――なんのために署長があんな手紙を出したのだろう、私には幾ら考えても見当がつきません、そして署長が先日から時どき「魚市場へゆく」と云って一人で出掛けることも、現に今日もそう云って出ていったことも、なにか由《よし》ありげに思いだされたのです。――おやじはこの事件になにかちょっかいをだしている、わからぬままに私はそう呟きました。魚市場だなんて、どんな市場だか知れたものじゃあない。

柳町二丁目へゆきますと、沼田書店と看板の出ているその店は閉っていました。左が理髪店、右が電機器具屋、その間にはさまった九尺間口ほどの小さな店です、私は理髪店へいって訊きました。

「そうです、お留守ですが、なにか御用でしたら伺って置きましょう」

「どこへいったかわかっているかね」

「そいつは知りませんが、毎日いちどずつは此処へ顔を出しますから」

「ほう、……それは何時ごろだね」

「時間はきまっていませんね、昨日は夕方でしたがおとついはたしか朝でしたよ、今日はまだ見えないようですが……」

「じゃあ店は閉めたっきりなんだな」

「ええ四五日まえからです」

私はどうかと考えました。沼田青年が店を閉めて毎日どこかへ出る、一日にいちどは店のようすを見に来る。それが事実とすると、彼はもうなにか海南氏に対して行動を開始したのではないか、そして警察の手がまわることを予期して、身を隠しているのではないか、へたをするともう悲劇の幕はあがったのかも知れないぞ。そう思うと同時に、なんとか早く彼をつかまえて、署へ連行しなければならぬと考えました。そのときです、一人の若い令嬢が、私の脇《わき》からそっと半身を入れて、理髪店の者に沼田書店のことを訊くのでした。

「さようです」と、店の者は私の眼を見ました。そして私が眴《めくばせ》をすると、なにげない容子で、「いまお留守ですが、御用があったら伺っておきますよ」こう答えました。

「いつ頃お帰りになるかわかりませんでしょうか」

「わかりませんね、だが毎日きっといちどはこの店へ顔を出しますから、宜しかったらお言伝《ことづて》をします」

「そうでございますか……」

令嬢は低く溜息をもらしました。私は店の奥にある鏡で、それとなく彼女の容子を眺めていたのですが、たぶんこれが海南氏の令嬢弓子さんだなと思いました、ふっくらとした愛らしい顔だちで、上背もあり、美しい、しとやかな娘でしたが、鏡に映った表情には哀れなほど深い憂《うれ》いの色が表われていました。こんどの事件では中心人物というべき人を、現に眼の前に見ているのです。私の気持がどんなに動揺したかは御想像がつくでしょう。

「ではまことに申兼ねますが」と、やがて令嬢は意を決したように、持っていた袱《ふく》紗包《さづつみ》の中から一通の手紙を取出しました、「この手紙を沼田さんに渡して下さいませんでしょうか、弓子という者がまいって、父からの手紙で急ぐからと、そう仰しゃって頂きたいのですけれど」

「承知しました」店の者は手紙を受取って頷きました、「帰ってみえたら間違いなくお渡しします」

ではお願い致しますと云って、令嬢は心残りそうに、閉っている沼田書店のほうを見かえりながら、去ってゆきました。……私もひとまず署へ帰りました。まさか「召喚」の伝言を頼むわけにもいきませんし、待ってもいられませんから。

昼食が済んで一時間ほどしてから、署長は帰って来ました。私はすぐに沼田書店のことを報告しました、署長は弁当をたべながらふんふんと聞いていましたが、弓子嬢が手紙を託して去ったというところで、ちょっと箸《はし》を止め、どこかを覓《みつ》めるような表情をしましたが、すぐにまたふんと云ってたべ続けました、話すあいだ私はひそかに容子を見ていたのですが、署長の茫漠《ぼうばく》たる顔つきからは、なに一つ読み取ることはできませんでした。

「沼田のほうは張込でもさせましょうか」

「もういいだろう、あとはなりゆきだ」

「では海南氏のほうへでも誰か遣《や》って置きましょうか、もしかして沼田がはやまった事でもしますと……」

「ばかに気を使うじゃないか」

「お嬢さんを見たからですよ」私は苦笑しながら云いました、「おとなしそうな、美しいお嬢さんでした、できるならあの人を不幸にしたくないと思いまして……」

「できることならね」署長は箸を措《お》いて弁当箱の蓋《ふた》をしました、「然し、まあ急ぐことはないよ、もう間もなく」

六

夕方、署長と一緒に官舎へ帰ろうとしているところへ、海南氏が車を乗りつけて来ました。氏は玄関で署長をつかまえ、非常に昂奮した容子で「請願巡査*を依頼したい」と申出ました。

「沼田のほうへ連絡をとりにやりましたところ、あれは三四日まえから店を閉めて、どこかへ身を隠しているとのことです」氏は人違いがしたようにせかせかと云いました、「恐喝の効果がないとみたら、私に直接なにか危害を加えるものと考えます、それで思いだしたのですが、一昨日あたりから邸のまわりをうろつく人間があると召使が云っていました、どうか至急ひとり警官をよこして下さい、請願の手続きはすぐとりますから」

「請願でなくとも一人やりましょう」署長はそう云って私を見ました、「君ひとつ いってくれたまえ、私服のほうがいいだろう」

「官服のままで結構です、もし宜しかったらこれから車で一緒に来て頂きたいのですが」

「いや私服のほうがいいでしょう」署長はそう主張しました、「一日二日で済めばいいが、ながくなるかも知れませんからね、あとからすぐにやります」

ほっとしたように去ってゆく氏の車を見送ってから、官舎へ帰って私服に着替え、なお身のまわりの物を手提げ鞄《かばん》に入れて、私は高松町へでかけてゆきました。

「よく注意したまえ」署長は変に念を押しました、「危険はどんなところにあるかわからない、早がてんは禁物だよ」

海南邸へ着いたのは午後七時頃でした。氏は待兼ねていたように迎え入れ、すぐに婆やと令嬢を呼んで、私を紹介すると共に滞在ちゅうの接待を命ずるのでした。……婆やは名をお時といい、六十あまりで、少し背が曲っていますし、眼尻《めじり》でちらちらと人を見るという風の、あまり好感のもてない女でした。

氏の案内で、庭から建物の隅々までひとわたり見て歩きました、家屋は千坪*ほどの樹《き》の多い庭の北よりに在り、洋館と和風の二棟から成っています。和風のほうには婆やと令嬢が住み、氏は洋館に寝起きしているのです。それは三十坪ばかりの総二階で、下に応接間と食堂と浴室があり、上には居間と寝室、それに硝子《ガラス》張りのサンルームがあります、サンルームからは両開きの硝子扉で露台*へ出られ、そこに鉄の非常梯子《ばしご》が付いていました。……和風の建物は洋館と廊下つづきで、部屋数は母《おも》屋《や》に六つ、はなれに二つあります、私はそっちの十帖間《じゅうじょうま》を宛《あて》がわれて手提げ鞄をおろしました。

その夜十時すぎてからのことです、洋館の応接間に詰めていますと、弓子嬢が珈《コー》琲《ヒー》と菓子を持って来ました。氏は少しまえに階上の寝室へ去り、あたりはもう深夜のようにひっそりと物音もしません、令嬢は私に茶菓をすすめると、そのまま卓子の向うに立って、私の顔を泣くような眼で覓《みつ》めるのでした。それから、ごく低い囁《ささや》き声《ごえ》でこう云いだしました。

「あなたは、沼田さんが、ほんとうにそんな乱暴なことをすると、お考えですか」

「私は知っているんです」と、私も二階へ聞えないように、低い声で注意しながら答えました、「海南さんと沼田君のお父さんの関係、それから貴女《あなた》のことも知っています、それで沼田君が無思慮なことをしないようにと心配しているんです」

「沼田さんはそんな人ではありません、書店の営業が順調にゆきだしたら、もういちど父に願って私と結婚する、問題はそれだけなんです、亡くなった沼田のお父さんの仕返しをするとか、父の悪事を訴えるとか危害を加えるなぞということは決して申してはいませんでした、またそんなことは決して出来ない方なんです」

「ではどうして貴女が知っているんですか、その恐喝や脅迫ということを……」

「父から聞きましたの、父は思い過しているんですわ、私が側から離れてゆくだろうと思って、無いことまで空想して怖がっているんです、私きっとそうだと信じますの」

「そして、貴女はやはり沼田のところへゆくんでしょう」

「いいえ」令嬢は低く頭《こうべ》を垂れました、「私さえ此処にいれば、なに事もなくて済むと思いますから、私どこへもまいりません、父の側に、いつまでもいる積りですの」

「沼田君がそれを黙って見ていると思いますか」

「わかってくれると思いますわ」令嬢は苦しさに耐えられないような声で囁きました、「そうすることが私にとってどんなに辛《つら》いかということ、でもどうしてもそうしなければならないということも、わかってくれると思います」

　言葉にすればそれだけのものですが、そのときの令嬢の容子はいたましさそのものでした。然《しか》し私は考えました。令嬢の決心した原因は単純ではない。彼女の言葉には裏がある、なにか複雑な意味が隠されている、ということを、……果してその明くる夜、私の想像を証拠だてるような事件が起こったのでした。

七

　その夜は応接間のソファで毛布にくるまって寝ました。電気煖炉《だんろ》をつけてあるので暖かいし、卓子の上には葡萄酒《ぶどうしゅ》とチーズとビスケットを載せた盆があるというわけです。……翌日は午前ちゅう日本間のほうで眠りました、起きると風呂《ふろ》へ入れてくれたうえに、昼食には酒がつきました。前夜の葡萄酒も昼食の酒も口にしなかったことは云うまでもないでしょう、この辺が服務規則の辛いところです。

電話で署長に第一夜の報告をしてから、庭の中を歩きまわってみました。椎《しい》とかみずならとか杉などの林になっている庭隅《にわすみ》の、石の塀の一部に小さな通用口があります。塀の外は台町の原で、なんのためにそんな処《ところ》に出入口があるのかわかりませんが、時どき使うとみえて鍵《かぎ》は錆《さ》びていませんでした。そこを引返して、花壇まで来ると海南氏に会ったのです。私が林の中から出るのが見えなかったのでしょう、氏はたいへん驚いて、あっという声さえあげました。「お散歩ですか」と云うと氏はまごついた口ぶりで、「ええ、なに、ちょっと」と言葉をにごしながら、慌《あわ》てて脇のほうへ去ってゆきました。明るい日光の下で見たのは初めてですが、氏の憔悴《しょうすい》ぶりのひどさには眼を瞠《みは》らされました、頬はげっそりとこけ、*死灰《しかい》のように乾いた皮膚にはどす黒い皺《しわ》が刻みつけられていました、絶えざる不安と恐怖のためでしょう、眼は一瞬もやすまず動いているし、白くなった唇や、細い長い手指はなにかの中毒でもあるかのように顫戦《せんせん》しているのでした。

「あの姿を見たら、沼田青年がどんな激しい憎悪《ぞうお》に駆られていても、赦《ゆる》す気になるだろう」私は思わずそう呟いたのを覚えています。

夕食が済むと、私はまた応接間へこもりました、氏も九時半頃までは一緒にいたでしょう、然しそのあいだもまるで平静を失っていて、話をしてもちぐはぐだし、椅子へ掛けたり立ったりまるで追詰められた人のようにおちつかず、見ている私のほうが息苦しくなるくらいでした、「もうおやすみになったら如何《いかが》です」私はやりきれなくもあり、気の毒にもなってそう云いました、「私がいるのですから、そんなに心配なさることはないですよ、どうか安心しておやすみになって下さい」「有難う、有難う」氏はうわずったような声でそう云いました、「では……」

そしてなにか忘れ物でも捜すように、うろうろと室内を見まわしてから、ふいと廊下へ出てゆきました。……氏が二階へ上るのと前後して電話が掛ってきました、令嬢が取次に出たのでしょう、「父さまお電話でございます」と呼ぶのが聞えました。氏は駆けるように下りて来てすぐ電話にかかりました。私は沼田青年ではないかと思い、じっと耳を澄ませていましたが、「うん、うん、そう、では、うん」そういう簡単なうけ答えが聞えただけで、氏はまた二階へ上っていってしまったのです。

時間になったのでしょう、昨夜のように珈琲と菓子を運んで令嬢が入って来たとき、私は電話が誰から掛ってきたのかを訊いてみました。令嬢は知らないと云いました。

「声にお記憶はなかったですか」

「はあ、この頃はめったに電話の掛ることもありませんから、でもたぶんなんでもなかったのでしょうと思いますわ、べつに父の容子に変ったところも……」

そこまで云いかけたとき、洋館の廊下口で呼鈴《よびりん》が三ど鳴りました。令嬢はそれを聞くなり「父が呼んでおりますから」と云って出てゆきましたが、すぐ下りて来て、また上り、また下りるという風に、なにやら事ありげですから、私も出ていって「どうかしましたか」と訊きました。

「痛風が起こりましたの」令嬢は湯の入った錫《すず》の桶《おけ》を婆やに持たせ、薬壜《くすりびん》を二つばかり抱えて上ってゆくところでした、「右の足に痛風の持病がございますの、ひと晩くらいで治りますからご心配下さいませんでも……」

私は元の椅子へ戻りました。手当が終ったのでしょう、やがて二人が日本間のほうへ去り、すべてが森閑と鎮《しず》まりました。十一時を聞《い》いたとき、私は部屋を出て、建物のまわりを一巡して来ました。重くるしく曇った凍てる晩で、雪にでもなるかと思いながら、応接間へ戻り、ソファに掛けて読みさしの本を取上げました。電気煖炉は暖かいし、あたりは静かだし、珈琲が利《き》いたとみえて頭は冴《さ》えているし、なんとも云いようのないおちついた豊かな気持でした。

事件が起こったのは、掛け時計が十二時を打つと間もなくでした。それこそ針を落してもわかるほど静かな家の中に、とつぜん凄《すさ》まじい物音が起こり、ガン、ガンと拳銃《けんじゅう》の音が二発、壁に反響して聞えたのです、物音は二階です、私はソファからはね上りました。そして右手に拳銃を摑みながら、ひと足に二段ずつ階段をとび上ってゆきました。

八

海南氏は寝室にいて、ちょうど電燈《でんとう》をつけたところでした。扉を押明けて入った私は、氏の無事な姿を見るとほっとしました。

「どうなさいました、なにかあったのですか」

「あいつです、沼田の奴《やつ》が来たんです」

海南氏はパジャマ姿でした、右足にタオルを太く巻き付け、手に拳銃を持っていました。見るとサンルームへ通ずる扉がなかば明いており、そこに椅子が一つ転がっていました。

「あいつは非常梯子から上って、サンルームに隠れていたようです」氏はそっちを指さしながら、わなわなと戦《おのの》く声で云いました、「たぶんそこで私が眠るのを待っていたのでしょう、私は暫く痛みの鎮まるのを待って電燈を消しましたが、それから三十分もしたと思う頃、いきなりその扉を押破って入って来ました、そしてその椅子を振上げて、私に襲いかかって来たので、……私は夢中で拳銃を取り、おどしの積りで二発射《う》ちました」

「当ったんですか」

「そのようです、そっちへ逃げていって倒れたようですから」

そこへ婆やと弓子嬢が駆けつけて来ました。私は令嬢には見せたくないので、「わけは後で話すから」と強いて外へ押出し、サンルームのほうへいってみました、暗くてよくわからないが、頭をこちらへ向けて倒れている者があります、私はすぐ脈に触れてみながら、「此処には電燈はつきませんか」

「いまつけましょう」氏はそう云って、右足を曳《ひ》きずりながら入って来ました、「私が正当防衛で射ったということは、貴方が認めて下さるでしょうな、私が足痛風で寝台から動けなかったこと、犯人が非常梯子から侵入して、椅子で私を……」

「待って下さい」私は慌てて制しました、「それより早く電燈をつけてくれませんか、まだこの男は生きているようです」

「えっ、い、生きて……」

氏は仰天したような声をあげ、ひどく狼狽《ろうばい》しながら柱のスイッチを捜しました。そのときです、倒れていた男がとつぜん身動きをし、のんびりとねむたげな声で云ったものです。

「君、起きるから手を貸してくれ」

いきなり殴りつけられたように、私はあっと云ってとびのきました。電燈がついて、ふり返った海南氏の驚きはそれ以上でした、うう……という呻《うめ》き声をもらしながら、酔った人のようによろよろと壁へ倒れかかったくらいです、然しその刹那《せつな》に、倒れていた署長はすばらしい身ごなしではね起き、つぶてのように海南氏へとびかかりました、同時にガンガンと二発、またしても拳銃が発射されましたが、これは硝子張りの天床《てんじょう》を砕いただけで済みました。

「失敗でしたな、海南さん」署長はもぎ取った拳銃をポケットへ入れながら、例のけだるそうな調子で云いました、「いま正当防衛がどうとか仰しゃっていたようだが、もうそんな必要もないでしょう、そこで、……お手紙の用件にかかるのですが、ひとつ階下まで御足労ねがいましょうか、みんな揃《そろ》っていますよ」

精神喪失といった態《てい》で、棒立ちになっている海南氏の腕をとり、署長は私に眴《めまぜ》しながらこそこそと出てゆくのでした。……海南氏と同様、私もなにがなにやらわからず、木偶《でく》のように後から跟《つ》いてゆきました。

下の応接間には、いつ来たのか沼田青年と、弓子嬢が待っていました。海南氏は彼を見ると微かに身震いをしたようですが、もはやなにも云わず、眼を伏せたまま署長のするままに任せていました。署長は氏を椅子に掛けさせ、沼田青年と令嬢を招いて、やおら背広の内隠しから一通の手紙を取出したものです。

「ここに昨日、沼田君へ宛《あ》てた海南信一郎氏の手紙があります、読みますから皆さんでよくお聞き下さい、……前文は省きます、……自分は思うところあって近く財産整理をするが、それと同時に過去一切を清算する積りである、その中にはむろん貴君との関係も含まれている、従来自分の行動には誤っていたところが有ったようだ、その幾分は自分でも認めている、そこで有ゆる過去の問題を一掃し、お互いの関係を新しく平安な状態に置き直すことを条件として、自分は左の三項を貴君に提供しよう。
一、養女弓子を貴君に配する事。
二、資産の内、国債不動産を合わせて二十万円を貴君に譲る事。
三、貴君と弓子との間に出産すべき第一子を海南家の養子とする事。
右三項を貴君が承諾するならば、この書面持参のうえ午後十二時に非常梯子より自分の居間へ来られたい、こんな時間を選んだのは専《もっぱ》ら自尊心に関することだが、なお理由は会ったときに精《くわ》しく話す積りだ……云《うん》ぬん」

署長はそこで読むのを止《や》め、その手紙を海南氏の前へ差出しながら訊きました。

「これは貴方の直筆に相違ないですか」

「…………」氏は白痴のように頷きました。

「宜しい、では貴方は、この書面どおり実行することができますな」

「…………」氏は機械のように頷くだけでした。

「おめでとう沼田君」署長は大きく手を沼田青年のほうへ差伸ばしました、「これで弓子さんと晴れて結婚ができますね、弓子さんおめでとう、私はこの書面の証人ですが、同時に仲人《なこうど》の役もひきうけますよ、それとも、警察署長の仲人はお気に召さぬですかな」

そう云って笑いながら、署長は沼田青年から弓子嬢へと握手の手を移しました、青年も令嬢も……いや、そんなことは云うまでもないでしょう……、そのとき時計が二時を打ちました。

＊　　＊　　＊

「恐喝も脅迫も海南氏の拵えたものさ、あの人は弓子さんを愛していたんだ」帰る途中で署長が説明してくれました、「氏の愛はいつか養父子という感情の埒《らち》を越えていた、自分では意識しないが、正しく恋だ、その点では気の毒だという他はないよ、……氏は弓子さんに沼田青年を嫌わせようと試みた、脅迫状がそれさ、婆やも氏に加担している、沼田が邸を出るとき叫んだという言葉も、氏が作りあげて婆やが弘《ひろ》めたものだ、精しく解剖すると、この辺の事情だけでりっぱな小説になる、……僕が魚市場へでかけたのは、氏の本当の過去が知りたかったからだ」

「魚市場で、……海南氏の過去をですか」

「なに魚市場は代名詞さ、君の調べは単純すぎた、かなり根拠にはなったがね、海南氏は業界にも、市の政界にも、相当に不正や瀆職の事実を遺《のこ》している、僕はその事実を摑んだ、それで切開手術をやったんだ」

「あの恐喝状はすぐわかりました」

「あの人は手術台に登ってくれたよ、氏は弓子さんに対する度を越えた愛と、沼田が本当に自分の不正の証拠を握ったと考え、ついに彼を殺す決心をしたのだ、そして三条件を提供して呼寄せた、……請願巡査を求めたのは、正当防衛の証人にするためだったのさ……深夜十二時、非常梯子から人間が入って来る、それが恐喝状を送った当人であるとすれば、射殺しても正当防衛は成立つからね、足痛風はそのおまけさ、……然し入って来た人間が違っていた、沼田青年ではなかったし、その人間は海南氏に殺意のあることを察していた……だが二発目は、危なかった」

「あの手紙どうして署長の手に入ったのですか」

「沼田が持って来たのさ、僕はあの青年に店を閉めて、身を隠させた、氏がどう出るかをみるためにね……みんな僕のへたないたずらだよ」

道は暗く空気は冷え徹《とお》っていました。私はふと「海南氏はどうなるでしょう」と訊こうと思いましたが、そのときふと、いつか署長の云った言葉を思い出して暗然としました。

「不正を犯しながら法の裁きをまぬかれ、富み栄えているかに見える者も、必ずどこかで罰を受けるものだ、不正や悪は、それを為《な》すことがすでにその人間にとって劫罰《ごうばつ》だ」

一粒の真珠

一

我が寝ぼけ署長が貧民街の人たちに慕われていたことは、初めにちょっとお話ししました。じっさい金花町から富屋町いったいの住民たちの署長に対する信頼と敬愛の情はたいへんなもので、本署へも官舎へも署長を訪ねて来る彼等の姿のみえない日はないと云《い》ってもいいくらいでした。うす汚ない婆《ばあ》さんが手作りの牡丹餅《ぼたもち》を持って来たり、魚屋のかみさんが「わたしが拵《こしら》えたんですよ、とっても美味《うま》いから署長さんの弁当のお菜《さい》にしてあげて下さいな」と云って鯵《あじ》の干物を三枚届けて来たり、赤ん坊を負《おぶ》った女の子が野花を束にして署長室へあらわれたりしました、いつかなんぞ七つばかりの男の子が三人で、川蟹《かわがに》をバケツに一杯持って来ましたっけ。「こいつはもくぞう蟹、これは清水蟹」と彼等は署長に説明しました、「そいからこっちは弁慶、これは躰操蟹《たいそう》だよ、ほらね、はさみをこうやって上げたり下げたりするんだ、面白いだろう署長さん」

「うん、面白いな、坊や」

「これみんなあげるよ」彼等はきまえよくこう云いました、「面白くなくなったら茹《ゆ》でて喰《た》べればいい、美味いよ署長さん」

「これ食えるのかい」

「*食えなくってさ」一人の子供が昂然《こうぜん》と肩をあげました、「*ちゃんが仕事にあぶれた時なんか、うちじゃいつでもこいつをごはんのおかずにするよ、知らないのかい」

「う、うん」署長はすっかりまごついたようすでバケツの中から一疋摘《ぴきつま》みあげ、「これが弁慶蟹かい」などと*ばつを合わせようとしましたが、いきなり大きなはさみで強《したた》かに指を挟まれ、びっくりして椅子《いす》からとびあがりました。

　こんな贈り物ばかりではありません、仕事が無くて困るとか、家主が因業《いんごう》だとか、亭主が喧嘩《けんか》ばかりするとか、酒屋で酒に水を割るとか、娘が云うことを肯《き》かないとか、学校の先生がえこひいきをするとか細ごました苦情や相談を持ち込む者も絶えませんでした。いつでしたか、荷馬車曳《ひ》きの鉄という男が薬壜《くすりびん》を一つ持って、ひどく昂奮してやって来ました。それは「いぼコロリ」という薬で、三日つければどんな頑固ないぼでもころりと落ちる、そういう意味の効能書が貼ってありました、彼はもう十日もつけているがいぼはびくともしないと云うのです。

「荷馬車曳きをしていたって字ぐらい読めまさあ」彼はこう云いました、「わっちはこの効能書を信用したから買ったんで、署長さんのめえですがわっちは売薬にはちょっと眼《がん》を持っているほうでやして、耳だれとか腹下《はらくだ》しとか、脳が病める立眩《たちくら》みがするなんという者には、あれを試してみろこれが利《き》くだろうと教えてやるくらいでやす、わっちら貧乏人はおめえさんうっかり医者にもかかれねえ、またかかるにしたところでちょいと脈をみて診察料五十銭*なんてえばかげた金を取られるより、たいていな病気は売薬でけっこう治るもんでやす、「胃ケロリ」てえ薬じゃあ十年も病んでた伝六爺《じい》さんの胃病がまったくけろりと治りやした、尤《もっと》もその年の彼岸あけに爺さんは癌《がん》で死にやしたがね、胃癌と胃病とは別ものなんで、まあ余病が出たというわけでやしょう、つまるところわっちらにとっちゃあ売薬は医者と病院を兼ねたようなもんでやす、それがおめえさん効能書の三日を十日つけても治らねえ、たかがいぼくれえだと云うかも知れねえが、もしこれが肺病とか心臓なんということになれば人権蹂躙《じゅうりん》でやす、わっちは断然この会社を摘発するでやす」

鉄さんをなだめて帰したあと、署長はながいことなにか考え耽《ふけ》っていました。それから一年ほどして栄町の無料診療所が出来たのですが、これはいま関係のないことですから省きましょう。彼等の署長に対するこのような信頼は、もちろん理由なしではありません。そうなるまでには五道署長の大きな愛と撓《たゆ》まざる努力が積まれているのです。じっさい貧しい人たちに対する署長の愛は底無しでした。着任するとすぐから、毎週一回は私服で貧民街へでかけてゆき、殆《ほと》んど半日がかりで極貧者や病人のある家を見舞ったり、不平や苦情を聞いてやったりするのです、私はいつもそのお伴をしましたが、どんな無頼漢にも対等で話しかけ、乞食《こじき》小屋のような処《ところ》へも平気で坐《すわ》りにゆく署長の態度には、幾たびも心から頭を下げたことを忘れません。この習慣は転任して去るまで、一回の休みもなく続きました。……そしてこれからお話しする事件にもこうした署長の気持がよく現われていると思います。

二月十五日のことでした。これは事件が紀元節*に起こったのでよく覚えているわけですが、十五日の朝みすぼらしく痩《や》せた四十五六になる女が、半纏着《はんてんぎ》の若者といっしょに署長を訪ねて来ました。金花町の者だというのです。署長はちょうど事務を執っていましたが、ペンを措《お》いてすぐに会いました。

「わたしは森田みきと申しまして、今こちらの御厄介になっているお杉《すぎ》の親でございます」その女はこう云いました、「それからここにいるのは文《ぶん》さんといって、お杉と夫婦約束のできてる人です、お杉を帰して頂きたいと思いまして、こうしていっしょにお願いにあがりました」

二

「お杉さんというのがどうかしたのかね」

「はい、お屋敷でお嬢さんの頸飾《くびかざ》りを盗んだという疑いで留められているんでございます、あれに限ってそんな事をする筈《はず》がございませんし、留められてからもう四日にもなりますので、どうか署長様のお許らいで帰らして頂きたいと思いまして」

そんな事があったのかねと署長は私のほうへ振向きました、そして私がありましたと答えると、では太田君を呼んでくれと云います、司法主任はすぐやって来ましたが、はいって来たとたん、そこにいる文さんという若者を見て妙なこえをあげました。

「よう、ぎっちょの文次じゃないか、久しぶりで会うな」主任はこう云って若者の肩へ手をやりました、「おまえに用があるんで呼びにゆこうと思っていたところだ、あとでちょっと刑事部屋へ来てくれ」

「私がなにかしたっていうんですか」文次という若者が赫《あか》くなり、ついで紙のように蒼《あお》くなりました。左の肩をつきあげ、主任を見あげた眼が急に鋭い反抗の色をあらわしたのに驚きました、「私はすっかり量見をいれ替えた人間です、こんどの事だってなんにも知っちゃあいません、変な疑いはよして下さい」

「こんどの事で疑われたということがよくわかるな、おれはただ用があると云っただけだぜ」主任は冷笑しながら離れました、「なんでもいいからあとで刑事部屋へ来るんだ、真人間になったのならなにも恐れることはないだろう」

署長は見て見ない振りをしていました。そして主任が椅子に掛けるのを待って、森田お杉の件を精《くわ》しく聞かせてくれと云いました。主任はそこにいるみきのほうを睨《にら》みつけてから、次のように事件の始末を語りました。

この市《まち》には旧幕時代からの名門が十二軒あります。名門というだけで、たいてい*落魄《らくはく》した家ばかりですが、なかに旧藩主の満田家と、中沢、沖原という三軒は富豪でもあり、政治的にも市の有力者に数えられています。事件は中沢万三郎氏の邸宅で起こったのですが、当時の市長は沖原忠造氏で、その前年の市長選挙に激しい*逐鹿《ちくろく》戦があり、以来両者の仲がうまくいっていないという評判のある時でした。

……事件というのはこうです。十一日の紀元節には市の公会堂で祝賀の舞踏会が催されます。これは市長主催で毎年やるのですが、沖原市長になって初めての会ですから、東京からバンドを呼ぶとか、商工会議所でシャンパンを寄付するとか、なんとかいう歌舞伎《かぶき》役者の一座が余興を演《や》るとか、色いろ派手な噂《うわさ》がとんでいました。そのころ中沢家に由美子という令嬢がいました。たしか二十三くらいだったでしょう、二番めの娘で、長女の樹美《きみ》という人にはもう婿《むこ》が来て、子供も二人ほどあったと思います。……中沢万三郎氏は、沖原市長の主催だというので、舞踏会へ出ることは禁じたそうですが、由美子嬢はどうしても出る積りで、母親にも内証でひそかに支度をしていました。その支度のなかに問題の頸飾りがあったのです。百四十九顆《か》の真珠をつらねた時価九万何千円とかいうみごとな品だったそうです。令嬢は土蔵の金庫からこれを取出して来て、自分の部屋にある用箪笥《ようだんす》の、貴金属や宝石類を入れる抽出《ひきだし》へ納《しま》って置いた。そして十一日の夕方になり、すっかり支度ができて、いざ掛けようと抽出をあけてみると、ケースばかりで頸飾りが無くなっていた。さすがに令嬢は慌《あわ》てました、できるだけ捜したがみつからないので、もう内証にしてはおけなくなり、母親にうちあけたのです。もともと令嬢は自分の部屋へ人のはいるのを嫌い、でかける時には必ず鍵《かぎ》を掛けるという風で、殆んど人の出入りというものがない、殊《こと》にその数日は小間使のお杉の他にそこへ近寄った者もないので、疑いはまずお杉にかかりました。そしてよくある事ですが、三人立会いのうえでお杉の持物を検《しら》べたのです。

「すると行李《こうり》の中から」と太田主任が続けました、「小さな真珠が一粒だけ出て来たのです、紛れもなく頸飾りの中から取外したものに相違ありません、そこで色いろ問い詰めたのですが、ただなにも知らないと答えるだけで、頸飾りのあり処《どころ》も云わず、その一粒の真珠の出所も云わない、やむを得ず本署へ電話を掛けて捜査を依頼されたというわけなんです」

　署長は例のように眼をつむり、なかば眠ったような姿勢で聞いていました。そして主任がそこまで云うと静かに咳《せき》ばらいをし、森田みきのほうへ振返りました。

「森田さん、どうもこれは少しむずかしいな、折角だが今日すぐお杉さんを帰してあげるというわけにはいきそうもない」

「そんな情けないことを仰《おっ》しゃらないで下さいまし、お杉のことは親のわたしがよく知っています、あれに限ってそんな大それた事をする筈がありません、なにかって云えばすぐ貧乏人が疑われるけれど、署長様は貧乏人の味方じゃあございませんか、どうかよく調べて下さいまし、そうすればお杉でないということがすぐわかる筈ですから」

三

「私は誰の味方でもないよ、森田さん」署長は困惑したように云いました、「そして正しい人間には味方なんか要らないものだ、なぜかと云えば、正しいということがなにより強い大変な味方だからな、……然《しか》しお杉さんのことは私がひきうけて調べよう、たいして日数もかかるまいが、今日すぐというわけにはいかないから、とにかくいちどお帰んなさい、きっといい知らせを持っていってあげるから」

みきは納得しました。文次のことでちょっとごたつきましたが、太田主任がどうしても留めるというので、結局みきは独りで帰っていったわけです。……みきが去り、文次を捜査主任に預けてから、太田主任は署長室へ戻って来ました。主任はもうこの事件の見通しをつけているようすで、すらすらと次のように説明をしました。

「だいたい杉の犯行だと思うのですが、理由は三つあるのです、杉の家庭は男親が五年前に死んで、子供が六人もあり、母親のみきの内職と十五になる長男一郎が町工場の職工をし、それに杉の給金を合わせてようやく暮しているのですが、もちろんかつかつの生活で、細ごました借金がだいぶ溜《た》まっているようです、……もう一つはあの文次です」

若者の名は西山文次という、十歳前後で孤児になり、富屋町の表通りに店のある建具職の家で育てられた、親方は鈴木秀吉《ひできち》といい、文次にはずいぶんめをかけて仕込んだし、当人も左利きが難だったけれど手の性が良く、十六七になると一人まえの仕事をするようになった。ところがそれがあやまりのもとで、年もゆかぬ身が一人まえの手間賃を取ることから世間を甘くみる癖がつき、それからぐれだして親方の家も逐《お》われ、ついには「ぎっちょの文次」などと云われる不良の徒に落ちてしまった。

「それから五六年というものは札付のやくざで、留置所の味も知るようになりましたが、一昨年の夏でしたか、こんどこそ改心すると泣いて誓い、それ以来おとなしく建具屋の手間取をして来たようです」主任はそう説明を続けました、「……中沢家へ捜査にまいった時でした、令嬢の話で杉に縁談があり、この夏の初め頃には結婚をするということを云っていたし、十日の夜にもその若者が訪ねて来て、三十分ばかりなにか話していった、こういうことを聞きました、それから調べてみると縁談の相手というのが文次であり、彼は杉と結婚するために、建具屋の店を持とうとしてだいぶあせっているという事実がわかったのです」

現に行李の中から一粒ではあるが真珠が出て来ている。頸飾りのなかの一顆に間違いはないという、そして家庭にそういう事情があるとすれば、太田主任ならずともお杉の犯行とみるのが当然でしょう。

「たぶん十日の夕方お杉と会ったとき、頸飾りは彼の手に渡っていると思います、品が品ですからまだ売ってはないでしょう、文次を叩《たた》けばきっと出て来ると信じます」

「お杉を呼んでくれないか」主任の説明が終るとすぐ、署長が沈んだ調子でこう云いました、「ちょっと話したいことがあるから」

「なにかお見込みでもあるんですか」主任はどうやら不満そうでした、「もしそうでなかったらこの事件は任せて頂きたいんですが」

「君には頼むことがあるんだ、……由美子さんのことを急いで調べてくれ給《たま》え、女学校時代から最近までの素行、恋愛関係の有無、できるだけ精しいほうがいい」

「然し令嬢は被害者なのですが」

「いや、犯人がわかるまでは、どちらが被害者とも定められはしない、急いで頼むよ」

主任が出ていって間もなく、捜査課の刑事がお杉を伴《つ》れて来ました。十九だというがふけてみえました。あれは小麦色というのでしょうか、肌理《きめ》の密《こま》かい引緊《ひきしま》った膚《はだ》の、どっちかというと背の低い軀《からだ》つきで、顔はちょっとおでこですが、顎《あご》のくくれた眉《まゆ》の濃い、利巧そうな面《おも》ざしでした。署長は刑事をさがらせ、お杉を招いて自分の側《そば》にある椅子に掛けさせました。

「さっきおっ母《か》さんが来たよ」署長はうちとけた調子でこう云いました、「お杉さんのことを心配してね、文次という人が一緒だった、しっかりした好《よ》い人間のようだね」

お杉は俯向《うつむ》いたまま身動きもしません。署長はそのようすを温かいまなざしで見やりながら、まるで親類の娘でも労《いたわ》るような調子で云い継ぎました。

「文次君はまえにいちどぐれたそうだ、然し人間はたいていいちどはぐれるものだよ、おそいか早いかの違いでね、……早くぐれた者はそれだけ早く堅くなる、一緒になればきっと稼ぎやの亭主になるだろう、お杉さんさえ本当に愛していればね」

「…………」

「さて」と署長は例のように眼を閉じました、「そこで一つ二つ訊《き》きたいことがあるんだ」

四

「お杉さんは、頸飾りの無くなったことで、なにか知っていることはないかね」

「……存じません」

「これが怪しいというくらいのことでもいいんだよ」

「……なにも存じません」お杉はびっくりするほどけんめいな声で云いました、「わたくしなんにも存じませんし、なにも申上げられません」

「云えない」署長は眼を閉じたままです、「云えないというと、なにか知っているんだね」

「いいえ、いいえ違います」

そしてなおなにか叫びそうにしたまま、お杉は喉《のど》に物でも詰ったように絶句してしまいました。署長はしずかに眼をあいて、かなりながいことお杉の顔を見まもっていました。

「ではもう一つ、お杉さんの行李から、真珠が一粒出て来たそうだね、それに就いてなにか知らないかね」

「……存じません」

「君でないことはたしかだね」

「……はい」

「然し誰がしたかは見当がつく、そうだろう」

お杉は一瞬ぐっと身を固くしました。頭から足の尖《さき》まで、電気にうたれでもしたように、ぐっと固くなるのが私にもわかりました。尤もそれはごく短い瞬間のことで、彼女はすぐ顔をあげ、さっきと同じようなひどくけんめいな調子で叫びました。

「いいえ存じません、いいえ、わたくしなにも存じません」

署長はくいいるようにお杉の表情を見ていました。それからゆっくり頷《うなず》くと「もう二三日辛抱していて貰《もら》うよ」と云いながら、卓子《テーブル》の上の呼鈴を押しました。……先刻の刑事が来てお杉を伴れ去りますと、署長は椅子の背に凭《もた》れ、深い溜息《ためいき》をつきながら眼をつむり、腕組みをしてなにか考えこむようすでした。……静かになった部屋の中で、ストーブの燃える音が急にはっきり聞えだす、雪もよいに重たく曇った日のことで、窓硝子《まどガラス》の寒ざむとした光りがなんとものがなしい気持を唆《そそ》るのでした。

「貧乏は哀《かな》しいものだ」署長がふと独り言のように云いだしました、「さっきみきというかみさんの云ったとおり、こんなときまず疑われるのは貧乏人だから、然し、貧乏はかれらひとりの罪じゃない、貧乏だということで、かれらが社会に負債《おいめ》を負う理由はないんだ、寧《むし》ろ社会のほうでかれらに負債を負うべきだ、……本当に貧しく、食うにも困るような生活をしている者は、決してこんな罪を犯しはしない、かれらにはそんな暇さえありはしないんだ、……犯罪は懶惰《らんだ》な環境から生れる、安逸から、狡猾《こうかつ》から、無為徒食から、贅沢《ぜいたく》、虚栄から生れるんだ、決して貧乏から生れるもんじゃないんだ、決して」

署長の調子にはまるで訴えるような沈痛な響きがありました、そして暫《しばら》く経《た》ってから、やっぱり眼をつむったままで、更にゆっくりと次のように続けました。

「裏長屋の暮しをみ給え、かれらは義理が固い、単なる隣りづきあいが、どんな近い親類のようにも思える、他人の不幸には一緒に泣き、たまに幸福があれば心からよろこび合う、……それはかれらが貧しくて、お互い同志が援《たす》け合わなければ安心して生きてゆけないからだ、間違った事をすれば筒抜けだし、そうなれば長屋には住んでいられない、そしてかれらが住居を替えることは、そのまま生計の破綻《はたん》となることが多いんだ、なるべく義理を欠かないように、間違ったことをしないように、かれらはその二つを守り神のように考えて生きているんだ、かれらほど悪事や不義理を憎むものはないんだよ」

それからなお貧乏論は続きましたが、もう覚えてもいませんし、必要もないでしょうから省きましょう。こうして私の口から伝えると、平凡なつまらぬ説になってしまいますし、説そのものはなんの奇もありませんが、そのときの署長のようすと声の調子とは忘れがたいものでした。私は云いようのない温かい感動をうけ、人生がひろく深いこと、どんな貧窮のなかにもそれぞれ生きた生活のあること、そんな風な、漠然としたよろこばしい空想に耽ったことを覚えています。

その日の午後、捜査主任が来まして、西山文次を帰したこと、同時にその家宅捜索をしたが、頸飾りは出て来なかったという報告をしました。

「留置しなかったのは太田さんの意見で、放しておけば盗品の始末をするだろうという見込みです、張込を二人つけて置きました」

署長はそうかとも云わず、「太田君に頼んだことを至急にと伝えてくれ給え」と念を押しただけでした。そして時間どおりに退署しました。

太田主任から調査書が届いたのはそれから四日後のことでした。それに依《よ》ると、由美子嬢は、東京のさる贅沢な女学校を卒業し、音楽学校を中途でやめて帰郷しています、中退の理由は濁してありますが、恋愛事件のようで、新聞にまで出たとかいうことが、級友の一人から聞きだしてありました。

五

帰郷してから二年半ばかりになりますが、かなりな美貌《びぼう》と、頭のよいのと勝ち気と、そしてずばぬけて派手な行動とで、市の上流社会の中心的な存在となり、音楽会にも、庭球試合にも、バザーにも、舞踏会にも、多くの青年たちに取巻かれた彼女の姿の見えないことはなかったし、乗馬倶楽部《クラブ》では唯《ただ》一人の女性メムバーとして、障害跳びに、ポロに、隣県への遠乗りに、いつも颯爽《さっそう》とした手綱《たづな》さばきを見せているという。こういうわけで、彼女の周囲には常に青年たちが集まるし、華やかな噂も少なくないのですが、恋愛関係のようなものは無いらしい、唯ひとつ、沖原市長の令息に忠雄《ただお》という青年があり、これとはかなり深入りしているのではないかという評判があった、「あった」というのは、例の市長選挙からこっち両家の交際が絶え、それにつれて由美子と忠雄との交際も……少なくとも表面では……遠のいているからです。然し二人はときおりひそかに逢《あ》っているようだ、と主任の調査書には書いてありました。

署長は読み終ったものを私に見せながら、大急ぎで沖原忠雄の現状を調べてくれと云いました、「中沢嬢とのことはどっちでもいい、現在なにをしているか、交友関係と素行、それだけをなるべく早く調べてくれ」もちろん私はすぐ立とうとしました。するとそこへ、若い巡査と押し問答をしながら、一人の少年がとびこんで来ました。九つか十くらいでしょう。身状恰好《みなりかっこう》で貧民街の子だということはすぐわかったし、どこかに見覚えがあるように思えました。珍しいことではないので、ひき戻そうとする巡査に「よしよし」と手を振り、署長は、その子のほうへ笑顔を向けました。

「やあ、なにか用かい、坊や」

「……ああ」少年はたいそうけしきばんでいました、なにやら敵意のある眼で署長を見ながら、「署長さん僕を覚えてるかい」と云います。

「覚えてるよ、だが、そうさ、誰だっけね」

「忘れたんだ」少年は下唇を噛《か》みました、「忘れたんなら云ってあげるけど、いつかみんなで蟹を持って来てあげたんだよ」

「ああそうだった、覚えているよ坊や」と署長は大きく頷きました、「あのときはたくさん蟹を貰ったっけな、弁慶蟹だのもくぞうだの」

「あの蟹……返しておくれよ」

「あの蟹をどうするんだって」

「返しておくれって云うんだよ」少年はしんけんな声で叫びました、「署長さんは好い人だっていうから、僕みんなを集めて、蟹を取って来てあげたんだ、でも署長さんは好い人じゃないじゃないか、僕あげるの厭《いや》んなったんだよ、あの蟹みんな返しておくれ」

「蟹はねえ」署長は面白いほど当惑し、寧ろへどもどしてしまいました、「……その、あの蟹は、喰べてしまったよ、もちろんすぐ喰べたんじゃない、みて面白いうちは見ていたさ、坊やたちがそう云ったからね、ごめんよ、そういうわけで返すことはできないんだがね、坊や、でもどうして小父《おじ》さんが好い人じゃないっていうんだね、なにか小父さんが悪いことでもしたのかい」

「僕の姉さんを連れてっちゃって帰らしてくれないじゃないか」少年は手の甲でぐいと眼をこすりました、「僕の姉さんなんにも悪いことなんかしやしないよ、和田さんとこへ子守にいってたときなんか、五円もお金を拾って、その人んとこへ届けてお礼も貰わなかったくらいなんだ、あんな正直者はないって、みんなが云ってるよ、嘘《うそ》だと思うなら長屋のみんなに聞いてごらんよ」

「それじゃあ、坊やはお杉さんの弟なんだね」

「そうで無くってさ、だから蟹が返せないんなら姉さんを帰らしておくれよ、小父さんはここでいちばん偉い署長さんじゃないか」

署長はぎゃふんとまいったかたちでした。そしてなお云いつのる少年の前に、黙って暫く頭《こうべ》を垂れていましたが、やがてふと顔をあげ、坊や幾つだと訊《き》きました。

「十《とお》だよ、金花小学校の三年だよ」

「そうか、それではな」署長は卓子の上へ紙と鉛筆をとりだしながら、「小父さんが君の姉さんを早く家へ帰れるようにくふうするから、君も小父さんの手助けをしてくれないか」

「僕がかい、僕にできることかい」

「ああできるとも」署長は紙へなにか書きながら頷きました、「……この手紙を届けてね、なにかくれる物があったら、大事に、持って来てくれればいいんだ」

「どこへ届けるの」

「御殿町という処を知ってるだろう」

どうやら少年は、うまくはぐらかされたようです、私は笑いながら、「では調べにいって来ます」と挨拶《あいさつ》をし、なにやら仔細《しさい》らしく、頭を捻《ひね》り捻りなにか書いている署長を残して、沖原忠雄の調査にとでかけました。

六

私の調査は極めて楽にできました。本町通りに香蘭社《こうらんしゃ》というクラブがあります。今でもそうですが市の上流社交場で、そこのマネージャーをしている青田勇作というのが私の将棋がたきなんです。私は彼に会いました。社交クラブのマネージャーなどというものは、スキャンダルの貼込帳《はりこみちょう》と同様です、その代り口も固いですが、事情に依っては話もしないことはありません。私は二時間ばかりで必要なことを聞きだしました。……それによると、忠雄は東京の某私立大学の法科の出で、あまり成績の良いほうではない。年は二十八歳、一人っ子ですが父親の忠造氏が無類の厳格家であるため、指折りの富豪であり市長の子でありながら、小遣いにも不自由するというお気の毒な生活を送っている、ところがよくあることで、あまりたちのよくない仲買人に取巻かれて、二年ばかりまえから株に手を出しました。これがどんな結果になるかは云うまでもないでしょう。近頃ではかなり多額な借りができて、よくクラブで深酒をやっているということでした。それからもう一つ、東京遊学ちゅうに、中沢由美子さんと恋愛関係のあったというのは忠雄君で、こっちへ帰ってからもかなりながいこと関係が続いていたらしい。そういう話まで聞きました。

「最近は逢っていないのかね」

「逢わないようですね、昨夜もみえて酒場でひどく酔ってましたが、なんでも近いうち東京へ出るんだとか話してたようですよ」

私はもう充分だろうと思って署へ帰りました。

私が署へ帰ったとき、ちょうどお杉が弟だというあの少年といっしょに帰ってゆくところでした。太田主任が付添いで、署長が門まで送りだしていました。

「おっ母さんに宜《よろ》しく云っておくれ」署長は娘にそう云っていました、「近いうち私が御挨拶にゆくってね、そのときにはお杉さんにもお詫《わ》びのしるしを持ってゆくよ」

「僕もまた蟹を持って来てあげるよ」と少年が云いました、「夏になったらだよ、署長さん、僕もう返してくれなんて云わないからね」

お杉は黙っておじぎをし、弟の手をひいて、太田主任といっしょに去ってゆきました。……署長室へ戻ると私は「あの娘の嫌疑は晴れたんですか」と訊きました、署長はそんなことは云うまでもないという風に手を振り「そっちの報告を聞こう」と促しました。私は青田から聞いたことを話しました。まるで予期していたとおりだとでもいうように、署長は黙ってしまいまで聞き終りましたが、そして例のように深いもの思いに沈むようすでしたが、やがて溜息をつきながらこう呟《つぶや》くのでした。

「一時間ほどまえに、頸飾りの件はだいたい、解決のみとおしがついた、あとは仕上げだけだ、然し、君に調べて来て貰ったのもむだじゃあなかった、さもないと、僕は仕上げでやり過ぎをしたかも知れない、……不正や狡猾をみると、人間は忿怒《いかり》を感ずる、けれども、警察官はそれだけではいけない、泥棒にも三分の理、ということを認めなければ、警察官は単なる検非違使《けびいし》に堕してしまう、……こんどの出来事は、ごくありふれた悪企《わるだく》みだ、子供だましのような狡猾だ、然しそれが、弱い、無力な者を犠牲にしているので、僕は怒った、今日ほど怒ったことはないかも知れない、それでつい今しがたまで、ひじょうに暴《あら》あらしい仕上げを、考えていたんだ」

署長はそこで両の肱《ひじ》を卓子に置き、両手で顔を挟んで、暫く声をひそめました、「悪企み」などという古風な表現や、「僕は怒った」などという云い方が、まるで中学生のように聞えて、失敬なはなしですが私は笑いたくなったくらいです。だがそのとき署長の頭では一流の「仕上げ」が練られていた、人間を愛する、我われが想像する以上に深く人間を愛する署長には、例に依って事件の始末より、関係者を事件から救うことのほうが、早くも重要な問題になっていたわけです。

「代価はもう支払われた」間もなく署長はこう呟きました、「それだけの物は得なければならない、支払いに価《あたい》するだけの物はな」

三時頃でしたろう、署長は「魚市場へいって来る」と云って独りでどこかへ出てゆきました。帰って来たのは五時頃でした、魚市場は例の遁辞《とんじ》*に定《きま》っているし、どこでなにをして来たかもわかりませんが、どちらにしろ、計画はうまくいったらしく、すっかり機嫌がよくなって、いつもの明るいのんびりしたようすにかえっていました。

「青田君というのはなかなか好い人物だね」

「……青田ですって」私にはちっともわかりませんでした。

「香蘭社の主事さ、青田勇作君だよ」

「ああ彼ですか、あそこへいらしったんですか」

「明日なにかうまい物を喰べさせて貰おうと思ってね、君にもつきあって貰うよ、あそこのベネディクティン*はすばらしいじゃないか」

私は黙って署長の顔を見ていました。

明くる日の午前十一時頃、署長と私は私服に着替えて香蘭社へでかけました。青田勇作は百年の知己でも迎えるような態度で、まめまめと署長の外套《がいとう》や帽子を受取り、こぼれるばかりの愛想をみせながら、食堂へ案内しました。

七

食堂は二百人の会食に使える広いもので、正面にスタンド酒場があり、右側には特別室のブースが五つ並んでいます。これは厚い暗色の垂帷《カーテン》で入口を塞《ふさ》ぎ、中にいる客の姿を外から見られないようになっている。婦人伴《づ》れの客とか、邪魔をされずに呑《の》んだり話したりしたい客のための部屋でしょう、青田は署長と私をその部屋の一つに導き入れました。

「支度はできているかね」

「はいすっかり用意いたしました」

「ためしてみる必要はないか」

「私共でためしてみました」こう云って青田は隣室との仕切りの最も奥に当る処を署長に見せました、「ここをこれだけ明けてみたのですが、もちろん気付かれないでしょうし、かなり低い声でもよく聞えます」

そう云われて見ると、マホガニーの仕切り板の、壁に接する部分が三寸ほどずらせてあるのです、署長は頷きながら腕時計を見て、

「ではひとつ食事をさせて貰おうかね」と云いました。……野鴨《のがも》の鍋焼《なべや》きが主菜で、スープも揚げ物もすばらしく美味い昼食が運ばれました。私はこれからなにが起こるかという興味と好奇心のために、おちついて味わうゆとりもありませんでしたが、署長はいっぱし美食家のように、葡萄酒《ぶどうしゅ》の赤を注いだり白を啜《すす》ったりしながら、いかにも美味そうに一皿ひとさらを楽しんでいました。

食後の珈琲《コーヒー》が終ると、いわゆる「すばらしい」ベネディクティンが運ばれました、D・O・M*です。給仕の置いていった銀盆の上には、酒壜の他にリキュール・グラスが四つありました。私は署長の顔を見ました。するとちょうどそのとき、青田に導かれて一人の中老の紳士がはいって来たのです、背の低い、固肥《かたぶと》りの、眼の鋭い、白い口髭《くちひげ》を生やした、ひどく頑固そうな容貌の人です、署長は立って「これは中沢さんようこそ」と奥の椅子をすすめました、「どうぞこちらへ、どうぞ」紳士は私のほうへじろりと一瞥《いちべつ》をくれ、黙礼をしながらその椅子に掛けました。それは中沢万三郎氏だったのです。そして署長がひと言話しかけたとき、青田がまた一人同じ年配の紳士を案内して来ました。……こんどはかなり長身の、眼鏡をかけた神経質らしい顔だちの人で、つとめて威厳を保とうとするような挙措が眼だちました。私にはそれが市長の沖原忠造氏だということがすぐにわかりました。

沖原氏は室内をひと眼見るなり、「私は部屋を間違えたようですな」そう云ってひき返そうとしました。むろんそこに中沢氏のいるのを見たからでしょう。然し署長は「いや此処です沖原さん」と静かに呼びかけました。静かでしたがその声には冷やかな威圧と、反対を許さない厳しい響きがありました。

「どうぞこちらへお掛け下さい、理由はすぐにわかります、どうぞ」

沖原氏はちょっと躊《ため》らうようすでしたが署長の態度に圧倒されたのでしょう。中沢氏のほうへは眼を向けずに、いちばん奥の、ちょうど中沢氏と差向いの席に就きました。署長は四つの杯に酒を注ぎ、自分でみんなの前に配ってから、「とりあえずひと言だけ申上げて置きます」と冷やかに云いました。

「今日のお招きは私ひとりの考えで、沖原さんはもちろん、中沢さんも御存じのないことであります、たぶんお二人とも御不快であろうと存じますが、これは単に私の酔狂から出た催しではなく、どうしてもお二人に揃《そろ》って頂く必要があったのです、なぜかということはもう間もなく……」署長は腕時計を見ました、「さよう、遅くとも三十分以内にはおわかりになるでしょう、それまでどうか御不快を辛抱して頂きたい、そして私がお願いしましたら、どのような事があっても沈黙を守って頂きたいのです、お二人にとっては、かなり意外なことが起こるだろうと思うのですが、黙ってしまいまで見ていて頂きます、これだけをお願い致します」

そこで初めて毎《いつ》もの調子にかえり、「いかがです、このドムはなかなかいけるじゃありませんか、アペリチフということでどうぞ」あいそよくそう勧めるのでした。……私にとっては、絶交状態にある両氏を一緒に招いたことだけでもずいぶん面喰《めんくら》いましたが、これから更に何事か始まると聞いて、好奇心は強くなるばかりでした。沖原氏も中沢氏も同様だったでしょう、杯にはかたちだけ口をつけたまま、お互いに無視し合いつつじっと「その時」の来るのを待っているようすでした。

二十分も経ったでしょうか、垂帷が引いてあるので姿は見えませんが、給仕に案内されて隣りのブースへ客が一人はいって来ました。署長は声をひそめて「黙って、物音をさせないで下さい」と囁《ささや》きました。中沢氏は腕組みをし、沖原氏は椅子の背に凭《もた》れました。私も全身の神経を耳に集め、かたずをのんで隣室のようすに聞きいりました。

八

「ええ珈琲だけでいいわ」隣室から若い娘の声が聞えて来ました、「まだ誰も私を尋ねて来た方はなくって？」

「はあ、まだどなたもおみえになりません」

「来たらここへお願いしてよ」

これだけの会話がはっきり聞えました。そして署長がつと手を伸ばして中沢氏の腕を押えたので気づきましたが、氏は大きく眼を瞠《みは》りながら、椅子を立とうとするところでした。然しすぐにおちついてまた腕組みをしました。

隣りのブースからは椅子の軋《きし》る音や、大きい溜息が幾たびも聞えて来ます、ひじょうに苛《いら》いらしているらしい、間もなく給仕が珈琲を持って来ましたが、それに手をつけるようすもなく、依然として立ったり掛けたりする音が続きました。

こうして更に二十分もしたでしょうか、やがて給仕の案内で、新しい客がはいって来たようすです、給仕が去るまでなんの声もせず、それから二十秒ほど息詰るような沈黙がありました、若い人間のよけいな想像力からでしょうが、私には隣りのブースで激しく抱擁し合う男女の姿が見えるように思いました。

「こんなところで逢って、君は大丈夫なの」若い男がそう云いました、「もし誰かにみつかりでもしたら……」

こんどは沖原氏が、殆んど椅子から立ちあがりました。然し署長がすばやくそれを制し、静かに席へ就かせたとき、隣室からは次のような対話が聞えて来たのです。

「そう思ったけれど他に適当な場所がないし、あなたのほうがお急ぎだというから……」

「僕が急ぐって、なにを急ぐの」

「あらこれよ」そう云うのと同時に、卓子の上へなにか取出す音がしました、「あの頸飾りだけはないかも知れないけれど、とにかくこれだけ持って来たわ、お母さまに隠れてだからいちどには出せなかったのよ」

「これ、……これ、なんの意味だい」

「なんの意味って？」

「どうしてこんな物を持って来たのさ、僕にはまるでわけがわからない、ぜんたいなんのために」

「だって忠雄さん、あなた昨日……」

「僕が昨日どうしたのさ」

「ああ」と娘の恐怖の声が聞えました、「あなたじゃなかった、忠雄さんじゃなかったのね、ああどうしよう」

「由美ちゃん、なにか間違いがあったのか」

「私たちみつかったのよ」娘の声は哀れなほどうわずっていました、「誰かが私たちのことをみつけたんだわ、きっとそうよ、でも誰でしょう、いったい誰でしょう」

そのときです。署長は静かに立つと、靴音を忍ばせて出てゆきました。そして娘の問いに答えるかのように、「それは私ですお嬢さん」そう云いながら、隣りのブースへはいるのが聞えました。もちろん青年は沖原忠雄、娘は中沢由美子です。私は沖原氏と中沢氏を見張りながら、じっと隣りの会話に聞きいりました。

「君は誰です」忠雄君の声でした、「許しもなく他人《ひと》の席へはいって来るなんて失敬じゃあないか、出てくれ給え」

「話を簡単にするために云いましょう、僕は当市の警察本署長で五道三省という人間です、少し個人的に話したいことがあって邪魔をしました、個人的というのはむろんあなた方にとっての意味です、どうかお二人とも椅子に掛けて下さい」警察署長という言葉が決定的だったのでしょう。二人は椅子に掛けたようすでした。署長はすぐに続けてこう云いました。

「私が此処へ来たというだけで、あなた方には話の内容はおわかりだろうと思う、然し順序としていちおう私の云うことを聞いて貰いましょう、問題は中沢さんの家で真珠の頸飾りが盗まれた件です、……これまでの経過では、お杉という小間使の行李の中から、その頸飾りの中の真珠が一粒出て来て、お杉が盗んだというかたちになっている、もちろんこれは嘘で、頸飾りはまったく別人の手にあります、はっきり云ってしまえば、由美子さんの手から忠雄君の手に渡っている筈《はず》です」

このとき沖原、中沢の両氏はひじょうな驚愕《きょうがく》にうたれました。

「これはそうする必要があったのでしょう、云ってみれば忠雄君が頸飾りを始末するまで、他の人間へ疑いを向けて置く、というような必要が、……僕にもそれはわかるし、同情すべき点もあると思う、然しお嬢さん、あなたはどうしてその人間を小間使に選んだのです、あなたにすれば最も手近で、然も利用し易《やす》かったからでしょう、だがお杉は弱い人間ですよ、あなた方には名門の権力と富がある、例えこんな間違いがわかったとしても、中沢家、沖原家という家柄がものを云って、新聞へも出されず表沙汰《おもてざた》にもならんでしょう、闇《やみ》から闇へもみ消されてしまう、……けれどもお杉にはそんな庇護《ひご》は爪《つめ》の先ほどもない、あとで嫌疑が晴れたにせよ、警察の留置所へはいったというだけで一生ぬぐうことのできない傷を受ける人間です、貧しい人間は哀れなくらい無力です、あなた方はそういう気の毒な者を犠牲にした、そして自分たち二人の幸福の設計をした、だがそれで幸福が得られると思いますか」

九

「幸福は他の犠牲に依って得られるものじゃない」署長はこう続けました、「そのために誰かが不幸になり、犠牲になるような幸福は、それだけですぐ滅びてしまう、僕はあなた方に同情したいと思うが、あの弱い無力な小間使を利用した点で、どうしても同情したり許したりする気持になれないんだ、忠雄君、由美子さん、どうかひとつ説明して下さい、どうしてもお杉を使わなければならなかったという、その理由を僕に説明して下さい、それに依ってはあなた方が名門の令息令嬢であろうとも、僕は断じてこの事件を」

「待って下さい、僕すっかり云います」忠雄君の悲鳴に似た声が聞えました、「みんな僕が悪かったんです、由美子さんに罪はない、僕の責任です」

「いいえ悪いのは私です、忠雄さんはなんにも知ってはいませんわ、みんな私が……」

「まず忠雄君の説明を聞きましょう」

「こうなんです」かたんと椅子の音がしたのは、恐らく忠雄君が立上ったのでしょう、それに続いて泣くような調子の、切迫した声が聞えて来ました、「僕たちは東京の学校にいた頃から、……愛し合っていました、こんな云い方を許して下さい、本当に心から愛し合い、将来を誓っていたんです、けれど由美子さんの級友の一人が、寄宿していた家の主人とスキャンダルを起こし、それがきっかけで僕たちのことも或《あ》る一流新聞に書かれました、根も葉もないというより、醜く、歪《ゆが》められた悪意で書かれた記事でした、……それで由美子さんは音楽学校を中途で退《ひ》いたのですが、この事件が僕の父と由美子さんのお父さんを怒らせ、それが市長選挙とからんで、中沢さんと沖原は徹底的な絶交状態になってしまったんです、……僕たちの将来は絶望でした、どう考えてみても二人の結婚は許されないでしょう、然しそれで諦《あきら》めるには、僕たちはもう精神的にも肉躰的にも深入りし過ぎていたんです、……方法を考えなければならない、どんな困難を排しても二人が結婚するために、……それには僕が生活の土台を造ることでした、それさえあったら家を出ても結婚できますから、僕は焦《あせ》りました、そして」

「そして、株に手を出したんですね」絶句した青年の言葉を促すように、署長が低くそう云いました。

「そうです、騙《だま》されたということはあとで知りました、そして僕のちからでは、どうにもならない多額の借財ができてしまったのです」

「頸飾りは私から差上げたんです」由美子嬢が耐えきれないという風に云いだしました、「忠雄さんは受取らないと云ったんですけれど、期日までにお金を入れなければ、仲買人がお父さんのところへゆくと云うんです、私もう夢中でした、ただこの急場だけ凌《しの》げばいいと思って、むりに忠雄さんに頸飾りを取って貰ったんです、なにもかも夢中でした、なにもかも……お杉が警察へ連れてゆかれてから、初めて私は自分のした事の恐ろしさに気がついたんです、幾晩も幾晩も眠れないで、泣いて心のなかでお杉に詫びを云い続けました、でもとても……」

由美子嬢の言葉はそこで激しい泣き声に変りました。それは本当になにかがひき裂けるような悲痛な泣き声でした。……署長が私たちのブースへはいって来ました、そして中沢氏と沖原氏とに「どうぞいらしって下さい」と云い、二人をつれて隣室へ戻ってゆきました、もちろん私も跟《つ》いていったのです。……相抱《あいいだ》くようにして泣いていた忠雄君と由美子さんは、とつぜん現われた父親たちを見て、身ぶるいをしながら椅子から立ちました。署長は両氏に向って二人の姿をさし示し、ちからの籠《こも》った低い声でこう云いました。

「お聞きのとおりです、沖原さん、中沢さん、あなた方が今なにをなさらなければならないか、おわかりでしょうな」

両氏は署長の前に頭《こうべ》を垂れました。そしてすぐ、中沢万三郎氏が決然と面をあげ、沖原氏のほうへ歩み寄って手をさし出しました。沖原氏はそれを両手で受けました、それと同時でした、「忠雄さん」と叫んで、泣きながら由美子嬢が青年の胸へとびついたのは、こんどは歓《よろこ》びにおののく泣き声をあげながら、……署長はゆっくり大きく頷きました。

「それで結構です、御両家の幸福を祈って私はひきさがりましょう、ただ一つ、御両家の幸福をたしかなものにするために、私から一つお願いがあります、小間使のお杉には許婚者《いいなずけ》があって、それが建具屋の店を出すのといっしょに結婚する約束だそうです、どうか御両家で二人を後援してやって頂きたい、金はいけません、金に対する貧しい人間の考え方ほど潔癖なものはありませんから、その他の方法で援助をお願いします、……これで私は失敬しますが、あちらに四人分の食事の支度を命じて置きましたから、みなさんでゆっくり召上って下さい、どうぞ御心配なく this time it's on the house.」*

そして署長と私はそこを去りました。……命じてあったのでしょう、待っていた自動車で香蘭社を出ると、私は早速「まるで芝居の四幕目という感じでしたが、いったいどうしてあんな場面が出来あがったのですか」と訊きました。署長はふんと鼻を鳴らし、上衣《うわぎ》の内隠しから一枚の紙片を出してよこしました。

「種はこれさ」と云うのです。そこには鉛筆のひどい走り書きで、

頸飾りは売れない、他の物を急いで都合して下さい。

こう書いてあり、その次へペンの女文字でこれもかなり急いだ筆つきで、

明日午後二時香蘭社の特別室で、由、

と書いてありました。

「初めの鉛筆のほうは署長さんの字ですね」

「あのときお杉の弟に持たせてやったのがそれさ」署長はのんびりと退屈そうに云いました、「ものは試しだと思ってね、僕には令嬢のやった事だという直感があったからね……午後二時香蘭社、この七字で万事解決だったわけさ」

署長は腹の上で手を組み、うしろへ凭れかかりながら眼をつむりました。

「お杉は感づいていた、あの子にも愛する者があったから、愛を知る者の敏感さで、令嬢の苦しい恋を知っていた、だから、感づいていても云えなかったんだ、……お杉こそ、本当に一粒の真珠だよ」

云い終るとすぐ、われらの寝ぼけ署長はこころよさそうに、軽くすうすうと寝息をたてて眠りだしました。

新生座事件

一

いま東京の新劇界*で最も注目されている劇団に「新生座」というのがありますね。自分の小劇場を持っているし、スタッフは粒揃《つぶぞろ》いだし、レパアトリイはがっちりとして清新で、善《よ》かれ悪《あ》しかれ問題になるものを欠かさないし、なによりも強い団結と相互信頼のちからで、今や押しも押されもしない堂々たる存在になっているそうです。モリエール*が演《や》れて久保田万太郎《*くぼたまんたろう》が演れる、ド・キュレル*のあとで近松物《*ちかまつもの》の新しい上演に成功するというのですから、一部の批評家の反感は避けられないとしても、啓蒙《けいもう》時代をぬけたばかりの新劇界では、なんといっても相当に買われて不当ではないと思います。……私がこんなことを云《い》うとさぞ可笑《おか》しくお思いでしょうが、この市《まち》はふしぎに演劇界と深い縁があるのです、いつの頃からか「あの市の公演で成功すれば劇団としていちにんまえになれる」ということが云われていましたし、現在でも興行者なかまではかなり有名なことだそうです。おそらく偶然の結果が幾つか集まって、縁起をかつぐ人たちにそんなことを云われるようになったのでしょうが、一面にはこの市の各階級を通じて、演劇にひじょうな興味と鑑識をもっていることも事実ですし、その端的なあらわれの一つに寛《ゆる》やかな検閲制*があります。東京や大阪はもとより、他の都市で上演禁止を命ぜられたものが、当市では許可される例が少なくない、思想的なものでもずいぶん寛大でしたし、明らかに風俗壊乱でないものなら、グラン・ギニョル*ばりの残虐《ざんぎゃく》劇に近いものでも幾たびか上演されました、なにしろ「あそこは演劇の自由市だ」などと云われたくらいですから。

新生座がこの市で初めて公演した時の騒ぎは忘れられません、なにしろ十日間の公演ちゅう、客席と楽屋に私服警官が毎日十人ずつ臨検*しているし、新聞では三面*トップ、「舞台上の殺人?」とか「恐怖の演劇」などとでかでか書きたてるようなありさまで、全市の視聴が市立劇場へ集注したと云ってもいいくらいでした。城趾《じょうし》の公園の桜が咲きだそうとする、田園の小川や田溝《たみぞ》などにのっこみ*鮒《ぶな》を覘《うかが》って釣竿《つりざお》が並ぶ、そういう季節になった或《あ》る日のこと、署長宛《あて》に来た郵便物の中に一通の妙な手紙があるのをみつけました。親展書の他はいちど私が眼をとおし、必要と認めるものだけ署長に渡す定《きま》りなのですが、そのときは余り文面が異様なので、署長に渡したものか握り潰《つぶ》すべきかちょっと迷いました。というのが、宛名はただ「署長様」としか書いていないし、差出人は「みつ」とあるだけです、然《しか》も手紙の文句というのが、……ちょっとお待ち下さい、この話に就いて二三の資料がありました、すぐ出して来ますから。

ああこれです、「助けて下さい」いきなりこう書きだしてあるんです、「わたくしは殺されようとしています、すぐ来て助けて下さい、けれど手紙を差上げたことは内証にして下さいまし、さもないと……」そして終《しま》いに「新生座みつ」とありました。ひじょうに急いだとみえ、手帳をやぶいて鉛筆でなぐり書きにしたものです。大き過ぎる音は音のように聞えないそうですが、文句があまり異常なので、私にはどうも信じ兼ねる気持が強かった、そして殆《ほと》んど握り潰そうと思ったのですが、そのときちょうど毎朝新聞の記者で青野庄助という青年が部屋を覗《のぞ》きました。

「おやじは留守かい」

「いやいるよ」私は顎《あご》をしゃくりました。

「例の如《ごと》しか」彼は帽子をあみだ*にはねながらはいって来ました、「おやじが居眠りばかりしているんで世間も眠っちまやがった、こう平穏無事じゃあ社会部の記者はあがったりだぜ、なにかないかね」

青野とは親しくしていましたし、正義感のつよい信頼のできる男でしたから、私はふとその手紙を出して見せました。彼は卓子《テーブル》に腰を掛け、ふんと鼻を鳴らしながらうち返し見ていましたが、「新生座っていうと明日から市立劇場で蓋《ふた》をあける劇団だな」そう呟《つぶや》いたとたんに彼は眼を光らせました。

「これ貰《もら》っていっていいか」

「冗談じゃない、いま来たばかりなんだ」

「だがどうせ屑籠《くずかご》へ入れるんだろう」

「それは僕の知ったことじゃない」

「おれに任せてくれ」彼は卓子からとび下りました、「探訪の結果に依《よ》っては連絡をとる、決して無良心なスクープはやらない、頼むよ」

新聞記者の六感がどんなものか私は知っていました、彼はなにか感じたのです、それが却《かえ》って私を要慎《ようじん》させました。私が拒むと、彼はその手紙を持って、「よし、そんならおやじとじか談判だ」そう云って署長室へはいってゆきました。……私が郵便物の整理を終って、椅子《いす》から立上ったときです、青野は帽子を握りつぶしながらとび出して来て、えらいけんまくで「くそっ、寝ぼけ署長め」とどなりました。

「*嗜眠性《しみんせい》脳炎にでもなって犬に食われちまえ」そして手荒く扉を閉めて出てゆきま

した。

二

官舎へ帰って夕食を済ませてからでした、署長は背広に着替えながら、「新劇の俳優というのに会う気はないかね」と云います、私はすぐ今朝の手紙を思いだしました。

「なにそんな意味じゃない」署長は頭を振りました、「あの劇団には知った人間がいるんだよ、角谷貞夫《さだお》といってね、たぶん来ているだろうと思うんだが……」

私もすぐ立って着替えました。

「新生座というのは、ずいぶん苦闘して来た劇団だ」官舎を出ると、署長は溜息《ためいき》をつくような調子でこう云いました、「新劇界ではくさわけとも云えるし、時流に媚《こ》びず、正しい演劇精神を守る点では稀《まれ》な存在だった、本当に価値あるものが栄える時代なら、第一流として注目もされ、酬《むく》われもしただろう、然し悲しいことに日本では観客も批評家も新奇を追うことに急で、がっちりと正道を歩く、じみな仕事には飽き易《やす》い、経営は楽にならないし、仕事はどこまでも研究的だ、そこで若い者はちょっと踊れるようになり人気がつくと、あきたりなくなってとびだしてしまう、もっとみいりがよくて、世評にのぼる派手な劇団へね、……よくけちがついた、悪い興行師に食われたのも度《たび》たびだ、不入り続きで半年も休んだり、幾たびも主役女優を抜かれたり、……然し初めからの幹部たちはよく頑張ったよ、まったく悪戦苦闘というやつだったがね」

「たいへんお精《くわ》しいんですね、署長」

「僕かい」署長は煙ったいような眼をしました、「ああ、警視庁で検閲をやっていたじぶんから知合いでね」

「署長が今ここにいることを知っているんですか」

「知らないだろうね」こう云って署長は頭を振りました、「新生座がここへ来たのは、ここでひと人気とろうというのに違いない、どうか成功させてやりたいと思うが、蓋をあける前からこんな不吉な事が起こるようではな……」

やっぱりそうだ、署長の頭にはあの手紙の問題があったんだ。私はそう思うと同時に、新生座に対する署長の好意が、どうかこんどもよき実を結んでくれるようにと祈りました。……栄町五丁目の吉田屋《よしだや》という三流どころの旅館に、一座は泊っていました。名だけ通じたので、単なるひいき客と思ったのでしょうが、相対して坐《すわ》っても、署長が「僕だよ」というまで相手にはわかりませんでした。

「これは奇遇です」角谷貞夫という男はぱっと顔を輝かせました、「五道さんがいらっしゃるとは知りませんでした、こいつは幸先《さいさき》がいいですね、まずひとつ乾杯させて下さい」

「じゃあこれで頼むよ」署長は用意して来た紙包を渡しました、「なに遠慮される程のものじゃない、どうせ引幕*などというわけにはいかないんだ、心ばかりの前祝いだから」

押し問答がありました。

「では頂きましょう、然しお断わりしておきますが、こんどの開幕劇はクウルトリイヌの『署長さんはお人好《ひとよ》し』*ですよ」

「それを先に聞くんだったね」

みんな気持よく笑いました。

広間のほうに席が設けられ、十八人の座員が並んで、簡単な肴《さかな》の膳《ぜん》に麦酒《ビール》と葡萄《ぶどう》酒《しゅ》とサイダーが配られました。五人の幹部は署長と馴染《なじみ》ですが、他は初対面の者が多いので、座長格の角谷が一人ずつ紹介をしました。私はそのとき女優の名に注意していたのですが、葉川美津子というのが一人で、あとは「みつ」というのに符合する名がありません、然も葉川美津子はもう三十を出たかと思える、色の黒い、ひどく陽気な、平凡すぎる容姿の女で、どうにもあんな手紙を出す人柄にはみえないのです。私は待つことにしました、そのうちにはなんらかのかたちで、必ず当人がその存在を示すだろうと信じましたから、……杯がまわるにつれて、思い出ばなしや高笑いの声が賑《にぎ》やかに響き始めました。みんな愉快そうでした、知的な仕事をする者に独特なわかりよさで、諧謔《かいぎゃく》を投げあい、洒落《しゃれ》や軽口に興じています。だがそのなかに、そういう雰囲気とはまじりあえないで、ひそかに反感をさえいだいているると思える人間がいることを、私はやがて気づいたのです、それは幹部の渡辺謙一と、若手の人気俳優だという星野欣三《きんぞう》、そしてまだごく若い女優のひとり佐多玲子《れいこ》の三人でした。

——たしかに、あの三人にはなにかある、謎《なぞ》は必ずあのなかにある。

私はこう思って、それとなく監視を続けていました。署長は常になくいい機嫌に酔いました、そして間もなく、「このなかにみっちゃんという名の子がいるかね」と大きな声をあげました、私はどきりとして、思わず署長の顔をぬすみ見ました。

「みつというのは僕の昔の恋人の名でね、同じ名の子には必ず敬意を表することにしているんだ、いたら此処《ここ》へ来たまえ」

「はあい、わたくしみつです」女優の一人が片手をあげました、「本名は橋本みつと申します」

「わたくし林三都子です」

「わたくしは小野美津乃《みつの》と申します」

つまり三人いたわけです、そして小野美津乃というのが、さっきからひそかに監視していた佐多玲子の本名だと知って、私の神経はにわかにひき緊《しま》りました。

三

「じゃあ橋本のおみっちゃんから来たまえ」

署長がそう云うと拍手が起こり、その女優が活潑《かっぱつ》に立って来ました。私は席を三人ばかり隔てていましたので、少し乗出すようにして聞き耳を立てました。署長は飲み物を訊《き》いて、サイダーを注いでやりながら、すばやくなにか囁《ささや》いています。だが言葉は聞えません、橋本みつはけげんそうな顔で、署長の顔をぼんやり見返すだけでした、それで充分だったのでしょう、署長は杯をうち合せて、「林の三都ちゃん」と次を呼びました、それから小野美津乃を、……然し三人とも、期待するような反応はまったく示さなかったとみえ、署長はかなり拍子ぬけのしたようすでした。

けれども私は見ていました、小野美津乃が立って来たとき、渡辺謙一と星野欣三が、彼女の姿をじっと見まもっていたのを、……渡辺の粘りつくような（毒々しいくらいな）眼つきと、そして星野の燃えるような、なにかいちずに思い詰めているようなまなざしとを。

みんなでシュミットボンの「街の子《ちまた》」の歌を合唱してから、署長と私はその宿を出ました。暖かな、おぼろ月の、うっとりするような晩でした。酒と文芸論と歌と、我われの生活とはかけ離れた、青春の夢や歓《よろこ》びに満ちた宴《うたげ》のあとで、こうした静かな宵の街を歩くことは、もしなにも心に懸ることがなかったらどんなに楽しかったでしょう、然し私は間もなく、自分の観察した三人のことを話しました。署長は黙って聞いていましたが、「どうも単純じゃあないね」と呟くように云いました。

「どの娘が手紙の主か、探りをいれてみたがわからない、助けを求めるくらいだから、なにか合図くらいはしそうなのに、……それさえできない事情があったのか、それとも、……とにかく明日は劇場のほうへいってみよう」

署長の云うとおりです、殺されるから助けてくれなどという手紙をよこして、こっちからいってみればそんなけぶりをみせる者もない、それほどの危険なら、あの場で「助けて下さい」ととびついても来られる筈《はず》です。では単なるいたずらでしょうか、……いや、私の頭にはあの三人の異様な容子《ようす》がこびりついていました、なにかある、なにか変事が起ころうとしている、そういう気持がどうしても頭から去りませんでした。

翌日、私は署長に伴《つ》れられて新生座の公演を観《み》にゆきました。市立劇場はさして大きくもないし、古いうえに照明やその他の設備などもよくありませんが、英国風のがっちりとおちついた建物で、新劇の上演などにはいかにも調和した雰囲気をもっています。私たちはまず楽屋を訪れました、そして幹部の部屋へ案内されたのですが、はいろうとしたとき、中で激しく云い諍《あらそ》っている声が聞え、思わず扉口《とびらぐち》で立止りました。それほど諍いの声は激しかったのです、……私たちがはいるのと入違いに、渡辺謙一がひき歪《ゆが》んだような冷笑（またしても毒々しい感じの）をもらしながら出てゆきました。角谷貞夫はつとめて平静に迎えましたが、よほど昂奮《こうふん》していたのでしょう、指が震えていましたし、居合せた他の幹部たちも妙に不安なようすでした。

「昨夜はどうもわざわざ恐縮でした」角谷はこう云って私たちを直《す》ぐ廊下へ伴れ出すのでした、「もう間もなく開きますから、席のほうへ御案内いたしましょう」

「……なにかあったのかね」

「いやなんでもありません」署長の問いを避けるように、彼は慌《あわ》てて話を変えるのです、「こんどの賠償という五幕はぜひごらん下さい、創作劇では珍しく突込んだ心理描写をやっています、作者がまだ若いし、独逸《ドイツ》の近代劇にかなり影響されていますが、とにかく」
「あの戯曲は読んだよ」署長がそう遮って云いました、「悲劇喜劇*の正月号に載っていたのを、女を三人殺すあれだろう」
「そうです、お読みになったんですか」
「主役はたしか池田とか云ったが、あれは誰が演《や》るのかね、君かね」
「いや一日交代です、今夜は私ですが、渡辺と佐藤と倉島と一木、この五人で代る代る演ります、殺される女三人も同様です」
「つまり競演というわけだね」
「みんなの演技力を見て貰う意味です、新しい土地ではこれが劇団に馴染んで貰ういちばんいい方法だと思いまして」
楽屋から奈落《*ならく》へ下り、観客席へ出た私たちは、二階へ上って正面の第一列に椅子を取りました、そこには既に新聞記者たちが四五人いて、顔み知りの者がこちらへ挨拶《あいさつ》しました、その中に毎朝の青野もいたのですが、彼は身を縮めて、私や署長の眼から遁《のが》れたいようすにみえました、社会部のエキスパアトが、芝居の初日に現われる、然も昨日あの手紙の事があるので、私にはすぐ彼の意図が読めたし、私たちにみつかりたくない気持もわかるので、苦笑と共に自分でも緊張するのを感じました。

四

客の入りはよくありません。第一の「署長さんはお人好し」の開幕までにようやく四分という、情けないありさまでした。その一幕物はご存じのとおり気の好い警察署長が色いろな人物に翻弄《ほんろう》され、さいごには狂人のために石炭庫へ閉籠《とじこ》められるという、フランス流の洒落と諧謔に富んだもので、署長を星野欣三が演りました。なにしろ警察署長がさんざんやっつけられる芝居だし、こっちには「寝ぼけ署長」がいるというわけですから、新聞記者たちの喜びは大したもので、幕が下りるといっせいに拍手しながら、顔はみんなこちらへ向けてげらげら笑うのでした。

「賠償」五幕はおもくるしく暗い芝居でした。或る実験医学の研究所へ通っている資産家の青年が平和な楽しい新婚生活をしている、一日、激毒物の壜《びん》の置き方を誤って、妻がそれを飲み、悶死《もんし》してしまう。五年ばかり経《た》つ、男は前妻の妹と結婚する、ところが同棲《どうせい》生活を始めると共に、亡妻の幻影に苦しめられる、「潜在意識で妹を欲していたために姉を毒殺した」そういう妄想に捉《とら》えられる、第二の妻は彼を助けて、研究のほうへ頭を転換させようと努力する、或る日、妻と猟にゆこうとして、銃を検《しら》べているとき、とつぜん猟銃が発射し、妻は即死する。十年間の放浪生活、淫酒《いんしゅ》、賭博《とばく》、そして第三の女が彼を救おうとする、然し再び妄想と幻影が彼を捉える、罪悪感が「賠償」を要求する、彼は第三の女を殺すことに依って賠償を果そうとする、そして寝室でそれを決行する。……過失に依る二回の偶然の殺人は彼を苦しめた、然し計画的な殺人のあとでは、それが法律で罰せられるゆえに、却って妄想の苦悶から救われる。善不善、良心と法律、これらの問題がかなり突込んで描写されているのです。

その夜は主人公の池田公一を角谷貞夫、第一の妻は布川あやめ、第二の妻は忘れましたが、第三の女は葉川美津子が演りました。第一幕の毒死と、第三幕の猟銃の誤射、第五幕の寝室の殺人、この三場面の演技は迫真力のある、かなり強烈なものでしたが、入りの少ない観客席には、残念ながら反響らしいものはみえませんでした。

芝居が終ってから、署長は私を伴れて楽屋を訪れ、混雑している中で祝辞を述べて廻りました。そこへ二三の新聞記者もやって来ましたが、その中に青野庄助がいるのを認めただけで、署長と私とは先に劇場を出て来ました。

「良い芝居ですがあまり受けないようですね」

「君は芝居なんか観ていたのかい」署長はこう反問しました、「それじゃあきっと、……あの事なんかまるで気がつかなかったね」

「あの事って、なにかあったんですか」

署長は答えませんでした。

「何かあったんですか署長」私はこう重ねて訊きました、「仰《おっ》しゃって下さい、いったいどんな事が……」

「第三幕だよ」署長はぽつんとこう云ったものです、「あの猟銃の発射するところさ」

私は考えてみました、然し格別な印象はなにもありません、それ以上は訊いても答えて貰えないことは明瞭《めいりょう》です。私は官舎へ帰るまで、そして帰って寝てからも、署長の言葉と第三幕の轟烈《ごうれつ》たる銃声が耳について仕方がありませんでした。

明くる朝、署で郵便物の整理をしていると、また例の「みつ」という女文字の手紙が来ていました、こんどはそのまま署長のところへ持ってゆきました。

「必ず来ると思ったよ」署長は封を切りながら呟きました、「だが……」

さっと眼をとおすと、なにか思いがけないことを読みでもしたように、暫《しばら》くその手紙を眺めていましたが、やがて私のほうへ押してよこしました。それには次のような意味のことが書いてありました。「このまえ差上げた手紙は取消します、私のことは構わないで下さい、みんな思い違いでした、昨夜は宿へ来て下さいましたが、もう二度とあんなことはなさらないようお願いします、どうか私に構わないで下さい、新生座みつ」こんどはペンで書いたしっかりした字体でした。

「これはどういう意味でしょうか」

「書いてあるとおりか、その逆かだね」署長は椅子の背に頭を凭《もた》せかけました、「……医者は患者より聡明《そうめい》でなくてはならない」

「私には危険信号のように思えるのですが」

「やる気があるなら君に任せるよ」

「やってみたいと思います、少なくとも三人の目標は摑《つか》んでいるんですから」

「早合点はいけないぜ」署長はじっと私を見ました、「相手は俳優だからな、表情とか、身振りとか、発声とか、人の感情を動かす色いろな武器を持っている、要慎《ようじん》したまえ」

私は笑って頭を下げました、然しおそらく確信のない笑いだったでしょう、署長はちょっと頭を振りながらこう呟きました。

「真昼に空を仰いでも、青い空と雲しか見えないけれども、深い井戸の中へはいれば、白昼に星を見ることができる、……晩には僕も劇場へゆくよ、今夜は芝居を観にね」

五

午後三時になると、許しを得て私は署を出ました、そして市立劇場の前にある「パン亭」という料理店にはいり、毎朝新聞の青野に電話をかけました。私は彼に助力を求めたのです、青野庄助はすぐやって来ました、麦酒とカツレツを注文してから、私はまず例の手紙を見せて、彼の意見を聞きました。

「僕も危険信号だと思うね」彼は手紙を返しながら云いました、「実はこっちでもちょっと探りを入れてみたんだ、あの劇団にはなにかある、たしかになにか起ころうとしているよ」

「探りを入れたというのは、ゆうべの楽屋でか」

「いや宿屋でおとついインタービウをやった」

「あの日は署長と僕もいったぜ、尤《もっと》も晩だったが」

「僕あ午前ちゅうだ、主な俳優たちと会ったんだが、内部にかなり険悪な空気のあるのを感じたんだ、或る若い女優をめぐってね」
「それは佐多玲子じゃあないか」
「うん、本名を小野美津乃という娘だ、然し単なる恋愛問題じゃあない、劇団内部になにかトラブルがあって、それに恋愛が深刻な絡《から》み方をしている、僕にはそうみえた」
「で、結局この手紙の主は佐多玲子かね」
「わからんね、直《じか》に会えればいいんだが、あそこじゃあ絶対に一人で外へ出さないんだ」
「やってみたのかい」
「角谷という座長に交渉してみたんだ、一緒に飯を喰《た》べたいといってね、ところが座員は男女に限らず一人では外出させないという返辞だ、そして事実そのとおりなんだよ」
　青野は旅館の周囲を監視したり、女中たちから聞き込みをしたり、かなり熱心な探訪をやっていました、それに依ると新生座には厳格な規則があって、旅興行ちゅうは単独で外出したり、客に招かれたりしてはならないということが固く守られている、従ってこんどのような場合には、当人が積極的にとび出してでも来ない限り、外から容子を探ることは不可能に近いというのでした。

「ではやっぱり待つより仕方がないな」

「そうだ」青野は頷《うなず》きました、「もしいま警察で手を入れたとしても、恐らくなにも摑めやしないだろう、その点は実にがっちりしたもんだ」

「君は今夜も芝居へゆくかい」運ばれて来たカツレツへナイフを入れながら私が訊きました、「署長もゆくと云ってるが……」

「ゆくとも、問題はあの舞台にあるとさえ思っているんだ」

「どういう意味で……」

「ゆうべ賠償の第三幕で」こう云いかけてぐっと麦酒を呷《あお》った彼は、急に頭を振りながら言葉をうち切りました、「然しこれはまだ云うには早いだろう、とにかくあの舞台は注目する値うちがあるよ」

賠償の第三幕、それはゆうべ署長の口からも聞いたことです、青野も同じことを云うからには、気づかなかった私の迂闊《うかつ》さは別として、なにかあったことは事実に違いありません、私は改めて、今夜の芝居こそは注意して観ようと思うのでした。

その夜も客の入りはよくありませんでした、初日より或《ある》いは悪かったかも知れません、俳優たちは熱心で、入りのよし悪しなど念頭におかない精いっぱいの演技をみせましたが、それが却って寒ざむしく感じられるほど、客席は淋《さび》しいものだったのです。……青野は「賠償」の第二幕が終ってから、せかせかと二階の席へ来ました。

「君は楽屋へいかなかったね」彼は私の隣りへ掛けるとすぐこう云いました、「僕あ今までいたんだ、面白い事実を一つ摑んだよ」

「なんだい」私は思わず乗出しました。

「佐多玲子というのは葉川美津子の娘なんだ」「だって姓が違うじゃないか」「いや葉川は芸名で本当は小野葉子っていうんだ、そしてトラブルの中心はあの母娘《おやこ》にある、僕はそう睨《にら》んだ、もっとあるがあとで話そう、幕があがる」

問題の第三幕が開きました。……主役の池田は一木兵衛《ひょうえ》が演り、第二の妻を佐多玲子が演りました、私はなにが起こっても見逭《みのが》すまいと注意を集めて舞台面に見入りましたが、脚本のよさと演技の巧みさにひきずられ、昨夜とは違った意味で、いつかしら芝居のほうへ注意をもってゆかれてしまいました。猟銃が誤って発射されるとき、銃声が昨夜ほど大きくなかったように思っただけで、結局なにごともなく第三幕は終ったのです。

「いまの佐多玲子の芝居はうまいな」廊下へ出て喫茶室へはいりながら、青野はせかせかとこう云いました、「昨夜の女優とは段違いだ、あれは大したものになるぜ、然し、……ちぇっ、芝居の珈琲《コーヒー》ってどうしてこんなにまずいんだろう」
「今夜も第三幕になにかあったかい」
「いや無かった、が、無かったことが昨夜あった事を証明するんだよ、……そのまえに葉川母娘の話の続きだが、あの玲子を中心に少なくとも三人の男が対立している」

六

「一人は幹部の渡辺謙一だろう」私がそう云いました、「それから若手の星野欣三、僕はそう見たがね」
「星野はたしかだ、渡辺には気がつかなかったが、成瀬京太郎と吉岡東作、この三人が玲子をめぐって激しい競《せ》り合《あい》をやっている、君の見た渡辺謙一を入れるとすれば、四人だね」
「玲子は誰に好意をもっているんだ」
「わからない、寧《むし》ろ誰にも好意をもっていないんじゃないかと思う、あの娘は芝居もうまいが男を操るのも上手だ、彼等をひき寄せたり突放したり、歓ばせたり失望させたり、実に巧みにあやなしている、尤もそれには母親の葉川が軍師になっているらしいが、とにかくあの四人の他にも、葉川母娘に操られている男はかなり有るようだ、つまり新生座の癌《がん》的存在と云ってもいいだろう、ところが母親は老け役《ふやく》女優ではすばらしい腕を持っているし、娘がまたあのとおりずばぬけてうまい、母娘を放逐することは劇団にとって致命的な打撃になる、……悲劇が起るとすればこの点に中心があるんだよ」

「うまく三面記事が出来たね」とつぜん私たちのうしろでそう云う声がしました、

「さすがに新聞記者は眼と耳が速いよ」

振返ってみると、いつ来たものか、すぐうしろの卓子で、わが寝ぼけ署長が紅茶を啜《すす》っていました。

「だが書いちゃいかんぜ、青野さん」署長は銀貨*を卓子の上へ置きながら、人をばかにしたような調子でこう云いました、「書いちゃいかん、さもないと君は後悔するぜ」

そしてゆっくりと廊下へ出てゆきました。私は青野を見ました、彼は署長のうしろ姿に向って拳《こぶし》を振上げ「たぬき爺《じじ》いめ」と低く罵《ののし》りの声をあげました。

「あのおやじが署長になってから警察記事は止ったきりだ、事件らしい事件記事は根を断っちまった、だがこんどはそうはさせないぞ、みているがいい、こんどこそは」

彼の言葉に符を合わせたように、間もなく思いがけない出来事が起こりました。それは第五幕の芝居ちゅうです、……第五幕では主役の池田公一が、十年放浪の生活のあと、第三の女性に（林三都子の役）救われるのですが、前に云ったような心理的原因から、寝室でその女を殺すという筋です。演技はカタストロフィーに向ってぐんぐん進みました、そして寝室での男女の対話が激しくなり、男は女を寝台の上へ投げだします、女が叫ぶと、男はのしかかって寝台の上で女の首を摑む、女の髪毛が白いシーツの上から床へ垂れる、男は女の首を絞めます。

ここまで来たときでした、階下の観客席からとつぜんするどい女の声で、いけませんいけませんと叫びだした者があるのです。

「いけません、皆さん止めて下さい、あの人は本当に殺します」

それは非常に鋭い、ひき絞るような叫びでした。舞台上の息詰るような演技と、その異様な鋭い叫び声とは、劇場内の有《あら》ゆる人たちを撃ち、慄然《りつぜん》とさせました。

観客たちは椅子から半ば立ち、叫んだ声よりは舞台の上へといっせいに注意を集めました。

　二俳優の演技も一瞬止ったようです。然しそれはごく僅《わず》かな時間のことで、その場面はすぐ暗転になり、場内には明るく電燈《でんとう》が点《つ》きました。……もちろん、観客たちの好奇心はそれでおさまりはしません、いま暗転になった舞台で、果して殺人が行われなかったかどうか、とつぜん叫びだした女はなに者か、みんなそれぞれの意見や想像を述べ合うので、客席は騒然たるありさまでした。

　場内が明るくなったとき、私は青野がいないのに気づきました、署長はと見ると、ひとかわ後ろの席で惘然《もうぜん》と口髭《くちひげ》を舐《な》めています、私は急いで廊下へ出ようとしましたが、署長に呼止められました。

「楽屋へゆくんです、いまの女優が」

「掛けていたまえ」署長はけだるそうに舞台へ顎をしゃくりました、「挨拶が始まるよ、なにも心配することはないのさ」

　実際そのとき暗転幕の前へ、スポットを浴びて角谷貞夫が出て来ました。彼は明らかに昂奮し、思いなしか声が震えていました。客席に拍手が起こり、角谷は挨拶を始めましたが、ひどく感情的な、突っかかるような調子が耳ざわりでした。

「お騒がせして申し訳ありません、唯今《ただいま》の叫び声は演技の妨害を覘《ねら》った悪戯《いたずら》だと思います、わが一座には決してあのような事実はございません、残念ながら悪戯をした人間を捉《つかま》えそこないましたので、なんのための妨害か判明しませんが、今後いかなる悪意ある妨害を受けましょうとも、我われの演劇に対する情熱は不動です、どうぞ公演ちゅう皆さまの御援助をお願い致します」

「昨日の第三幕はどうした」とつぜん二階の隅のほうから絶叫があがりました、「猟銃に弾丸が塡《つ》まっていたじゃないか」

角谷は絶句し、客席は騒然となりました、私はすぐ声のしたほうを見ましたが、そこにはもう誰の姿もみえませんでした。

七

角谷は更に弁明を重ねて引込みましたが、客席には釈然としない気分が濃く、そのため第五幕第二場はひじょうな緊張のうちに、注目と興味を浴びて演ぜられる結果になったわけです。……その第二場が始まるとすぐ、青野が席へやって来ました、彼はせいせい息をはずませながら、昂然として署長にこう云いました。

「明日の毎朝新聞をぜひ見て下さい、署長、そのあとで誰が後悔するかを定めましょう、お先に失礼します」

そして彼は廊下へとびだしてゆきました。

「いま向うの隅でどなったのは青野じゃあなかったでしょうか」私はふと思いついて、こう署長に囁きました、「あの声はどうも青野だったと思うんですが」

「いいはんじょう*だったね、もちろんあの男さ」

「そしてあれは本当ですか、ゆうべ第三幕の猟銃に弾が塡まっていたというのは」

「明日の毎朝新聞を見たまえ、きっと僕が話すより精《くわ》しく書いてあるよ、但《ただ》し精しいという点だけだろうがね……」

劇場での出来事と、翌日の毎朝の記事とは、全市を沸き立たせました。……ここにその切抜があります、このとおり三面のトップへ初号*の大標題《おおみだし》で「舞台上の殺人」とやってありましょう、さすがに名は隠してありますが、「某女優をめぐる恋の紛争」とか「幹部俳優間の嫉視《しっし》反目」とか「過失を装《よそお》う舞台上の謀殺」とかいう煽情《せんじょう》的な小標題がついています。

要約すれば、さっき申上げた葉川母娘をめぐる恋の競り合と、演技上の意見のくい違いから幹部のあいだに反目がある、それに一座を粛正しようとする良心派が加わり、これらが某女優を中心に今や紛糾の爆発点へ来ている。……そしてその危険は既に現実となった、「賠償」の第三幕に猟銃を誤って発射し、妻を即死させる場面がある、通例として芝居の銃声は舞台裏で擬音係がやるものだ、初日の芝居では舞台裏でも擬音係が銃声を発したが、舞台で主役の持っている銃からも轟然たる銃声が起こった。……猟銃には実包ではなかったが、空弾が塡まっていたのだ、記者は舞台の書割《かきわり》の一部が、微《かす》かに焦《こ》げているのを実際に見た。もし初日の客に炯眼《けいがん》の士がいたら、そのとき舞台上の二人の俳優が、ひじょうな驚愕《きょうがく》にうたれたのを見抜かれたに違いない、劇の筋そのものが驚愕を描いているのだが、そのときの二俳優の驚きは演技を遥《はる》かに超えたものだった、即《すなわ》ち、そこでは過失を装って謀殺が行われようとしたのである。

それから二日めの夜、同じ劇の第五幕で叫ばれた、「止めて下さい、あの人は本当に殺します」という出来事をとりあげて、これは一座の中の誰かが客席から見ていて、まさに起こらんとする事件の怖《おそ》ろしさに耐え兼ね、我知らず叫びだしたに違いない。折から二階にいた記者は、すぐさま階下へ駆け下りてみたが、案内人の証言に依ると劇場から外へ出た者はなかった。然《しか》も四分の入りで客席は疎《まば》らだから、叫んだ当人が場内にいれば発見されない筈はない、即ち、叫んだのは一座の者で、内部の激烈な紛糾と、なにが起こらんとしつつあるかを知っている人間だ。「数千人の見ている舞台上で、公然たる殺人が行われようとしている」記事はこう結んであります、「今夜か、明日の晩か、いつか必ずその舞台上で、公衆の観る前で、見えざる手が誰かを殺すだろう、……当局は即刻、新生座の公演に中止を命ずべきである」

この記事を読むと、署長は鼻でふんといいました。それからのどかな春の朝日のさし込む窓際《まどぎわ》へいって、城山公園のほうを暫《しばら》く眺めていました。私はなんとも気まりが悪くなってしまいました。

「どうも、すっかり青野にだしぬかれまして」

「……なにがだい」

「お引受けしたんですが手懸りがなくなって、青野にこんなスクープをされてしまって、どうも申し訳ありません」

「ああそのことかい」署長は向直って、ゆっくり椅子に掛けました、「それなら、なにも申し訳なくはないよ、事件はなにも始まってやしない、人山を見る、我水を見るさ、なにかあるならこれからだ、急ぐことはないよ」

「捜査係にも頼んでいいでしょうか」これは実のところ弱音でした、「私ひとりではどうも不安心なんですが」

「もう十人ずつ遣《や》ることになってるよ」署長は大きな欠伸《あくび》をしました、「楽屋と客席を見張るようにね、交代で毎晩やることに定めた、いい芝居を観るだけでもむだじゃないからな」

「十人ずつですか」私は思わず訊き返しました、「署長もそれ程にお考えなんですね」

「人山を見る、我水を見るさ」

私は半ば茫然《ぼうぜん》として、いかにも眠たげな署長の横顔を見まもったものです。

八

その夜からの新生座の公演ほど、観客に昂奮と戦慄を与えたものは無いでしょう。前夜の噂《うわさ》と毎朝新聞の記事とで、好奇心に駆られた客は、開場の二時間も前から詰掛け、開幕前に早くも満員の札が掲げられました。また楽屋に五人、客席に五人、それぞれ制私服の警官が張込んでいて、絶えず周囲を警戒してまわる、それがいっそう場内の空気を緊張させるようでした。

楽屋には張込がいますから、私はずっと毎《いつ》もの席で芝居を観ました、「賠償」の幕が開いてからの、客席のありさまは御想像に任せます。

その夜はなに事もなく、寧《むし》ろひじょうな成功で終演しました。翌日の新報知紙に、新生座の名で毎朝の記事に対する抗議が載りましたが、それは逆に市民の好奇心を煽《あお》ったに過ぎません、四日めも満員、五日めも同様で、芝居は曾《かつ》てない喝采《かっさい》のうちに終りました。然し、六日めになって、佐多玲子の欠勤と代役の掲示が出ました。……それは「賠償」の開く前のことでしたが、垂幕《たれまく》の上にその掲示が出ますと、隣りにいた青野が弾《はじ》かれたように椅子から立ちました。

「おい一緒にゆこう」彼は私の腕を掴みました、「いよいよ始まったぞ」

「楽屋には張込がいるんだ」

「なんの役に立つものか、来いったら」

彼は殆んど力ずくです、私は彼といっしょに席を立ってゆきました。……然し毎朝新聞の記者であり、例の記事を書いた当人ということがわかっていますから、楽屋では彼との面会を拒みました、それを押して会う権利はありません、彼は応待に出た若い座員をとらえて「佐多玲子の休演の理由は」と質問しました。

「佐多は、あの人は、病気です」

「病名はなんです」彼はたたみ込みました。

「僕は知りません」

「宿に寝ているんですか、楽屋ですか」

「どっちでもないようです」そう云いかけて若い座員はひどく狼狽《ろうばい》しました、「いい、いや知りません、僕はなんにも知りません」

「同じ座員で同じ宿にいて、このくらいの事を知らんのですか」

「知らないものは知らないです、もうなにも云えませんから帰って下さい」

「帰ってもいいよ、だが角谷氏にこれだけ伝えてくれたまえ、僕は佐多玲子の身になにか間違いがあったと思う、これは先日の記事と関係があると睨んだ、それで差支えないかどうか、……待ってるから聞いて来てくれたまえ」

　若い座員は幹部の室へゆきましたが、すぐに戻って来て、「佐多は宿で寝ています」と答えました。

　そして私たちは楽屋を去りましたが、青野は席へは戻らず、「今夜はもう此処へは来ないよ」と云ったまま、とびだすように劇場を出てゆきました。佐多玲子の休演は、単に青野や私だけでなく、当夜の客たち全部にとって疑問符だったでしょう、それから終演まで、劇場ぜんたいが、まるで憑《つ》かれたような緊張感に掩《おお》われ、第三幕の猟銃の誤射のときなど、銃声と同時に平土間*の客席から女の悲鳴があがったくらいでした。それは演技が真に迫ったのと、おそらくは恐怖に対して敏感すぎる人の、我知らず発した叫び声だったのでしょう、その人の周囲で忍び笑いが起こっていましたから、でもとつぜん「きゃっ」と叫ばれたときは、場内のあらゆる人が（舞台上の俳優たちまで）ほんの一瞬ですがたしかに色を変えたと思います、結局その夜も上々の好評で芝居は終りました。

明くる日の毎朝は、また三面のトップで佐多玲子のふしぎな失踪《しっそう》を書き立てました。これがその切抜です。「花形女優の奇怪な休演」という大標題です、内容は、病気休演というので記者がたしかめたところ、責任者は言を左右にして会わず、追求の結果「宿で病臥《びょうが》ちゅうなり」との答えを得た、記者は即刻一座の宿泊する旅館を訪ねたが、そこには佐多玲子はいなかったし、宿の者の話では前夜来その姿を見ないと云う。……数日前、記者は近く悲劇の起こるべき事を予告した、佐多玲子は果してその第一の犠牲者で無いだろうか、眠れる司法当局に問う、佐多玲子はいずれに在りや？　こう結んであるのです、颯爽《さっそう》たるものですよ。

毎朝がここまで書くのですから、他の新聞も黙殺できなくなり、「殺人舞台」とか、「恐怖の演技」などという標題で、それぞれ記事を掲げました。毎朝にスクープされたあとですから、義理に扱った程度ですが、これは市民の興味をいやが上にも煽り、新生座の公演は十日のうち八日間ぶっ通しに満員続きという、未曾有《みぞう》の、そして極めて皮肉な結果になったのです、そして楽《らく》の日が来ました。

九

その朝、署長のところへ角谷貞夫が訪ねて来ました、署長は快く会いました。

「いい成績だったそうで、おめでとう」

「色いろ不愉快な事もございましたが、お蔭《かげ》さまで成功しました、御尽力にはお礼の言葉もありません、有難うございました」

「お礼は僕から云うところさ」署長はパパ*ストラトスの箱をすすめながら、「久し振りで芝居らしい芝居を、それも唯で観せて貰ったんだから、一本どうだね」

「頂きます」角谷は煙草《たばこ》に火を点けてから、ちょっと眩《まぶ》しそうな眼をしました、「ときに一つお願いなんですが、もう一週間ばかり続演の許可が頂けないでしょうか」

「…………」署長は黙っていました。

「劇場のほうは貸すと云ってくれます、せっかくの入りですから、実はみんなが惜しがりまして」

「いけませんね」署長はゆっくりと、ひと言ずつこう答えました、「僕はここで寝ぼけ署長という名を貰っているんだよ、このうえお人好しという名は貰いたくないからね」

「それでは第一の脚本を変更しまして」

「角谷君」こう遮って、署長はじっと相手の眼をみつめました、「君には、僕が、それほどの馬鹿《ばか》にみえるかい」

角谷貞夫は悄《ぎょ》っとしました、そして眼を伏せたきり暫くは身動きもしませんでした、それはまるで頬《ほっ》ぺたに平手打ちをくった人のような、うち萎《しお》れた姿でした。署長は煙草を（例の下手くそな）手つきで弄《もてあそ》びながら、しんみりとした調子でこう云い添えました。

「僕は君たちの劇団が好きだ、これまで恵まれなかったことを、毎も残念に思っていた、然しこんどは君たちの演技力が、はっきり観衆にわかったじゃないか、……この市でこれだけ成功すれば、必ず興行界に注目される、頑張りたまえ、君たちの善闘の酬《むく》われる時が来た、新生座は間もなく第一流の劇団になれるよ」

新生座は十日間の公演を終り、予想外な収穫を得て市《まち》を去りました。二日めの夜の出来事と、毎朝紙の記事が捲《ま》き起こした謎は、未解決のままで、暫く市民の好話題になっていました、青野なぞは一座を追って、次の興行地まで探訪の手を延ばしたくらいです、然し謎はついに謎のまま、いつか噂も消え、やがて忘れられてしまいました。

　さよう、あれは事件があってから半年ほど経ってのことでしょう、或る日、青野から電話で呼び出しが掛ったので、私は例の「パン亭」へでかけてゆきました。彼は独りで麦酒《ビール》を飲んでいましたが、私が掛けるのを待兼ねたように「いっぱい食った」とどなりだしました。

「いっぱい食った、正にいっぱい食ったよ」

「いきなりなんだ、いったいなにを食ったんだ」

「あの新生座事件さ」彼は少しもう酔いの出た顔で、私を睨みつけながらこう云いました、「あいつは狂言だ、殺されるから助けてくれという、最初の手紙も、猟銃の弾丸も、客席からの女の叫びも、なにもかも計画的な狂言なんだ」

「だって君、それは現に君自身が探訪して……」

「だから食ったって云うんだ」青野は麦酒を呷って続けました、「あの一座は解散に瀕《ひん》していた、あの興行が乗るか反るかだった、この市で成功すれば救われる、失敗したら解散だ、つまり一座の運命を賭《か》けて来たんだ」

「それは穿《うが》ち過ぎだと思うな、だって、あれが巧みな宣伝だとしよう、然しその結果、毎朝紙で書かれた記事はどうだ『当局は即刻上演中止を命ずべし』とあったじゃないか、そして実際のところあんな騒ぎになったら、上演中止になり兼ねないぜ」

「それがならなかったじゃないか」

「うちのおやじだからさ」

「それを新生座では知っていたのさ」

いや！　私は反対しようとしました、初めて旅館へ訪ねていったとき、署長が「僕だよ」と云うまで、一座の者にわからなかった事実を知っていますから、然し次の瞬間、角谷貞夫が公演延長の依頼に来たときの会話を思いだして、はっと私は口を噤《つぐ》みました。「寝ぼけ署長の上にお人好しまで貰うのは厭《いや》だ」それから「僕がそれほど馬鹿に見えるかい」というあの言葉です。

「本署長が五道三省なら大丈夫だ、彼らはそうみこんでやった」青野は続けてこう云いました、「そしてあの狸《たぬき》も、あの嗜眠性脳炎おやじもそいつを承知していたんだ、承知のうえで、えへらえへらと訳のわからないことをしやあがった、書いちゃいかんぜ、青野さん」

彼はたいそう上手に署長の声を真似《まね》ました、「あの猫撫《ねこな》で声はどうだ、書いちゃいかん、さもないと後悔するぜ、青野さん、へっ、ところがこっちは書いちゃった、むやみに書いちゃった、宣伝はみごとに当って、あのとおりの大成功だ、そして、でここに哀れをとどめたのは青野庄助ただ一人さ」

「然し佐多玲子を取巻く恋愛事件まで狂言じゃなかったろう、玲子の失踪まで拵《こしら》えたというのは念が入りすぎているぜ」

「あれだけは狂言外だ、然し内容はごく単純だったのさ、渡辺謙一というのが、あの母娘《おやこ》を中心に新しい一座の組織を企《たくら》んでいたんだ、そしてまず玲子を脱走させたんだが、結局は失敗して渡辺だけ一座を去ったらしい」

「ずいぶん精しく調べたもんだね」

「寝ぼけ署長を筆誅《ひっちゅう》してやろうと思ってさ」彼はぎろっと眼を光らせました、「あの狸の狂言を承知で片棒担《かつ》ぐなんて瀆職《とくしょく》だからな、然しおれにはできなかった、あの狸おやじの大きな愛情がわかったから、……君はまだ知るまいが、新生座はあれから好評続きで、間もなく東京で自分たちの小劇場を建てるそうだ、そのきっかけはこの市での成功だ、おやじの寛大な愛情がその蔭にある、狸はあの細っこい眼で、なにもかもじっと見ていたんだ、そっぽを見るような風をしてね、おれはあの嗜眠性脳炎おやじが大好きだ、おれはすっかり惚《ほ》れちゃったぞ」

そう云うなり青野庄助は卓子の上へ俯《うつ》伏してしまいました。——そうだ署長は見ていた、私もそう頷きながら「我水を見る」という署長の言葉を、口のなかで呟いてみました。

眼の中の砂

一

罪を犯した人間に対してわが寝ぼけ署長がどんなに深い同情と憐《あわ》れみを持っていたかということはもう度たび話しました。危うく罪に落ちようとする者を救った例も多いし、既に犯した者をもできる限り法の縛《いまし》めから解き放し、更生の途《みち》を立ててやった数も少なくありません。勿論《もちろん》、中には署長のちからに及ばないことがあって*送局するより仕方のない場合があります。そういうときの署長の哀《かな》しげな諦《あきら》めの悪いようすは忘れられません、彼を送局し犯罪者の烙印《らくいん》を捺《お》すことが自分の責任であると感ずるかのように、数日は訳もなくしょげかえって溜息《ためいき》ばかりついているという風でした。いつか殺人の罪で挙げられた男がありました、どう贔《ひ》負《い》め《き》にみても同情する余地のない事件で、ひと調べするとすぐ送ってしまったのですが、そのときでさえ署長は憂鬱《ゆううつ》に黙りこくって部屋に閉じこもり、卓子《テーブル》に肱《ひじ》をついて両手で頭を支えながら、まるで良心の呵責《かしゃく》に耐えぬ人のように深い溜息をつくのでした。私はそのときごく低い声で署長がこう呟《つぶや》くのを聞きました。

――神よ宥《ゆる》したまえ、かれらはその為《な》すところを知らざるが故《ゆえ》に。

聖書にでもある文句ですか、私は知りませんが、人間の法律は赦《ゆる》すことができない、だが神よあなたは宥してやって下さい、恐らくそういう気持の祈りだったでしょう。私は聞いていて思わず頭《こうべ》を垂れずにいられませんでした。別のときは次のような詩の断片を書いて見せてくれたことがあります。もう名は忘れましたが英国の画家で詩人だという人のものだそうです。

Where Mercy, Love and Pity dwell
There God is dwelling too.

慈悲と愛と憐愍《れんびん》の在るところ神もまた在りという、頭を垂れながら私はその詩句を思いだして、これこそ署長の気持を最もよく表わす言葉ではないかと思うのでした。然《しか》し全部が全部そんな風だったとは云《い》えません。稀《まれ》には心《しん》そこ怒って容赦のない方法を執ることもありました。尤《もっと》もそれが独特な遣《や》り方なので、我われから見ると寧《むし》ろ手ぬるく感ずるほうが多かったものですが、……さよう、あの鬼徳の事件などはその代表的なものでしょう。然しまず珈琲《コーヒー》でも淹《い》れ替えてからに致しましょうか。

花が終って若葉にかかる鬱陶《うっとう》しい季節のことでした。公園の下に「茶仙」という大きな料亭のあるのを御存じですか、旧城趾《きゅうじょうし》の一部をとりいれたもので、蘚苔《せんたい》や歯朶《しだ》類の密生した岩蔭《いわかげ》から湧《わ》き出る水をひいた池があり、暗いほど鬱蒼《うっそう》と蔽《おお》い繁《しげ》った古い樹立《こだち》など、自然のまま余り作らない二千坪ほどの庭の中に、五棟《むね》の建物が渡り廊下でつながっています。今では鉱泉など設けて繁昌《はんじょう》するそうですが、その頃は宴会が主で平常は閑散なもので、半日くらいは暢《のん》びりと手足を伸ばしにゆけたものです。私はよく署長に伴《つ》れられてそこへゆきました。尤も飲み食いは二の次で、頭や軀《からだ》を休めるのが目的だったようです。二品か三品の料理で少量の酒か麦酒《ビール》を飲むと、あとは寝ころんだり私と下手な将棋を指したりして暮すという風でしたから、……その日も食事のあとブランデイを取って、それを舐《な》めながら将棋を始めました。私ももちろん下手ですが署長のは、それに輪をかけたうえ長考で、角道*を通すなり考えこむというほうです。然も例のとおり考えてるのか眠ってるのかわからないというやつですから、勝負など念頭に置いたら、こっちがまいってしまいます。そこでただお相手に駒《こま》を動かすという程度に止《とど》めて、私は私で好きなことを考えるといった風でした。

一番*にたいてい二時間はかかる将棋がちょうど中盤になりかかったところで、署長は交換*した角を打つのに考えこんでいました。傾きかけた晩春の午後の光りを浴びて、庭の樹々《きぎ》は燻《いぶ》しをかけたようなそれぞれの嫩葉《わかば》の色を、さびた古代錦《こだいにしき》かなんぞのようにしっとりと浮き出させています。こんなにも嫩葉の色は美しく多種多様なものかと、私は殆《ほと》んどびっくりして眺めていましたが、ふと渡り廊下に人の足音がして、隣りの部屋へ誰かはいって来るのを聞きつけました。……女中でも用を訊《き》きに来たのだろう、そう思っていますと、そっちの部屋でひそひそと話し声がし始めたのです。

「これこないだ話した薬や」こう男の声が云いました、しゃがれたような、そのくせ妙に細いいきいきいした声です、「一週間ぶんはいったる、朝飯まえに一服、夜寝る前に一服、一日に二度ずつ服《の》むねんと、ええか一日二度やで」

「あたし厭《いや》です」こんどは女の声でした、泣きそうな、そして恐怖に身を縮めているという風な声でした、「よく考えてみたんですけど、あたしとても、とてもそんな恐ろしい事はできません」

「今になってそんなこと云うたかてあかんがな、県会*の選挙は迫っとるし、もし政心会のやつらにでもこんなこと嗅《か》ぎつけられてみ、それこそなにもかもわやや*ないか、おまえかて今の若さで子持ちになることあれへんやろ、子が欲しいやったら先へいってからでもできるがな、わからんこと云わんと、これ服んでさっぱりし、ほしたらあの帯と着物を買《こ》うたるがな、文ちゃん」

二

これがあなた方でしたら、有触れた情事の一齣《ひとこま》を聞いたというだけで、さしたる興味も感じないでしょうけれど、私たちはこうした場合どうしても職業意識に駆られ易《やす》いものです。署長はそれをなにより嫌っていましたから、私もできるだけ聞かないように努めるのですが、隣室のひそひそ話くらい耳につくものはありません。そのうちに女は泣きだしました。そして結局は男の云うことを承諾したのでしょう。二人は間もなく廊下へ出て去ってゆきました。

署長は眼をつむって、いい心持そうにすうすう鼻息を立てています。私はブランデイを杯に注いで飲みました。いまの男の卑《いや》しげな声や言葉つきが頭にこびりついているようでやりきれなかったのです。純然たる関西弁でもない、どこかそらをつかうような狡猾《こうかつ》な響きのある言葉でした。私の知人でT……という洋画家がいます。秋日会の会員で相当知られてもいるし、画《え》はうす汚ない妙なものですがよく売れるので有名でした。彼は湘南《しょうなん》地方の生れにも拘《かかわ》らず巧みに関西弁をつかうのですが、それが「商売上のこつだ」というのでした。「標準語でやると画なんか売りにくいが、関西弁でやればすらすらとゆくし、必要となれば相当ぼろいこともできる」こう云っていました。厭なやつだと思いましたが、隣室の男の言葉がそれと同じような感じで、私の印象につよくのこったのでした。

それから半月ほど経《た》った或《あ》る日のことです。官舎から署へ出勤すると、本署の門前に十人ばかり貧しい恰好《かっこう》をした男女が待っていて、署長を見るなりわっと取巻いて口ぐちになにやら訴え始めました。みんながいっぺんに饒舌《しゃべ》るので訳がわかりません。私は大声に制止して、「話があるなら代表を出して云うがいい」と云いました。

「それみろ、だから俺がこういうことには総代というものが要ると云ったんだ」四十ばかりの車力《しゃりき》風の男がこう云って前へ出ました、「へえごめん下さいまし、わっし達は栄久町の五十軒長屋の者でございますが、今朝っからわっし共の長屋へぶち毀《こわ》しがやって来ましたんで、どうか警察の旦那《だんな》のおちからですぐに停めて頂きたいんでございます」

「長屋へぶち毀しが来たって」署長はちょっと鼻でも痒《かゆ》いような顔をしました、

「だがそれはいったいどういう訳なんだね」

「訳はまあ色いろございますが、先にそのぶち毀しのほうを停めて頂きたいんで、へえ、それでないとわっし共は今夜っから野宿しなけりゃあなりません、どうかひとつすぐにお願い申したいんで」

「では誰か遣ろう、然し、まず通してくれないか」

かれらは道を明けました。署長は保安課の者を二人呼び、かれらと一緒にいって事情を調べて来るように命じました。……毎朝きまりの事務を終って一時間ばかりすると、保安課の刑事の一人が帰って、報告にきました。事情というのは簡単でした、栄久町の地続きに住んでいる八巻徳兵衛《やまきとくべえ》という金融業者が、五十軒長屋の土地を買い取り、三月《みつき》まえに長屋の者へ立退《たちの》きを申渡した。然し期限が来ても立退くようすがないので、強制的にいま長屋を毀し始めているとこういう話でした。

「八巻というのは県会議員の候補者に立っているあの八巻氏かね」

「そうです、例の鬼徳という綽名《あだな》のある」

「そんな蔭口はいかんね」

「然しずいぶんあくどい事をしているらしいです、人事相談係へ泣き込んで来た者も相当ありますが、調停などには決して譲歩した例《ためし》がありません、なにしろ八巻徳兵衛ではわからなくとも鬼徳といえば知らない者がないくらいですから」

「ああいう職業は誇張して反感をもたれるものだ、そして世間の評《うわさ》というやつは無責任だからね、そういう眼で人を見ることは慎まなくてはいかん、だがそれで長屋の事はどういう風にして来たんだ」

「折井君が八巻氏に交渉すると云って残りました」

「折井君じゃ無理だったな」

署長は独り言のようにそう呟きました。果してそのとおり、折井刑事はそれから一時間程して帰りましたが、長屋の者五人と八巻徳兵衛氏が一緒でした。署長はかれらに会いました。……長屋の五人は今朝みた顔で、例の車力風の男が主として口を利《き》きました。八巻氏は五十五六だったでしょう、固肥《かたぶと》りの猪首《いくび》で、手足の太短いずんぐりした軀に、頬肉の瘤《こぶ》のように盛上った、眉《まゆ》の際立《きわだ》って濃い口の大きい、なにやら露骨な感じのする顔です。それから話すとき口いっぱいに、金歯の見えるところや、眼つきのすばしこい動き方などに、冷酷と狡猾とがあからさまに表われていました。実際あんなに典型的に不愉快な風貌《ふうぼう》というものも珍しいでしょう、然もその細い厭なきいきいとした話し声ときたらまったく忘れられないものでした。

三

「わたくし八巻でございます」椅子《いす》へ掛けるなり八巻氏は取入るような薄笑いを浮べながら署長にこう話しかけました、「お噂《うわさ》は兼がね承っておりました、ぜひいちどお眼にかかって御高説を拝聴しようと思いながら、つい機会を得ませんで残念しておりました、どうぞ今後ともひとつ」

「君その窓を明けてくれないか」署長は相手の言葉を遮って私にこう命じました、よほど癇《かん》に障《さわ》ったのでしょう、こんな不作法なまねは署長には例の少ないことです、それからしずかに八巻氏へ会釈《えしゃく》を返しました、「……失礼しました、で、用件にかかりましょうか、多忙なものですからなるべく簡単にお願いします」

「ええもう事件はごく明瞭《めいりょう》なものでございます」八巻氏は能弁に始めました、「御存じかと思いますがわたくしの邸《やしき》は五年ほどまえに建築したものでございまして、敷地も二百坪ばかりございますが、これは新村さん、御存じでしょうな、あの資産家の新村正吾《しょうご》さん、あの方の地所なんでして、わたくし非常に気にいったものですからぜひ譲って頂きたいとこう思うんですが、どうしても手放して下さらない、もちろん新村さんとしましてはあのとおりの大資産家ですから」

「失礼ですが、どうか話を簡単にして下さい」
「承知しました、ごく簡単に、つまり、そういう訳でわたくしの邸の地続きに百五十坪ばかり土地を買いました、御存じのとおりあそこには五十軒長屋と呼ばれる貧《ひん》民窟《みんくつ》がございます、もう立腐れ同様のひどい建物ですし、泥溝《どぶ》は溢《あふ》れ放題、ぼろを着たでき物だらけの子供たちはうじゃうじゃいるし、喧嘩《けんか》と酔っぱらいと不道徳の巣のようなものです、ああいうものは社会が」
「もういちどお願いします、どうか用件だけにして下さい、用件だけに」
「然しこれはかなり重要な点なのですがな、わたくしがあの土地を買収して邸を拡《ひろ》げるに就いては、あのような不潔な地区を取払って幾分でも市の風紀粛正のために資そうという、いや宜《よろ》しい、わかっております」八巻氏は署長の眉が険しく顰《しか》むのを見て慌《あわ》てて首を振りました、「では当面の問題に限って申上げましょう、そういう訳で土地を買収したのが一月二十日のことです、それからすぐ長屋の持主、川口幾三という者ですが、それを介して長屋の三十四世帯《しょたい》に立退き料を渡し、三カ月を切って移転するという契約を取交わしたのでございます、その期日は五日まえに過ぎているのですが、長屋の人間は言を左右にして立退きませんので」
「立退き料の残りを払わないからですよ貴方《あなた》」と例の車力風の男、彼は木村熊造《くまぞう》という名でしたが、ひどくせきこんで署長にこう訴えました、「いくらわっし達が貧民窟《くつ》の人間だからって貴方、一軒あたり二円五十銭という立退き料はあんまりでさ、山吹町で立退きがあったときなんぞは五人家族で二十円、三人でも十五円は貰《もら》ってるんですからな」

「いやわしの手からは一世帯に就いて三円八十銭ずつ出してあるんだ」八巻氏は彼に向ってこう云いました、「その差額は家主の川口が取得したもので、それはなんども云ってあるじゃないか、契約はすでに書類になって厳存しているんで、法律上いかなる異議も挿しはさむ余地はないんだ」

「だっておまえさん、一軒あたり五円ずつ追加するという相談には考えて置くと約束しなすったでしょうが」

「それは考慮するとは云ったさ、然し考慮の結果その必要を認めなければ、すでに完了した契約を実行するのに些《いささ》かも拘束される理由はないんだ」

「それはおまえさんのほうの理屈だ」長屋の者の中から一人の老人がそう云った、「酔っぱらいがどうのぼろを着た子供がどうのと云わっしゃるが、貧民窟に住んでたって人間は人間ですぜ、わっし共はしがねえ暮しだ、ああいう乞食《こじき》小屋のような処《ところ》でもあればこそ親子が雨つゆを凌《しの》ぐことができる、あそこを追っ立てられたら今日が日どこへ寝る処もありゃあしません、それを貧民窟はうす汚なくて悪い者の巣だとか、人間らしい人間はいねえようなことを云って、むりむたいにぶち毀しを」「爺《じい》さんもういいよ」署長が、しずかにこう制しました、それから例のように眼をつむって、ほっと溜息をついてから続けました。

「だいたい話はよくわかりました、そこで八巻さんにお訊《たず》ねしますが、貴方は長屋をそのままにして置くお積りはございませんか、もしそうして遣るお積りがあれば、彼等はひじょうに助かると思いますがね」

「おまへんな」八巻氏は言下にこう答えました、「こっちゃに邸を拡げる必要もありますし、市の風紀上の意味からしましても、あんな不潔な地域は取払わなあきまへん」

私は八巻氏が急に関西弁を使いはじめたとき、思わずどきりとして署長の顔を見ました。聞いた声です。紛れもなく「茶仙」の隣り部屋で聞いた声なんです。署長は……気がつかないのでしょうか、相変らずじっと眼をつむったままでした。

「ではどうでしょう、彼等が住居をみつけるまで、立退きを延期してやって頂けないでしょうか」

四

「いやそのために三カ月まえから期限付で立退きを通告しておりますので、またここで延期してみても同じことでっしゃろ、どうせ約束などの守れる連中やおまへんし」
「もう一つお伺いします、彼等に立退き料を追加してやって頂けないでしょうか、一世帯に二円五十銭というのは少し安いように思われますが、どうでしょう」
「せっかくですが契約が済んで期限も経過したことですよって、今さらそんな面倒なこと考えとうおまへんな、それに幾ら遣ったかてみな飲んでしまう連中やさかい、心配するだけむだやと思いまんね、金を遣れば遣るだけ悪い習慣をつけるようなものですよってな」
「ぜんたいとして、譲歩の余地はないという訳ですね」
「それで異議があるなら法律に訴えるがええやろと思いますな、日本は法治国ですよって、法律がきっと正しい裁きをしてくれまっしゃろ」
「よくわかりました」署長は眼をあけて八巻氏を見ました、「それではもうお話の必要もありませんからどうぞお引取り下さい、長屋の人たちにはこちらでよく話すことに致します」

八巻氏はまた追従笑《ついしょうわら》いをしながら、いちどゆっくり「御高説を拝聴したい」などと云って、せかせかとひとり先に去ってゆきました。……署長は暫《しばら》く眼を伏せたまま黙っていました。それからやがて謝罪でもするような顔つきで五人を眺め、低い声でこう云いました。

「お聞きのとおりだ、私のちからではこれ以上の事はできない、でそこで改めて相談だがね、警察の寮を明けるから、当分そこへはいって我慢して貰えないだろうか」

「寮を明けて下さるんですって」

「三十なん世帯とか云ったね、少し狭いかも知れないが、当分の辛抱だから、それで我慢して貰いたいんだ、半年もすればまた元のような住居を心配するがね」

五人は顔を見合せました。彼等にすれば渡りに舟でしょうが、あまりうますぎるので却《かえ》って途惑いをしたようです。然し今夜の寝場所に困っているんですから問題はありません。

「それは本当でしょうか」と、さっきの老人が云うのをきっかけに、五人は代る代るぜひそうして貰いたいと頼むのでした。

「それでよかったら帰って引越しの支度をしたまえ、寮のほうもすぐ明けて待っているから」

「有難うございます、おかげさまで八十七人が野宿せずに済みます」熊造がこう云って額を卓子《テーブル》へごつんとぶっつけました、「早く帰ってみんなに安心させてやりますですから、ではまた後ほど……」

よかったよかったと、甦《よみがえ》ったように元気になって五人も去ってゆきました。署長はすぐ係りの者を呼んで、寮にいる者を署の道場へ移すように命じました。非番呼集をして荷物を運び、掃除を入念にして置くようにというのです。係りは困惑しました。

「然し署長、それは規則に触れはしないでしょうか」

「規則というものは守るより用いることのほうが大切なんだ、責任は僕がもつよ、君は云われたとおりにしてくれればいい、すぐ頼む」

係りの者が出てゆくと、署長は明けてある窓へいってながいこと外を見ていました。その逞《たくま》しい肩のあたりに、抑えても抑えきれない忿《いか》りの姿勢が表われているようにみえます。そうして殆んど五分間もじっと立っていたのち、署長は呻《うめ》くような調子でこう云いました。

「眼裡《がんり》の砂、耳裡の土という言葉がある、誰でも眼の中へはいった砂や、耳に塡《つ》まった泥はそのままにはして置けない、どうしたってすぐ取り除かずにはいられない、……そうだろう」こう云って振返り、私の顔を恐ろしい眼で睨《にら》みつけました、「法律の最も大きい欠点の一つは悪用を拒否する原則のないことだ、法律の知識の有る者は、知識の無い者を好むままに操縦する、法治国だからどうのということをよく聞くが、人間がこういう言を口にするのは人情をふみにじる時にきまっている、悪用だ、然も法律は彼に味方せざるを得ない、……君はたぶんまた中学生のようなことを云うと思うだろう、結構だ、なんとでも思いたまえ、然し中学生は自分の利益のために公憤を偽りはしないぜ、でかけるんだ、支度をしたまえ」

「今日は午後から分署会議がある筈《はず》ですが」

「そんなものは犬に食わせろ、延期だ」

寝ぼけどころか、まるでだだっ子です。私は慌てて主任に分署会議の延期を知らせ、署長のあとから駆けだす始末でした。……自動車で、まずいった先は栄久町でした。そこではさかんに毀されている長屋の中から、男も女も土埃《つちぼこり》をかぶって、貧しい荷物を運び出したり車へ積んだりしています。署長はそっちへ歩み寄りながら、取毀しの指図をしている男に「おい君」と呼びかけました。

「あのとおり引越しを始めてるじゃないか、毀すのを少し待ってやりたまえ」

「なんだって」ゴルフ・パンツを穿《は》いて太い桜の杖《つえ》を持った相手の男は、なにをこいつがというようにこっちを見ました。署長は背広ですからちょっとわからなかったのでしょう。然し側《そば》にいる官服の私を見て、さすがに職業柄すぐ察したとみえ急いで冠《かぶ》っていた鳥打帽を脱ぎました。

五

「話はもうついているんだ、あんまりあこぎなまねをするもんじゃない」署長は露骨に不愉快な表情でこう続けました、「それより手が揃《そろ》ってるなら引越しの手伝いでもしてやるがいい、そのほうが物事が早く片付く訳じゃないか」

云い終るとすぐ踵《きびす》を返して、長屋の横から裏へまわり、八巻氏のいわゆる「邸《やしき》」なるものを見ました。五寸釘《ごすんくぎ》を逆さに植えた高い板塀をめぐらせた中に、葉の赤ちゃけたひょろ長い檜葉《ひば》の梢《こずえ》が見え、まわってゆくと「八巻家勝手口」という木戸があって、その脇《わき》に大きく「悪犬あり警戒せられたし」と書いた板が打付けてあります。署長はくるっと背を向けて引返しました。

「俗悪と劣等の典型だ」自動車に乗ってから署長はこう呟きました、「哀れむべき人間だ……」

　そして眼をつむって考えこむのでした。車は次に公園下の「茶仙」に着けられました。私は署長がなにを考えてそこへ来たかおぼろげに推察し、ちょっと胸の躍るのを禁じ得ませんでした。いつも来る部屋へ通ると果して署長は案内して来た女将《おかみ》に「お文さんという女中がいるかね」と訊きました。

「ええいることはいますけれど」

「ちょっと会いたいんだが、ここへよこして貰えないかね」

「さあ」女将は困ったという顔をしました、「あの子は他のお客さまには出さない約束で預かっているものですから……」

「仕方がない、では署長として会わせて貰おう」

「なにか、あの子が間違いでも……」

「会ってみなければわからない、とにかくここへ呼んでくれたまえ」

　女将はすぐ一人の若い女中を伴《つ》れて来ました。年は二十そこそこでしょう。病後のように悪い血色をしていますが、まだ娘むすめした軀《からだ》つきで固く結んでいる唇の両端にぽつんと笑窪《えくぼ》の出る、寂しげな、けれどあどけない顔だちです。署長は女将が去ってからも暫くなにも云わず、ながいこと眼をつむってじっとしていました。

娘は段だん不安そうなようすを示し始め、膝《ひざ》の上で頻《しき》りに両手の指を解《ほど》いたり絡《から》めたりしながら、脅《おび》やかされた鳩《はと》のような眼で、ときどき署長の顔をぬすみ視《み》していました。

「君は夢を見ないかね」やがて署長は低い声でこう云いました、「……見る筈だと思うがね」

「さあ……」娘は困惑したような顔で、すばやくちらと私のほうを見ました、「夢って云いますと、どういうことなんでしょうか」

「夢だよ、赤ん坊の夢だよ」

「…………」

「まだこんな小さな、ようやくかたちの出来かかったばかりの、赤ん坊の夢だ」

突然きゃっというような、鋭い悲鳴をあげた娘は、両手で耳を塞《ふさ》ぎながらそこへ俯伏《うつぶ》せに倒れ、「嘘《うそ》です、嘘です、私じゃありません」と絶叫しました。

「私は知りません、厭《いや》だと云いました、そんな恐ろしい怖いことはできません、私は決して致しません、したのはあの人です、あの人が、あの人が無理にしたんです、あの人が」

神経症の発作のように支離滅裂で、然も明らかに告白の意味をもった叫びでした。

そしてあとは身を震わせながら泣くばかりです。署長は黙って、眼をつむったまま娘の鎮《しず》まるのを待っていました。弱い者に対して誰よりも深い同情と憐れみをもつ署長が、そのときどんなに辛《つら》い気持でいるかはお察しがつくでしょう。私はかたく閉じた署長の眼のふちに、涙が溢れていたのを忘れることができません。

「さあお立ち、いっしょにゆくんだ」娘の泣き声が低くなるのを待って、署長はやさしくこう云いました、「汚れたものは早く洗わなくちゃあいけない、洗ってきれいになるんだ、私はお文さんの味方だよ」

娘は覚悟をきめたという風に、泣きじゃくりをしながら立ちました。……身のまわりの物をあとから署へ届けるように、そして娘を拘引したことは厳秘にするように、署長はかたく女将に云い置いて自動車に乗りました。外はいつか小雨になっていました。署長は憂鬱そうな眼で窓から空を見やり、「引越しはまだ終らないだろうな」と呟きました。

車が大通りへ出たときです。機械に故障でも起こったのでしょうか、本署とは反対の方向へ向って狂気のように疾走し始めました。私は身を乗出して「どうしたんだ」と訊きました。運転手は振返って叫びました。

「じっとしていろ、邪魔をすると車をぶっつけて共死にだぞ」

私は声が喉《のど》に詰りました。振返ったのは運転手ではない、上衣《うわぎ》と帽子は同じですが人間がまるで違っているんです。私は署長を見ました。署長は眉も動かさずに前方を見まもっています。自動車は踊り上ったり横にスリップしたりしながら、小雨の街を矢のように、郊外へ向って走り続けました。

六

この運転席にいる見知らぬ人間がなに者でなにを企《たくら》んでいるのか、私にはもちろんすぐに見当がつきました。云うまでもなく八巻氏の手先に違いない、「茶仙」で私たちが娘を調べていたとき、おそらく八巻氏が来合せてその事を知り、先まわりをして私たちの誘拐を計ったに相違ない、私はそう思いました。氏にすればお文が検挙されることは堕胎教唆《だたいきょうさ》の発覚するもとですから、非常手段に訴えても妨害しようとするのは当然でしょう。そうとすれば我われはどうなるか、相手は我利我欲でかたまった、冷酷な、「鬼徳」という綽名さえもった人間です。殊《こと》によれば生命の危険も考えなければなりません。正直のところ私は腋《わき》の下に冷汗の流れるのを感じました。……なにかこの危機を遁《のが》れる方法はないだろうか、私は救いを求めるように幾たびも署長を見ますが、相変らず署長は前方を見つめたまま眼も動かしません。

車は既に市街を出て畑と雑木林の続く県道をまっしぐらに北へ向って走っていました。そしてあの中野川の長い鉄橋にかかろうとした時、とつぜん車は急停車したのです。乱暴きわまる急停車で烈《はげ》しい軋《きし》りと共に車はスリップして、危うく道路から堤の下へ転げ落ちそうになりました。

「二人だけ下りろ」運転席にいた男はこう叫びながら、拳銃《けんじゅう》でもはいっているのでしょう、右手をポケットに入れて突き出しました、「女を残して二人だけ下りるんだ、邪魔をすると射《う》つぞ」

「下りるよ」署長はこう云ってゆっくりと腰をあげました、「ただひと言だけ訊きたいんだが……」

「なにも云うな、早くしろ」

私はこのとき初めてその男をよく見ることができました。年は二十七八でしょうか、瘦《や》せた神経質そうな顔で、血走った少し茶色な眼を大きく瞠《みひら》き、白くなった薄手の唇を小刻みに震わしています。異常な昂奮《こうふん》……そうです。計画的な悪事などできる相貌ではない、ごく小心な人間が異常に昂奮している、そういう感じなんです。

——こいつゆけるぞ、私はそう思ったので、署長が下りるとたん、娘の軀を抱きあげて前へまわし、射撃に備えながらどなりました。

「署長たのみます」

運転席の男はあっと叫び、右手を入れたポケットを突出しながら中腰になりました。然し娘が盾になっているので即座に射つ勇気がない、同時に署長が運転席の扉を明けてとび込みました。

「五郎さんやめて」

娘のひき裂けるような叫びと、耳を殴られるような銃声とがいっしょに起こり、塵除《ちりよ》け硝子《ガラス》が飛びました。ほんの五秒ばかりの格闘です、署長は若者を座席の隅へがっしり押えつけ、拳銃をもぎ取りながら、「捕縄《ほじょう》をよこせ」と私に云いました。私は捕縄なんぞ持って歩いたことがありません。帯革《おびかわ》でも外そうかと思いましたが、それより先に若者がこう哀願しました。

「もう手向いはしません、どうか縛るのは勘弁して下さい、おとなしくします」

「この車の運転手はどうした」

「茶仙で飲んでいます」

「共謀者が待伏せしているようなことはないか」

「そんな者はいません、誓います」

そう云う若者のようすをじっと見ていた署長はやがて頷《うなず》くと共に自分が運転席に

坐《すわ》ってハンドルを握りました。……それから本署へ着くまで、娘も若者も泣き続けていました。さっき娘が「五郎さん」と叫んだことや、そうやって二人で声を忍んで泣いているようすを見ますと、彼等の関係は初めに私の推察したのとは違っているらしい、この若者は八巻氏の手先ではなく、寧《むし》ろお文と直接につながりをもつ人間のようだ。そう思いながら、私はひきいれられるように彼等の泣く声を聞いていました。

署へ着くとすぐ茶仙へ電話を掛けました。運転手はまだそこで車の帰るのを待っていましたから、本署へ取りに来るようにと知らせてやり、かたがた若者との関係を訊ねましたが、これは若者の云うとおりまったく無関係だということがわかりました。……二人を別べつの保護室に入れ、その日はそのまま訊問《じんもん》もせずに官舎へ帰りました。夕食のあと、私は命ぜられて寮のようすを見にゆきましたが、降りだした雨のために却って引越しは手早く済んだようすで、もうすっかり片付いた部屋部屋に、賑《にぎ》やかな夕餉《ゆうげ》のざわめきが聞えていました。官舎へ戻ると署長は留守でした。散歩をして来ると云って出たそうですが、帰ったのは十二時に近いじぶんでした。

「魚市場ですか」私がそう訊きますと、

「うん?……ああ、そんなものだ」署長はこう云ってゆっくり首を振りました、例の張子の虎《とら》のような具合にです、「生れて始めて、借金というものをして来たよ、ばかな話さ」

「なにかそんな御入用があるんですか」

署長はもう答えないで、黙って寝室へ去ってしまいました。

明くる日、署長はまず若者を呼んで調べましたが、事件は私たちの予想とはかなり違った内容のものでした。若者の名は八巻五郎といい、徳兵衛氏のひとり息子で、お文の相手は実はその五郎君だったのです。

七

「この世の中のどんな人間よりも、私は私の父を憎みます」

こう云って語りだした五郎君の話を要約してみましょう。徳兵衛氏が今日の資産を積むに至った経歴は省きます。いわゆる高利貸という存在の典型的なもので、その貪欲《どんよく》と冷酷と卑劣とには、同情の余地もなし口にするのも不愉快ですから、……八巻氏は店のほうには使用人を置かず、（人を信じない性格から）妻と五郎君を雇い人と同様に使って来ました。妻君は良人《おっと》に似て欲の深いうえに吝嗇《りんしょく》で、職業上の或る面では寧ろ八巻氏に輪をかけた腕をもっていたそうです。こういう両親の中に生れながら、五郎君はごく温和な優しい性質でした。親が親なので幼い頃から友達がなく、独りで野山へいっては松杉の苗だの花の咲く草などを採り庭の隅に植えて育てるのが唯一《ゆいいつ》の楽しみでした。迷い犬や捨てられた猫の仔《こ》などを見るとそのままにできず、そっと物置の中へ入れて自分の食事を分けて飼ったりする。もちろんみつかれば容赦なく抛《ほう》りだされてしまうし自分もひどく折檻《せっかん》されるんですが、やっぱりそんな犬や猫を見ると拾って来ずにはいられなかったそうです。……五郎君は中学校へあがりたかった。然《しか》し高等科さえもやって貰えず六年を卒業するとそのまま店の仕事に使われました。色いろな事をやらされましたが、その中の一つだけを挙げましょう。それはなかなか借金を払ってくれない家へいって「泣く」ことでした。多い中には鬼徳夫妻でも手を焼くような借手がいます。そういう家へ遣《や》られるのです。そして、「お金をくれなければ、帰っても家へ入れて貰えません、御飯も喰《た》べさせて貰えないんです、お願いします、どうか少しでもいいからお金を下さい、お願いします」と云って、しまいには土間へ坐って、額を土につけて「泣く」んだそうです。できるだけ大きな声をあげて、哀しげに、……もちろんこれはすべて両親に教えられた芝居なんです。

「君は本当にそれをやったんだね」署長はそこまで聞くと、こう云って大きく眼を瞠《みは》りました、卓子の上で握り合せた拳《こぶし》が震えていました、「十三や十四の年で、本当に君はそんなことを……」

「やったんです、そして私は思いだすたびに、恥ずかしくて死にそうです、子供ごころにもどんなに辛いことだったか、貴方がたに御想像がつくでしょうか」

傷つける魂、私は息苦しいほどの義憤を感じながら、心のなかでふと呟きました。五郎君の言葉は虐《しいた》げられ傷ついた魂の告白のように思えたからです。だがもうたくさんです。話を急ぎましょう。……不断の精神的圧迫と不良な栄養とで、五郎君は極めて虚弱な青年に育ちました。＊兵役《へいえき》は＊丙の免除だったそうです。その頃にお文が八巻家へ女中に来ました。彼女はごく貧しい日傭取《ひようとり》の娘で、八人きょうだいの三女ですが、二十円という金の代りに年期十年の約束だそうで、来たときの年は十三、気だてのやさしくて明るい、はきはきとなんにでも役に立つ少女だったと云います。三年ほど経つうちに、五郎君と彼女とは仄《ほの》かな愛情を感じ始め、やがてそれが恋に進みました。そういう家庭のことですから、二人だけで話す機会などはもちろん、そっと眼をかよわせるにさえ両親を恐れなければならない、まるで苔《こけ》の花のようにかなしく恵まれない恋だったのです。抑えられた熱は、抑える力の大きいほど強烈になるものです。二人の情熱は或る偶然の機会に恵まれたとき、いっぺんに燃えるところまで燃えてしまいました。……たったいちどでした。けれども彼女はその結果を身内に受取ったのです。三カ月めに母親が発見したときの騒ぎは話すまでもないでしょう。八巻氏は金融関係で交渉のある「茶仙」の女将に彼女を預けました。そして毎日のように通って来ては堕胎を強要したのです。

「お文の妊娠がみつかったとき、私は家をとびだしました、そして吾妻《あずま》自動車商会へ運転助手にはいったのです、昨日の運転手とはそのときから口を利くようになったのですが、そうやって吾妻タクシーで働きながら、私はお文を伴れだして一緒に逃げようと思っていました、然し一度だけ茶仙の女将に頼んで話をしたきり、それからは逢《あ》うことさえできません、気の小さい私は色いろと考えて絶望的になってゆきました、唯《ただ》いちど逢ったとき、お文は父の強要で堕胎したこと、その罪の怖《おそ》ろしさと、闇《やみ》へ葬《ほうむ》った子のいとしさのために、もう生きているのも厭になったと云っていました、私はお文の言葉をしんけんに考えるようになり、やがて二人で死のうと決心しました」

「拳銃はそのため持っていたのだね」

「家を出るときそっと持出したのです、そのときはそんな事に使おうとは思わなかったのですが」五郎君はのめるように頭を垂れました、「……昨日あの茶仙へいって、立ち話でもいいからと頼みました、すると警察から調べに来ているというのです、私はこれが最後だと思いました、それで……」

八

五郎君を保護室へさげて、こんどはお文を呼びました。これは堕胎の方法と時日と、胎児の処置を調書に取るのが主で、八巻氏の強要した点、薬品の効果がないため氏が老助産婦を伴れて来て施術《せじゅつ》した点など、特に精細に書き留められました。……終ったのはもう午《ひる》すぎでしたが、署長は食事をしようともせず、不味《まず》そうに茶を啜《すす》っただけで立ち上りました。

「君は捜査係の者と協力して、この婆《ばあ》さん助産婦というやつを捜し出してくれ、できる限り早く、……うっかりすると先廻りをされるぞ、……僕は二時間ばかりでかけて来る」

こう云って署長の出ていったあと、私は捜査係長と相談してすぐ命ぜられた手配をしました。……その助産婦がみつかって、署へ連れて来られたのは三日後のことでした。「八巻さんから人工流産の要ありという内科医の証明書を見せて頼まれた」と案外すらすら事実を承認しました。内科医の名も覚えていず証明書も保管していません。もちろん違法ということを知ってやった仕事です。署長はこれも調書を取っただけで帰してやりました。

「調べられたことは内証だよ婆さん」署長はこう念を押しました、「もしおまえさんが饒舌《しゃべ》って誰かに知れでもすると、おもて沙汰《ざた》にしなければならなくなるからな、決して他人に饒舌るんじゃないよ」

　こうして切札は揃いました。いよいよ八巻氏に手を打つ番です、さて署長はどんな方法をとるだろうか、私はぞくぞくするような気持でそれを待っていました。然しなにごとも起こらないのです。なにごとも、……五郎君とお文の二人は六日めに署を出され、そのまま私たちの前には現われませんでした。八巻氏は間もなく行われた県会議員の選挙に当選して、華ばなしく県の政界へ乗り出しました。そしてなにごとも無かったかのように、平穏無事に時日が経ってゆきました。

「大山《たいざん》鳴動して鼠《ねずみ》一匹いでずか」私は唯こう云ってみました。少しばかり中《ちゅう》っ腹《ぱら》になっていたわけです。

「なんだいそれは」署長は私の顔を眠たそうな眼で見ました、「大山なんか、どこでも鳴動しやしないじゃないか」

「八巻氏はもう旺《さか》んに利権あさりを始めているそうですよ」私はわざと知らん顔を

してそう云いました、「適者生存はやっぱり鉄則とみえますね」

「そんなものだろうね」

署長はそれっきり眼をつむってしまいました。……夏が去り秋になりました。十月にはいって間もない或る日、警察の寮にいた長屋の人たちの引越しがあり、一日じゅうわっわという騒ぎでした。どういうわけか彼らの喜び方は度外れにみえましたが、それよりも六カ月のあいだ道場で寝起きをしていた警官たちの喜びのほうが大きかったでしょう。こっちはその夜「復寮祝い」というのを盛大にやったものです。

そういう騒ぎのあった翌々日の朝、八巻氏が面会を求めて来ました。署長は待たせて置けと云って、一時間ばかり事務を執り、片付くと記者室にいた新聞記者を五人とも署長室へ呼びました。……こんな例はめったにないことです。なにか重大事件の発表があると思ったのでしょう。記者たちはみんな緊張した顔つきで、はいって来るなり手に手に鉛筆と紙を取上げるのでした。

「当市の或る処で、妊娠四カ月の胎児の死躰《したい》が発掘された」署長はこう云いだしました、「凡《およ》そ七カ月前のものと推定される、殆んど腐っているが、不熟練な手で鉗《かん》子《し》を使った痕《あと》が遺《のこ》っている、明瞭な堕胎事件だ、これから実地検証に行くから来たまえ、然し、……いま人に面会を求められているので、その客と用談が済むまで待って貰う、いや、遠慮はいらない、みんなここにいていいよ、客は新しい県会議員の八巻氏だから」

そして八巻氏を通すように云いました。……半年まえに比べて氏はいっそう肉が付き、猪首を緊《し》めつけるカラーが苦しそうにみえました。氏は昂奮というより激昂に赧《あか》くなった顔で、集まっている記者たちをじろりと見ました。

「わたくしは貴方とだけお話をしたいのですが」氏は威厳を示すように胸を張ったものです。

「これはみな当市の新聞記者諸君ですよ」署長はにこにことこう答えました、「そういう風に仰《おっ》しゃると彼等はこう考えるかも知れません、錚々《そうそう》たる新県議が、警察署長と秘密の用談をする、なにかそこに……」

「結構です、記者諸君なら結構です」八巻氏は慌てて頷きました、「寧ろ公明な批判をして貰うために好都合なくらいです」

「ではお話を伺いましょう」

「わたくしは視察公務のために二十日ほど旅行をしておりました、県の産業に関する重要な視察です」氏は言葉の効果をたしかめるように、すばやく人々の顔に眼を走らせました、「そして今朝一番で帰ったのですが、留守中にわたくしの居住権に対する重大な侵害が行われていた、居住権の侵害と個人的侮辱です」

「それだけではわかりません、どうか具体的に仰しゃって下さい」

「寧ろ現場を見て頂かないと、おわかりにならんでしょう、お願いします、いっしょに来てごらんになって下さい、車が待たせてありますから」

九

「お聞きのとおりだ、諸君」署長は記者たちに向ってこう云いました、「どうせさっきの実地検証の件もある、よかったら一緒にでかけないか」

そしてみんな揃って署を出ました。……待ちに待った時が来た。署長のいわゆる「仕上げ」が始まるぞ、私はこう思って、ひそかに快心の呻きをあげたものでした。

二台の自動車はまっすぐに八巻氏の「邸《やしき》」へ着けられました。氏は私たちをその前庭へ案内してくれましたが、そこに見いだした光景ほど珍妙な、人をくったものを私は曾《かつ》て覚えません。……むやみに石や石燈籠《いしどうろう》を置き並べた、成金《なりきん》趣味の、俗悪きわまる、然し恐ろしく凝った庭を半分にぶった切って、そこへ乞食小屋のような貧乏長屋が建っているのです。こちらがけばけばしい成金趣味を誇っているだけに、その思いきって汚ならしい建物の与える効果は満点でした。満艦飾*のようにおしめや股引《ももひき》や下穿《したば》きなどを干し並べた下を、八巻氏のいわゆる「できものだらけのがき共」が騒ぎまわり、それに神*さん達の遠慮会釈のない喚《わめ》き声が加わって、なんともはや壮観な光景を示しているのです。私はそのとき署長がにやっと微笑して、「うん、なかなか宜しい」と独り言を呟くのを聞きました。記者たちはげらげら笑ったり、手を拍《う》って歓声をあげたりしました。

「こいつあいい、近来の傑作だ」

「すばらしい写真記事になるぜ、すぐ電話で写真班を呼ぼう」

「やめて下さい諸君」八巻氏はまっ赤になって叫びました、「これは笑い事じゃありません、どうかまじめに見て下さい、こういう不法な事が諸君の眼前に行われているのです、これは八巻個人の居住権の侵害であると同時に、県会に議席を持つ公人に対しての侮辱です、その点を公平に観察して貰いましょう」

「わかりました」署長は穏やかに頷いて云いました、「たしかに、これは、その、なんと云ったらいいか、その……」

ここでわっと記者たちが笑いだしました。

「笑うのはいかん諸君」署長は舌ったるい調子で制止しました、「これは、まじめな問題だ、事実は多少、ふまじめだけれども」ここでまた高笑いです、「どうもあの長屋を、いきなりあそこへおっ建てるなんて、幾ぶん人を愚弄《ぐろう》しているようですな、八巻さん、……然しまたどうして貴方は、黙っていらしったんですか」

「暴力です、法の蹂躙《じゅうりん》です、この土地を買った人間が、わたくしの留守ちゅう家人が拒むのを無視してやった仕事です」

「相手はどういう人間ですか」

「真田《さなだ》という弁護士が代理人で、相手は初めから交渉に出て来ないのです」

「ふむ、……では一つ、その弁護士を伴れて午後にでも一緒に署へ来て頂きましょうか、こんなふまじめな出来事は、私としても見過しにはなりませんから」

「承知しました、ぜひ宜しくお願いします」

「それにしてもまた」

こう云って、署長が長屋のほうへ振返ったときです。本署の捜査係長と刑事が二人、検事局の人を三人案内してこっちへやって来ました。……記者たちがいち早くみつけて知らせますと、署長は不審そうに刑事を呼びました。

「どうしたんだ、こんな処へなにをしに来たんだ」

「例の実地検証です」と係長が答えながら近寄って来ました、「このすぐ向うですから」

「なんだって、現場はここだったのかい」署長はこう云って八巻氏に振返りました、「私はちょっと失礼します、捜査上の用ができましたので、午後には署でお待ちしていますから」

「はあ、然し……」八巻氏は急におちつかぬようになりました、「ここになにか、犯罪事件でもあったのですか」

「ええまあ、そんなものです」署長はもう歩きだしていました、「来たまえ諸君、僕はうっかりしていたが現場はここだそうだ、ああ御苦労さまです」

検事たちにこう挨拶《あいさつ》をして、署長は捜査係の者と先に歩きだしました。……私は八巻氏がどうするかと見ていました。氏はみんなの後から不安そうについて来ます。一行は庭を横切って、例の長屋の北端にある空地へ出ました。そこは雑草が疎《まば》らに生えて、ひねこびた柿《かき》の木が四五本あるきりの、日もよく当らない湿っぽい処です。そして柿の木の間に一カ所、一斗樽《だる》*の入るくらいの穴が掘ってありました。

「ここです」刑事の一人がその穴を指さして云いました、「ここに埋まっていたんです」

「はあ、見取り図だけとって、すぐ署へ運びました」

検事と捜査係の問答を聞きながら、私はそっと八巻氏を見ました。氏は人々のうしろに立っていました。まるで顔色がありません。下唇をだらりと垂れ、虚《うつ》ろになった眼をとびだしそうに瞠き、両手の指を揉《も》みしだいています。そして、氏の額から横鬢《よこびん》へかけて、膏汗《あぶらあせ》がたらたらと流れるのが見えました、私は人間の顔に、こんなに鮮やかに「恐怖」の表情が現われたのを見たことがありません。氏は卒倒するだろうとさえ思ったくらいです。

「あの長屋を建てたのが発見の端緒だったんだそうです」署長は八巻氏など眼にも入らぬというようすで、検事の一人にこう語りながら歩き始めました、「考えると厭な気持になりますな、いったいこの地面の下に、どれだけの多くの犯罪が、日の眼をみずに隠されていることでしょうか、どれだけ……」

十

恐らく八巻氏は署へは来まい、私はそう考えていました。あれだけの打撃をうけてへたばらない人間があるとは思えませんでしたから、だが氏はやって来ました。真田虎市という市でも著名な弁護士と一緒に、午後二時ちょっと前に平然と署長室へ現われたのです。

「お待ちしていました、どうぞ」こう云って署長は二人を椅子に招じました、「勝手ですが急を要する事ができたものですから、用件をなるべく簡単にお願いします、どうぞお楽に」

「私も多忙ですから」

真田氏はこう答えながら、早くもそこへ書類を取出しました、「手っ取りばやくお話を致しましょう、八巻さんのほうの事情はお聞きになったと思います、私は私の依頼された件に就いて申上げます」

こう云って真田氏の話しだしたところに依《よ》ると、今から六カ月まえ、或る人が八巻邸の敷地の一部を新村氏から譲り受けたので、そこへ家を建てるから、八巻氏に庭の取払いを請求してくれ、という依頼をうけた。そこで数回にわたって八巻氏に交渉した結果、権利金として三千円払う契約ができた。その契約は八巻氏が不在のため氏の妻女と取交わしたものである。ところが後になって、八巻氏が権利金に不服をとなえ一万円以下では承知できないと云いだした。契約書を見せると、「これは妻がやった事で、日本では女には法律的責任がない」*と突っぱねられた。

「私も依頼者に事情を話しまして、五千円まで権利金を増加したのです」真田氏は契約書というのを披《ひろ》げながら続けました、「然し八巻さんは、どうしても承知なさらない、私としては依頼者への責任もあり、そういつまで延期もできないものですから、請求されるままに建築を実行したのです」
「ははあ」署長はゆっくり頷きました、「そういう訳だとすると、八巻さん、貴方の仰しゃったこととは少し違って来ますな」
「然し貴方」八巻氏は急《せ》っこみました、「あの庭を造るには莫大《ばくだい》な費用が掛っているんです、それを取払うのに三千や五千ということはない、世間で聞いて下さい、そんな値は絶対にありませんよ」
「宜しい、そんな値はないとしましょう」署長は大きく頷いて云いました、「そして、そんな値で契約はしないということに、……然しそうすると、奥さんが問題になりますな」
「家内に問題……と云いますと」
「女だから契約に就いて法律的責任がないとしても、契約書に捺印《なついん》した私印盗用ということ、罪が起こって来るわけでしょう」
「然しそれは、それはもちろん」
「ぬけ道がありますか」署長はにやっと顔を崩しました、「たしかに、法律ほど不完全なものはありません、ひとつ考えてみるんですな、貴方らしいうまいぬけ道を、……だが私として、この契約書を承認するか、または私印盗用を採上げるか、この二つ以外に方法はないと申上げる他はありません」

「よくわかりました」八巻氏は手を震わしながら椅子を立ちました、「もうなにも申しますまい、だが五道はん、わたくしはこのままでは済ましはしまへんで、私は県会に席のある人間や、県会に訴えても埒《らち》を明かしてみせまっせ、真田はんも依頼人にそ云っとくなはれ、八巻は鬼徳と綽名を取った人間や、甘くみたら痛いめにあわんならんとな、ごめんやす」

例の取って付けたような卑しい関西弁で、こう云いながら出てゆこうとする八巻氏を、署長がしずかに呼止めました。

「八巻さん、残念ですが貴方をお帰しする訳にはいきませんよ」

「なんででっか」八巻氏は振向きました。

「失敬ですが、貴方には堕胎教唆と、死躰遺棄の嫌疑がかかっています、お気のどくですが身柄を拘束させて貰いますから」

「ば、ばかな、ばかなことを」

「これを見て下さい」署長は卓子の抽出《ひきだし》から三通の書類をそこへ取出しました、

「五郎君とお文さん、貴方が頼んだ産婆《さんば》、この三人の供述書です、胎児の死躰も出ています、……これにもぬけ道がおありですか」

だっという大きな音といっしょに、八巻氏はそこへ倒れてしまいました。

＊　＊　＊

真田氏が帰り、八巻氏が留置所へ連れ去られてから、署長は深い溜息と共に椅子の背へ凭《もた》れかかりました。私はそのがっかりしたような顔を見ながら、真田弁護士の云う依頼人が誰かということを初めて発見したのです。いつかの夜「生れて初めて借金をしたよ」と云ったあの言葉、そしてあの長屋を建てたこと、弁護士がついに依頼人の名を云わなかったことなど、すべてが寝ぼけ署長ご自身だという証明のようなものです。

「眼中の砂が取れましたね、署長」私はこう云いました、「然しずいぶん署長には高価についたようじゃありませんか」

「……やり過ぎたと思わないでくれ」署長は低い声でこう云いました、「あの庭へ、あの長屋をおっ建てた、ばかばかしい風景が、こんどの事件のせめてもの救いだよ」

「もう一つ救いがある筈です、五郎君とお文さんはどうしているんですか」

「ああの若夫婦か」署長の眼はきらっと明るく光りました、「そうだ、あれがもう一つおれの気持を救ってくれる、五郎君はね、いま東京で警視庁の運転手をやってるよ、夫婦円満にね……こないだ来た手紙では、お文さんはおめでただそうだ」

夜《よ》毎《ごと》十二時

一

その年の五月は梅雨の繰り上ったかたちで、鬱陶《うっとう》しいこぬか雨が下旬ちかくまで降り続き、それがあがったと思うといっぺんに暑さがやって来ました。湿気の多いところへ俄《にわ》かの暑さですから、蠅《はえ》や蚊の繁殖も例年にないひどさで、流行病《はやりやまい》を警戒する宣伝が早くから行われるありさまでした。……そういう季節の一日、五道三省という個人名で署長宛《あて》に書留の速達便が届きました、差出し人は曲輪《くるわ》町の成瀬正彦《まさひこ》、大きく「必親展」とあります。曲輪町の成瀬といえば旧藩主の一族で、その巨《おお》きな資産といっぷう変った性格とで有名です、私はすぐにその手紙を署長のところへ持ってゆきました。

「僕には訳がわからない」署長は読み終った手紙を押してよこしながら、うんざりしたという風にその逞《たくま》しい肩を揺上《ゆすりあ》げました、「こういう人たちは警察をどう思っているんだろう、自分の使用人とでも考えているんだろうか、まあ読んでみたまえ」

私は手紙を取りました。それはごく簡単な、けれど小学生の書いたように歪《ゆが》んだ下手くそな鉛筆の走り書きで、「自分の生命に関する件でぜひ極秘に相談したいことがある、今夜正十時に万障繰り合せて来て貰《もら》いたい、その際できるなら公証人*を同伴するように、また来訪は私服に限り、玄関では石田三造という名を通じて頂きたい」こういう意味のことが書いてありました。

「然《しか》し生命に関するということですから、このまま抛《ほう》って置く訳にもいかないでしょう」

署長は暫《しばら》くなにか考えていましたが、やがてふと私のほうへ振返り、「君は半年ほどまえにどの新聞かで成瀬家のことを書いた記事を読んだ覚えはないか」と訊《き》きました。そう云《い》われて気がついたのですが、長い病床にある成瀬氏と若い夫人のことに就いて、たしかに美談風なことがどの新聞かに出ていた筈《はず》です。

「内容は忘れましたが読んだ覚えはありますね」

「済まないが捜して来てくれないか」

私はすぐ書庫へいって小使に手伝わせながら綴込《とじこみ》を繰ってみました。それは五カ月前の夕刊報知に出ていました、「現代嬋娟伝《*せんけんでん》」という題で、美人という噂《うわさ》の高い当市の名流婦人や令嬢を評判記風に書いた連載物です。成瀬夫人の記事はその五番めにあり、三回にわたる精《くわ》しいものでした。……簡単に云うとこうです。成瀬正彦氏は旧藩主の一族であり屈指の資産家として著名だが、狷介《*けんかい》孤高の質《たち》でまったく世間と交渉を持たず、深くその邸内に隠れて禅者の如《ごと》き生活を続けて来た。五年まえ、氏は健康の衰えを感じて夫人を迎えた、夫人はやはり旧藩主の支族の家柄だが、すっかり零落して数年まえから成瀬氏の補助を受けていたのである、新夫人の名は佐知子、年は十八歳で女学校を出たばかりだった。成瀬氏はすでに五十六歳で年のひらきも大きかったし、夫人はその母校でも美人の名が高かったので、この結婚は香《かんば》しからぬ世評を受けた。然《しか》し間もなく成瀬氏は脳溢血《のういっけつ》で倒れ半身不随で病床に就いて以来、夫人は献身的に良人《おっと》の看護をして今日に至っている。世間はこの点で夫人に対する偏見を改めなくてはいけない、家庭は成瀬氏子飼いの和泉《いずみ》秘書と、老僕、女中という寂しい人数だ、訪客もなし外出もしない明くことなき門、閉ざされたる窓、陰鬱な暗い邸《やしき》の中で、老いたる病夫のために幸多き日を捧《ささ》げ、修道尼《しゅうどうに》の如き明け昏《く》れを送る佳人、これこそ正《まさ》しく、……ざっとこんな調子のものでした。

「いってみるかね」署長は新聞を読み終ってからそう云いました、「美しい令夫人に会えるだけでも値打があるかも知れない」

「公証人というのをどうなさいますか」

「君の代理でいいだろう、本当に必要ならまた改めてゆくさ、たぶんそんな事なしで済むと思うがね」

その夜十時五分前に私たちは成瀬邸を訪れました。築地塀《ついじべい》をとりまわした広い邸内には、隙《すき》もなくみずみず楢《なら》や榧《かや》や椎《しい》などの常緑樹が枝をひろげ、それだけでも暗くじめじめした感じなのに、建物が明治初期の洋館で、がっちりはしているが窓の少ない英国風の陰気な造りですから、重くるしく冷たい圧迫するような雰囲気が澱《よど》んでいました。

「せっかくですが主人は病中ですし、どなたにもお会いしない定《きめ》ですから」

玄関へ出た老人がこう答えました。腰の曲りかけた、白髪の、ぎすぎすした老人です、これがこの家で「爺《じい》や」と呼ばれる木内又平でした。

「いや御主人は会って下さる筈です」署長はこう云いました、「どうか石田三造がまいったと伝えて下さい、きっとお許しがでるでしょうから」

老人はなお無表情な眼で疑わしげにこちらを見ていましたが、やがて奥へ訊きにゆき、ほどなく戻ると、黙りこくった不機嫌な顔つきで、どうぞという手真似《てまね》をしました。私たちは廊下を曲ってゆき、もう古びた、少しぎしぎしいう階段を登って、三つ並んでいる扉のいちばん端の室《へや》の前に立ちました、廊下を隔ててこちら側にも二つ扉がみえ、廊下のつき当りは露台へでも出るらしい重くがっちりとした両開き扉になっています。……老人が叩《ノック》しますと、室内から澄んだ鈴の音が聞えました。それをよく聞きすましてから老人は扉を明け、ようやく私たちのために軀《からだ》をどけるのでした。その物ものしい容子《ようす》は、この家の日常の退屈で古臭い習慣と主人の頑《かたくな》好みを表わしているようで、私は早くも不愉快な気持に襲われました。

二

それは二間に三間くらいの、ひどく陰鬱な感じの部屋でした。黒ずんだ緑色の垂帷《カーテン》を引いた窓のほうを頭にして、大型のマホガニイ製の寝台がどっしりと据えられている。部屋の飾付は単純で重おもしく、天床《てんじょう》も壁も嵌木《はめき》細工の床も時代のさびと沈んだ艶《つや》を帯びていました、寝台の右側に棚付きの脇卓子《わきテーブル》があり、その上に濃い藤色《ふじいろ》のシェードを掛けた枕電燈《まくらでんとう》が点《つ》いている、弱よわしい――微《かす》かなその光りが、寝台の上に寝ている老人を私たちに見せてくれました。……黄ばんだ、麻のようにこわい白髪と、腫《は》れぼったい眼蓋《まぶた》と、だらっとした緊《しま》りのない唇とがまず注意を惹《ひ》きました、然しこれだけ見るのがやっとのことでした、自尊心の強い人たちが誰でもそうであるように、成瀬氏も私たちに顔を見られることが不愉快だったのでしょう、けわしく眉《まゆ》を顰《ひそ》めながら枕ランプの光りから外向《そむ》き、不自由な右手をだるそうに動かして、椅子《いす》へ掛けろという合図をしました。

「たしかに五道君ですな」成瀬氏は枕ランプの笠《かさ》を傾《かし》げて、光りがまっすぐこちらへ向くようにしながら、低いうえに舌のもつれる、ひどくがさがさした声でこう云いました、「たしかに五道三省君に間違いありませんな、もし貴方《あなた》が……」

「間違いなく五道です、御相談というのを伺いましょう」

「わしは軀が利《き》かない、このとおり舌もよくまわらない、恐らく物の判断も不正確だろうと思う、だから君が五道君の名を偽っているのだとしても、見やぶる能力がないかも知れない、……そう思いはせんかね」

舌がもつれるので聞きにくいし、偏執的に疑い深いねちねちした調子なので、署長も些《いささ》か気を悪くしたのでしょう、「そんなに御不審ならこのまま帰ることにしましょう」と云って椅子から立ちそうにしました。

「君は怒ったんですか」成瀬氏はこう云いました、「まあ掛けて下さい、わしは一般に人間というものを信じない質なんでね、が、君が五道君だということはたしからしい、宜《よろ》しい信じましょう」

「御用談を伺いましょうか」

「これを……」こう云いながら、成瀬氏は例のよく利かないぶるぶるする右手で、一枚の紙を差出しました、「これを読んで、貴方とそこにいる公証人とで、立会保証をして貰いたいのだ」

署長は受取って披《ひら》きました。それは遺言書といったもので、「自分の死後、成瀬家に属する全資産は、甥《おい》の松川郁造《いくぞう》に譲る、郁造はその中から現金で一万円＊を余の妻佐知子に与えること、当市の慈善事業へ一万円寄付すること、右二条を実行する義務がある、これに対して親族じゅうのいかなる異議も挿しはさむことは許さない」こういう文言のあとへ署名捺印《なついん》がしてあります、署長は困ったように溜息《ためいき》をつきました。

「これはかなり重要な問題ですな、事情も有ることでしょうが、然しどうして私を立会人に選ばれたのですか」

「他に無いからだ」成瀬氏は冷笑するような調子でこう答えました、「わしの周囲には信ずることのできる人間はひとりもおらん、みんな虎狼《ころう》の如き奴等《やつら》ばかりだ、然もわしは、生命を脅《おび》やかされておる、生命を……五道君のことは度たび新聞で読んだし、警察署長という身分がこの遺言の立会人としても、またわしが殺されようとしている事実に対しても誰より有力な立場にあると考えたからだ」

「どうも信じ兼ねますな」署長はこう云いながら、ふと手を伸ばして成瀬氏の頬にとまっている蚊を追いました、「貴方のような御身分の方がそんな危険な状態にあるとは、私には信じられません」

「君が信ずる信ぜないは勝手だ、そしてわしも自分の感覚がまったく健全だとは主張しない、然し、わしはこの眼で見るのだ」成瀬氏はちょっと言葉を切り、どこかを瞶《みつ》めるように眸子《ひとみ》を凝らしながら続けました、「毎晩十二時頃に、誰かがこの部屋へはいって来る、そして、その脇卓子の上にある、わしの臭素剤シロップのはいっている吸呑《すいのみ》の中へ、なにかの薬滴を入れる、それからまたそっと出てゆく、……毎晩だ、毎晩十二時頃には、必ずこれだけのことを見るんだ」

「それだけでは、どうも」署長はじっと病人の顔を見まもっていました、「ひとつもう少し精しく聞かせて頂きたいですな」

「わしの軀にはもう臭素剤だけしか用がない、それも午後と、夜半の二回、*心悸亢《しんきこう》進《しん》の起こる場合だけに、……甥の郁造がその二度の臭素剤シロップを作ってくれる、午後一時に一回、午後八時、彼が帰るときに一回、わしの見ているところで、そこの薬棚から薬を出して作ってくれる」

「どうして奥さんがなさらないのですか」

「ああ黙っていて貰いたい、君にはわしの立場がわかってはいないのだ」成瀬氏は殆《ほと》んど怒りの語気でこう云いました、「和泉はこの家で子飼いからの人間だ、佐知子はわしの妻だ、けれどもわしは、……わしは食事を爺やに作らせる、薬は甥の他に手を付けさせようとは思わない、……決して、だがこんな家庭の内情は君には無関係だ、毎夜十二時に、何者かがわしの飲むシロップへ薬滴を入れる、君にはこの事実だけを知って置いて貰いたいんだ」

「およそ誰かという見当はおつきにならないのですか、男か女か、若いか老人かという……」

「この枕電燈は燭光《しょっこう》が弱いし、その人間は薬戸棚の向う側へ光りを避けて来るから、そのうえわしの視力はすっかり衰えておるので、男女の区別さえわしにはつかんのだが……」

三

だが……と云いかけたとき、成瀬氏の左の頬がぴくぴくと痙攣《けいれん》しました、大きな縞蚊が一定そこに留って血を吸っているのです、署長はまた静かに手を伸ばして追ってやりました。

「それでは貴方が御自分の生命に危険を感じていらっしゃるのは、夜半に誰か来て、貴方の召上る薬の中へなにか毒物ようの物を入れるつまりそのことを指す訳ですね」

「喰《た》べ物《もの》にだって入れるかもわからん」成瀬氏は抑揚のない声で云いました、「だが、わしにとってはそんなことはもう重大ではない、わしはこのとおり殆んど全身不随で、生きた死骸《しがい》も同様なんだ、死ぬことを恐れはしない、だが、わしの喉《のど》を締める手にわしの遺産を握らせるわけにはいかん、それだけは断じて許せない、おわかりかな、五道君」

「失礼ですが」署長はちょっと間を置いてから云いました、「私に二三ご家庭のことを聞かせて頂けませんか、例えば和泉という人の……」

「いや断わる、わしは成瀬正彦だ、わしが生きている限り、家庭の内情を探索するようなことは許さぬ、またどこにそんな必要があろう、そんなことはわしが死んでからで充分だ」成瀬氏はゆらゆらと例の右手を振りました、「……それから貴方は、ここでその遺言書に署名捺印して、むろんそちらの公証人にも同様にして頂きたい、そこに硯箱《すずりばこ》が出してありますから」

　寝台のこちら側、つまり私たちの掛けている椅子のすぐ側《そば》に小さな書き物机があり、その上に螺鈿《らでん》のりっぱな硯箱が載っています、おやじどうするだろう、私はこう思いながら見ていました。ところが署長はむぞうさに机へ向い、硯箱を開けて筆を執りました、そして署名を終ると肉池《にくち》へ親指の腹を付けて拇印《ぼいん》を捺《お》し、振返って私にもやれという合図をします、仕方がありません、私も同じように署名と拇印を捺しました。

「うむ結構だ」成瀬氏は念入りに二人の名を見てから、それをこちらへ返しました、「これで結構です、どうか預かって置いて下さい」

「私が預かるという訳ですか」

「その他に安全な保管法はないのです、どうかそれを確実に預かっていて下さい、そして失敬だが疲れましたからこれで引取って頂きましょう」

　成瀬氏は深い太息《といき》をつき、腫れぼったい眼を閉じて沈黙しました。どこかの隅で、蚊が鈍い唸《うな》りをあげているきり、ひっそりとしてなんの物音もしません、署長はやがてものうそうに椅子から立ち、「お大事に」と云ってその部屋を出ました。

「あんな書類へ署名などしていいんですか」暗い夜道を帰途につきながら私はこう

訊きました、「幾らなんでも少し乱暴だ、と思いますがね」

「ちょっとした慈善だよ、僕たちが署名したって法律的に効力はありゃしない、然しそれで病人の気が安まるなら結構じゃないか」

「もし本当に殺人でも行われたとしたらどうです、この場合には法律的効力のない遺書に当人の意志があるのですから、成瀬氏にもしものことがあったとすると」

「妄想だよ」署長は頭を振りました、「あの人は平常から一種の偏執者だった、それが寝台へ横になったきり、僅《わず》かに右手だけしか動かせない軀で死期を待っている、その苦悶《くもん》が色いろな妄想を生みだすんだ、本当に殺意を持つ者があるとすれば、毎晩十二時に来て云々《うんぬん》などという思わせぶりな、下手な方法をとる筈がないよ」

「私にはどうもそう思えません、なんだか頭にひっかかっているような気がします、と云って別に理由はないんですが」

「美しい令夫人に会わなかったからさ、ちょっとあてが外れたわけだろう」こう云って署長は笑いました、「とにかく成瀬氏は容易に死ぬ人じゃない、それは僕が保証するよ、御当人は寧《むし》ろお気の毒だがね」

　署長はそれきり成瀬氏の事は口にしませんでした。けれども私には気になってならない、陰鬱なあの邸内の風景、巨万の富と寝たきりの病人、まだ若い孫のような美しい妻、青年秘書、病主人の甥、あの不機嫌なぎすぎすした老僕、暗く重苦しい部屋の中で唸っていた一疋の蚊、……そういうものが頭の中で頻《しき》りに明滅するのです、そして夜毎《よごと》十二時頃に病室へ忍びこんで、臭素剤シロップの中へなにかの薬滴を入れる怪しい人影などが、……私はどうにも気持がおちつかないので、とうとう自分で成瀬家の内情調査をやることにしました。それには五日ばかりかかりましたが、大した収穫はありませんでした。秘書の和泉勇作は少年時代に拾われ、成瀬氏の世話で薬学専門学校を卒業しています、然し氏は和泉君を独立させようとはせず、それ以来ずっと資産管理の助手のような仕事をさせて来ました、和泉君は陰性なくらい温和な質で、もう年も三十二になるのに独身ですし、最近はひじょうに不機嫌な苛《いら》いらしたようすをしているそうです、これは年齢や環境や当人の位置からみて当然のことでしょうが、私はそこになにか危険の兆《きざ》しがあるように思え、「これは注意しなくちゃあいかんぞ」と独り呟《つぶや》いたくらいでした。

四

松川郁造というのは、成瀬氏の弟で松川家へ養子にはいった良彦という人の息子です、中学二年生のとき父母と一緒に米国へ渡り、ロサンゼルス在で農園を営んでいたが、間もなく流行病で父母に死なれて農園を喪《うしな》い、転々と職を追って放浪した末、Cという大学の学僕*をしながら法科を卒業した、それから桑港《サンフランシスコ》で五年ほど弁護士をしてみたが面白くゆかず、半年ばかりまえに帰国して伯父を訪ねた、成瀬氏はながい病臥《びょうが》で気が弱っていたところ肉親の甥を見たのでたいへん悦《よろこ》んだそうです、そしてこれから自分の身のまわりの世話をするようにと云いました、郁造氏はこの市《まち》で弁護士を開業する積りだったが、伯父の頼みを聞いてそのほうは延期することにし、辻《つじ》町の下宿から毎日あの邸へ通って、午前九時から午後八時まで、成瀬氏の側に付きっきりで面倒をみている、邸へ来て住むようにと云われるが、伯母がまだ若く余りに美しいし、自分も独身だから、そう云って郁造氏は相変らず下宿に寝泊りをしている、……概略こんな状態だったのです。まことにうるわしい伯父甥の関係ですが、米国での生活や帰国した理由に裏があるかも知れない、一概にうるわしい関係で片付けるのは早計だ、私はこう考えました。この他にまだ佐知子夫人や木内老人のこともあるのですが、特に、挙げる必要もなし退屈でもありますから略します。私は調べただけのことを署長に話しました、署長は眠そうな眼で私を見ていましたが、大きな欠伸《あくび》をしながらこう云ったものです。

「それは、それは」

つまりまったく問題にしていない訳です、私はがっかりしてひき退《さが》りました。……たしかその翌朝でした、出勤するとすぐ捜査主任が事件の起こったことを知らせに来ました。

「毒殺の疑いの濃い死亡届がありましたので、芝山君（というのは警察医です）といっしょにいってまいります」

「どこだね、それは……」

「曲輪町の成瀬邸です、御主人の正彦氏が被害者のようだと聞きました」

署長の上躰《じょうたい》がぐっと硬直し、その手からペンが転げ落ちました。署長は私を見ました。それから、「いっしょにゆこう」と云うなり、すぐ帽子を取って椅子から立ちました。……私の昂奮《こうふん》がどんなに強かったかはお察し下さい。車が成瀬邸へ着くまで、私は独り頭のなかで色いろな人物やさまざまな場面を組立てたり崩したりしていました、「とうとう事実になった、とうとう」などと呟きながら、然しまあ話を急ぐことに致しましょう。

成瀬邸へ着くと、最初に呼ばれて死躰を診た池崎という内科の博士がいて、私たちを二階の例の室へ案内しました。成瀬氏は寝台の上で、片手に硝子《ガラス》の吸呑を摑《つか》んだまま死んでいました、黄色く汚ならしい白髪が乱れかかり眼を大きく瞠《みひら》き口を明けています、なにか非常な驚愕《きょうがく》にうたれたとでもいうような表情で、頭はやや右に傾き、吸呑からこぼれた薬液で、寝衣《ねまき》の胸からシイツまで濡《ぬ》れている、垂帷《カーテン》が絞ってあるので、なにもかもはっきりわかるのですが、その他には動いた物もなく変ったようすも見当りませんでした。

「今朝五時頃に電話で呼ばれまして」池崎博士はこう説明しました、「すぐ来て診察したのですが、どうも死躰の表情が異様ですし、こぼれている薬液に杏子《あんず》ようの匂《にお》いがありますので、吸呑の中から小量を取っていちど宅へ帰り、すぐ試験してみますと、青酸加里《せいさんカリ》が検出された、それで取敢《とりあ》えずお知らせしたような訳です」

「むろん致死量ですな」こう云いながら、署長は寝台の下からなにか拾って見ていましたが、ズボンの隠しへすばやく押込んで、「ではもうここで検屍《けんし》をする必要もありませんな、念のためあとで解剖だけはしてみますが」

捜査主任が来て検事局へ電話を掛けたこと、階下に家族の集まったことを告げたので、池崎博士には引取って貰い、私たちは階下の応接間へゆきました。それは大理石のマンテルピイスを付けた堂々たる煖炉《だんろ》のある、重おもしくて広い、りっぱな部屋でした、ゴブランの壁掛も、すべての家具、椅子や肱掛《ひじかけ》椅子や卓子なども、高雅な細工のがっちりとした物です。……家人たちはすでにその部屋の中に集まっていましたが、奇妙なことにみんな離れ離れに立っている、夫人は肱掛椅子に、木内老人は壁際《かべぎわ》に、女中は扉口に、和泉君は窓に凭《もた》れて、という風なんです。この不幸を共に分けあおうというようすは誰にもなく、お互いに反撥《はんぱつ》し忌憚《いみはばか》っているといった具合でした。

「松川という故人の甥に当る方があるそうで」捜査主任が椅子に掛けながらこう云いました、「いま電話を掛けましたところすぐこっちへ来るということでしたから」

署長は頷《うなず》いて、「では皆さんに少しお訊《たず》ね致します」と訊問《じんもん》を始めました。……私は署長が発見者の木内老人を訊問しているあいだに、佐知子夫人と和泉秘書とをそれとなく観察しました、夫人は予想より遥《はる》かに美しかった、それはたしかですが、その美しさにはどこかしらひやりとする、譬《たと》えば石像のような冷たい感じなのです、余りに整い過ぎた美人というものは非人情にみえる、夫人の美しさはその類《たぐい》かも知れません、然もその顔には悲しみの色が微塵《みじん》もなく、寧ろ冷笑するような徹底的な無関心が感じられたのみで……私はふと「吸呑の中へ毒物を入れたのは夫人ではないか」という疑いを覚え、それが少なくも不自然に感じられないのに自分で驚きました。

五

窓に凭れている和泉秘書は、異常に昂奮し、それを表に現わすまいとして、けんめいに努力しているのが明らかでした。彼は瘦形《やせがた》のかなりな長身で、細面の憂鬱な顔だちです、血色は悪いし額には苦悩する者のような深い皺《しわ》が刻まれているし、不眠の後のように唇は乾き、眼は神経的に絶えず動いている、立っている足を暇もなく踏み変え、腕組みをしたり解《ほど》いたり、すべての容子がまったく落ち着きを失っていました。……署長の訊問はこのあいだに木内老人から女中へ移り、そこで一つの事実が発見されました、それは昨夜十二時頃に、夫人が母屋《おもや》からどこかへ出てゆき、三十分ほどして帰るのを女中が見たというのです。

「貴女《あなた》はどうしてそれをみつけたのです」

「先日から縫っていた単物《ひとえもの》があがりかかっていましたので、つい時間を忘れて縫いあげたのが十二時ちょっとまえでした、それから片付けてお手洗いにゆこうとしますと、奥さまのお部屋が開いて出ていらっしゃいますから、お小言を頂いてはと思って、電燈を消し、そっと立っておりました、奥さまは廊下をこちらへいらしって、私の部屋の外を、洋館のほうへおいでになったのです、それで私は手洗いにまいり、帰ってすぐ寝《やす》んだのですが、それから三十分ほどして、奥さまがお部屋へお帰りになるのを聞いたのでございます」

「そのときなにか変ったようすに気がつかなかったかね」

「いいえなにも気がつきませんでした」

　署長は次いで和泉秘書を呼びました。彼は挑戦するような姿勢で椅子に掛け、訊問に対しては投げやりなぶっきらぼうな調子で答えました。彼は十時に寝て一時間ほど本を読み、そのまま眠ってなにも知らなかった、朝早く木内老人のけたたましい叫び声で眼を覚まし、病室へ駆けつけて初めて主人の死を知ったと云うのです。

「そのとき病室でなにか変った事を見なかったかね」

「なにも気がつきません、すぐ階下へいって医者に電話を掛け、そのまま階下で医者の来るのを待っていました」

　署長はなお二三質問したうえ、こんどは佐知子夫人の訊問に掛りました。夫人はその表情と同じ冷淡な、少しも感情の表われない調子で、然し言葉少なに答えました、成瀬氏が彼女の世話を好まなくなったので、午後いちど五分ばかり見舞いにゆくほか、半年以来殆んど病室には近づかないこと、今朝はやはり木内老人の叫び声で、初めて変事を知ったことなど……署長は例のように眼をつむり、だるくって堪《たま》らないという調子で訊問を続けました。

「ゆうべ十二時頃にお部屋を出て、三十分ほどして帰られたということですが、そういう習慣がおありなんですか」

「習慣という訳ではございませんが、この頃ずっと不眠の癖がございますので、時どき気分を変えに部屋を出ることがございます」

「ゆうべは何処《どこ》へいらっしゃいましたか」

「昨夜は……」夫人はちょっと口籠《くちごも》ったようです、「なんですか昨夜は、洋館のほうでなにか物音がしたように思いましたから、それでいってみたのでございます」

「どんな風な物音でしたか、それから貴女は何処までいらしったのですか」

「ちょうど揺戸《ゆれど》が合わさる時のような音と申したら宜しいでしょうか、それが二度かすかに聞えたような気が致しました、わたくし洋館の扉口までまいりまして、暫く耳を澄ましておりました、でもそれからはなにも聞えませんでしたので部屋へ戻ったのでございます」

「お宅には揺戸がありますか」

夫人は黙ってかぶりを振りました。そのとき一人の男が刑事の案内でせかせかとはいって来ました、彼はもう四十近い年齢で、薄禿《うすはげ》で頬のこけた、ごく平凡な顔だちですが、着ている服は外地で作ったのでしょう、仕立も生地もいいがかなり派手な柄物で、荒い斜め縞のけばけばしい襟飾《ネクタイ》をしめ、右手には大きな指輪が光っていました、やはり血筋でしょう、風貌《ふうぼう》にどこか成瀬氏と似通ったところがあり、私はすぐ松川郁造氏だと思いました。署長は夫人の訊問を打切って彼の方へ立ってゆきました。

「そうです松川です、松川郁造です」彼はおちつこうと努めながら、然し不安に耐え兼ねるという風でした、「いったいどうしたのですか、なにか伯父に変ったことでも……」

「二階へまいりましょう」署長は沈んだ声でそう云いました、「然しどうぞ余りお驚きにならないように」

署長と私とで彼を病室へ案内しました。彼はそこへはいるなり、ああと云って棒立ちになり、まるで殴られたように全身を震わせました、然しそれはほんの一瞬間です。次いで彼は突きのめされたように寝台の側《そば》へ駆け寄りじっと死躰を瞶《みつ》めましたが、そのときおののくような声で、「自然じゃない、自然じゃない」と呟くのが聞えました、「とうとう事実になった、他殺だ、殺されたんだ、ああ伯父さん」

私は署長を見ました、なにしろ医者と私たち以外には、まだ誰も成瀬氏が毒殺されたということは知らない筈ですから、彼だけがいきなりそういう言葉を洩《も》らすのは理由がなくてはなりません、然し署長は黙って松川氏の腕をとり、寝台からひき離すようにして階下へおりました。

六

松川郁造を加えて署長が元の席へ就く、これで関係者は揃《そろ》った訳です。署長は郁造氏に向って、今朝四時半頃、木内老人が毎日のように朝食を運んでいったとき、成瀬氏の死んでいることが発見されたこと、呼ばれた医師が死因に疑問を持ったので、自分たちが一応の調べのために来たことなど説明し、なおこれに就いて郁造氏になにか思い当ることはないかと訊ねました、……彼は佐知子夫人や和泉君のほうへ時どき鋭い一瞥《いちべつ》をくれながら、帰朝してこの家へ伯父の世話をしに通うようになって以来の事を、巧みな英語まじりのおちついた調子で語りました、けれども成瀬氏の死に就いてはなにも心当りはない、と答えるだけです。署長は暫く彼の顔を見ていましたが、やがて、「それではさっき寝台の側で貴方の云った言葉の意味を説明して下さい」と突込みました。

「これは自然ではない、他殺だ、殺されたのだ、貴方はこう呟かれた、あれはどういう意味なのか聞かして頂きましょうか」

「あれはいや、あれは」郁造氏はひどくまごつき顔を赧《あか》らめさえしました、「私は逆上していたんです、伯父の死があまり突然だったものですから、あれは失言です、だってそんな筈がないじゃありませんか、私はあれを取消します」

「然し貴方はこうも云われた、とうとう事実になった、……これにはなにか理由があるでしょう、念のために云いますが、こういう証言は神聖です、それは時に死者の代弁ともなるものです、勇気を以《もっ》て、貴方の知っている事を云って下さい、事実はいつか顕《あら》われずにはいないものですから」

「申上げましょう」まる一分ばかり考えた後、郁造氏は低い声でこう云いました、「実は半月ほどまえから伯父が、時どきこんなことを訴えるのです、毎夜十二時頃、誰かが病室へはいって来て、臭素剤シロップの吸呑へなにかの薬滴を入れる、おれは毒殺されるに違いない、……こう云うのです、私は信じませんでした、恐らく病気が伯父の脳を侵した結果、そういう妄想が起こるのだろうと考えました、だってそんな怖《おそ》ろしい事がこの家で行われる訳がないのですから、然し伯父の言葉は忘れ得なかったのでしょう、さっき死顔を見たとき反射的にそれが現実になったのだと思い、ついかっとしてあんなことを口走ってしまったのです」

「かなり重大なお話ですな」署長はなにか思い耽《ふけ》るような調子で、こう云いながら眼をあげました、「奥さん、お聞きのとおりですが、貴女は御主人からそういう話をお聞きになったことがありますか」

「いいえ」夫人は紙のように蒼白《あおじろ》くなった顔を僅かに横へ振りました、「わたくし聞いたことはございません」

和泉秘書も木内老人も、女中はもちろん誰も聞いていないと答えました。署長はそこで静かに椅子から立ち、重おもしい口調で次のように云いました。

「まことに残念ですが奥さん、私は職務上あなたを本署へお伴《つ》れしなければなりません、和泉君も同様です、どうか二人ともすぐその支度をして下さい」

「僕が、なんで僕が」和泉君は憤然と叫びました、「いったいどういう訳です、僕にどんな疑いがあると云うんです、どんな」

「見せましょうか」署長は冷やかにそう云い、ズボンの隠しからくしゃくしゃにな った一枚の手帛《ハンカチ》を取出しました、「ここに和泉という姓の縫取りになっている手帛がある、これは君の物だと思うがどうです」

「むろん僕のです」和泉君の顔は激しい動揺が現われました、「それがどうしたんですか」

「これが病室の寝台の下に落ちていたんだ、寝台の下に」署長は珍しい刺すような口調でこう云いました、「君は薬学専門学校を出ているそうだね、毒物の致死量もよく知っているだろう、これが君に対する嫌疑の理由だ、然し単にそれだけじゃない、夜半十二時に病室へ行って、吸呑の中へ毒薬を入れる者がある、そしてそれのできる者は、失礼だが奥さんと君より他にない、これでも君にはなにか異議があるのかね」

和泉君は頭《こうべ》を垂れました、それは大きな力でうちのめされたような、絶望的な悄《しょう》然《ぜん》とした姿でした。佐知子夫人は石のように硬《こわ》ばった表情で聞いていましたが、署長の言葉が終ると同時に立上り、女中といっしょに室から出てゆきました、署長は刑事の一人を呼び、「この人の支度を見てやりたまえ」と和泉君を指さしました。

そして二人が出てゆくとすぐ、松川氏のほうへ振返って、

「だいたいお聞きのとおりですが、念のため成瀬氏の遺骸を解剖することになると思います、お気の毒ですが御了解願います」こう挨拶《あいさつ》して主任を呼びました、「検事局からはまだ来ないのかね、ばかに遅いようだがもう一度催促をしてくれないか、僕は二階にいるから……」

そして署長は私に眼くばせして椅子から立ちます、私は息苦しくなったこの部屋

から出ることにほっとして、署長といっしょに二階へ上ってゆきました。

七

二階へ上った署長は病室の前で立止り、廊下の左右を見まわしていましたが、やがて病室の反対側にある扉を明けました、中はまっ暗です、「マッチはないか」と云うので、私は隠しをみましたが、あいにく持っていないもんですから、死躰の番をしている刑事の処《ところ》へいって借りて来ました。署長はそれを二十本あまりも燃して丹念に部屋の中を調べまわります、……そこは家具什器《じゅうき》の置場とみえ、造付《つくりつけ》の戸棚があり寝台とか椅子などという道具がいっぱい積み重ねてありました。久しく人の出入りがなかったのでしょう、空気は濁って黴《かび》臭い匂いが鼻をつくようです、署長は床の上を念入りに調べ、白い覆布《おおいぬの》の掛けてある寝台の上を手で撫《な》でまわすなど、約十分ほど熱心に歩きまわっていましたが、「よかろう」と呟いてその部屋を出ました。

「この部屋になにか関係があるんですか」

私は不審に思ってそう訊きましたが、署長はなにも答えないで、こんどは廊下の突当りまでゆき、そこにある両開き扉を明けるのです、それはすぐ開きました、外へ出ると露台で、鉄の非常梯子《ばしご》が庭へ下りています、署長はその梯子を下りて一段ずつ丁寧に調べ、なお梯子まわりの土まで、身を踞《かが》めながら見てまわりました。……訳のわからないこの捜査が終ったとき、主任が検事局の人たちを案内して来ました。彼等は自動車の故障で遅れたのだそうで、すぐ病室へはいり、現場調査を始めましたが、これは話す必要がないでしょう。私達は証拠物件を収め、成瀬氏の遺骸を運び出したうえ、佐知子夫人と和泉秘書を伴れてその邸を去りました。

「御愁傷のところたいへん御迷惑ですが」辞去するとき署長は松川氏にこう云いました、「夫人の留守ちゅうこの邸のことは貴方にお願いします、いずれ御相談もありますから」

「役には立たんでしょうが承知しました」郁造氏はこう云ってふと声をひそめ、懇願でもする風に署長の眼を見あげました、「然しどうか、あの二人の嫌疑が晴れてくれるように祈ります、そんなことのできる人たちではないのですから、伯母も和泉も善良な人間です、きっとなにかの間違いだと思いますから」

署長は微笑しながら肩を揺上げ、なにも云わずに玄関へ下りました。……車で署へ帰る途中、署長は深い溜息をつきながら、沈んだものうそうな声でこんなことを云いました。

「成瀬氏は気の毒な人だ、僕はまえにもあの人の変った性格に就いて色いろ聞いているが、まったく悲劇の一生という他はない、生きているあいだ親族と往来せず、友人もなく、世間とも没交渉、愛し愛されたこともない、あれだけの富を持ちながら譲るべき子もなく、死んでも一人として心から嘆く者がない、……これらはみな成瀬氏の偏執的な独善主義から来ている、誰の罪でもないんだ、然もこういう独善主義はまわりを毒さずにはいない、こういう悪ガスは必ず人を中毒させる、……どうしたらその中毒から救うことができるだろう、どうしたら……」

私は思わず「ははあ」と頷きました。事件はすでに解決に近づいている、例に依《よ》って、署長の頭ではもう「仕上げ」の計画が始まっている、こう推察したからでした、然し私は黙って、半ば眼をつむっている署長の横顔を眺めていました。……署へ着くとすぐ、署長は主任を呼んで、夫人と和泉とを「特五号」へ入れるように命じました。

「一緒にですか」主任は眼を瞠《みは》って、「婦人とあの男を一緒に入れるんですか」

「そのための聴査室じゃないか」署長は上衣《うわぎ》の釦《ぼたん》を外しながら云いました、「二人で置くほうが話は早いし、思いがけないことが聴けるよ、やってみたまえ」

主任は不安そうに出てゆきました。「特五号」は聴査室とも呼ぶ保護室の一で、部屋の三方にマイクロホンが装置してあり、中で話すことがすべて離れた別の部屋で聴けるようになっている、この二人のような場合には最も適切な部屋でした。……署長が上衣の前をはだけて、ぐったりと椅子に掛けたとき、私は例の遺言書のことを持出してみました。

「とうとうあれが問題になって来ましたね、署長、故人の意志を果すためにはあれに法律的効力を与えなければならない、それができないとすると私たちは……」

「いいから三十分ばかり眠らせてくれ」署長はこう云って椅子の背へ凭れかかり、眼を閉じながら大きな欠伸をしました、「三十分ばかりな、今日は柄にもないことをしてすっかり疲れたよ、頼むから少しそっとして置いてくれ」

その夜は主任と一緒に署で泊りました。「特五号」でいつ二人の話が始まるかわからない、始まったら聴かなくてはならないからです、然し朝までなんの知らせもなく、スピーカーの番をしていた内勤の話では、まるで無人の部屋のように静かだったそうです。……朝になって署長が出勤しますと、芝山警察医が死躰解剖の報告に来ました。然しそのとき「特五号」で話が始まったという知らせがあり、私はすぐとびだしましたので、剖検の結果は聞くことができませんでした。駆けつけたその部屋には既に主任が来ており、内勤の調節しているスピーカーからは女の啜《すす》り泣きの声がながれ出ています、私は手早く紙と鉛筆を取って速記に掛りました。

八

「貴方が私を嫌っていらっしゃることはよく知っています」やがて啜り泣きの中から、こういう夫人の声が聞えて来ました、「でも貴方は御存じがないんです、私がどんな気持で生きて来たか、五年のあいだどんな気持で私が生きて来たかということを……」

こみあげる嗚咽《おえつ》のために言葉が切れました、傷《いた》ましいとも哀《かな》しいとも云いようのないその嗚咽は、私の眼にふと晩秋の曠野《ひろの》を描きださせたのです、蕭々《しょうしょう》と風の渡る曠い曠い草原、片向きにさらさらうちなびく秋草の中に、絶え絶えの音をあげて虫が鳴いている、灰色の重たい雲に閉ざされた空、遠く遥かに横たわっている地平線、あらゆる物の死絶えたような侘《わび》しい眺めのなかで、咽《むせ》ぶように細ぼそと虫が鳴いている、……こういう想《おも》いが私の心をいっぱいにしたのです。

「貴方の冷たい身振りが、憎み罵《ののし》るような貴方の眼が、昼も夜も私を苦しめる、眠っていてさえもそれから逃げられない、私は哀しくて辛《つら》くて、生きていることにさえ耐えられない気持でした、五年間、……いつかは本当の私を知って頂ける時が来るだろう、……ただその一つを頼りに今日まで生きて来たのですわ」

「なんのために」やや長い間をおいて、男の冷淡な声が聞えました、「今になってなんのために、そんなことを仰《おっ》しゃるんです」

「なにもかもおしまいだからです、もう貴方とはお会いすることもできなくなるでしょう、生きているうちに、こうしてお会いできるあいだに、ひと言だけ聞いて頂きたかったからです」

「貴女が苦しんで来たということをですか、それを僕に信じろと仰しゃるんですか」

「いいえ……」夫人の声はふり絞るように悲痛なものでした、「いいえ、わたくしが愛していたということをですわ、わたくしが貴方を愛していたということをですの」

断腸という表現があるとすれば、そのときの夫人の嗚咽はそのまま断腸の叫びだったと云えましょう、ぎりぎりの窮地に陥り、救いようのない立場に追詰められて、身も心も投げだした告白に違いありません。あの豪華な応接間で見た夫人の美しい姿、非人情で冷やかな、些かも情感の匂いのないあの美しさには、このような激しい情熱が秘められていたわけです。……夫人の嗚咽を縫って、和泉秘書の声が低く聞えて来ました、これも苦悶に圧《お》し拉《ひし》がれた痛ましい呻《うめ》きでした。

「貴女が愛していたんですって、貴女がこの僕を愛していたんですって、……奥さん、やめて下さい、貴女はそれが逆だということはよく御存じじゃありませんか」

「愛していました、この他にはなにも聞いて頂くことはございませんわ、わたくし貴方を愛しておりました」

こみあげる嗚咽のためにとぎれがちなその囁《ささや》きには、どんな小さな疑いを挿しはさむ余地もない真実が籠っていました。ああという男の呻きが起こり、そのままながいこと夫人の啜り泣きだけしか聞えて来ません。夫人はどのような姿で泣いているのでしょう、男はどんな気持でそれを見ていることか、これからどんなことを云いだすだろう、私は強い好奇心と期待のために汗の出るほど鉛筆を固く握り緊めました。

「僕は貴女を憎んでいました」ずいぶん経《た》ってから和泉秘書がそう云いだしました、「貴女がそんなに美しく、そんなに若い年であのような老人の処へ嫁《か》して来られたから、……石のように冷酷な、人間らしい感情の塵《ちり》ほどもないあんな老人の処へ、なんのために貴女は嫁《とつ》いで来たんです、なんのために」

「その訳は貴方が御存じですわ、わたくし貴方は憐《あわ》れんで下さると思っていました」

「僕が初めて伺ったとき」和泉君は遠い過去を想《おも》い廻《めぐ》らすようにこう云いました、「貴方はまだ女学校の一年生だった、それから学校を卒業なさるまで、毎月の末にはきまって僕はお宅へ補助費をお届けにいった、このあいだにも、美しく育ってゆく貴女をみて、僕がどんなに夢と絶望とで苦しんだか知ってはいらっしゃらないでしょう、僕は自分の価値を知っていました、将来もわかりきったものです、結局、諦《あきら》めなければならない、それには此処《ここ》から逃げだすことでした、そしてその決心をしたとき、貴女が成瀬家へ嫁いで来ることを知ったんです、……僕は動けなくなりました、どうしてでしょう、成瀬氏は貴女のお家《うち》とその婚約を条件に補助されたという、僕はそれを聞いて憎悪《ぞうお》のとりこになったんです、僕があのように苦しみ悩んだ貴女、どんなものにも代え難く想い憧《あこが》れた貴女、その人が僅かな補助の代償として身を売った、宜しい見てやろう、……僕はこう思いました、この不徳義な結婚が平安である筈はない、成瀬氏は初めから病人だった、貴女とはいちども寝室を共にしたことがない、こんな不自然な関係はきっと破滅する時が来る、必ず、……そして僕は、来る日も来る日も、貴女を憎み成瀬氏を憎み、あの家の破滅する時を待っていたんです」

「わたくし貴方を愛していました、貴方を愛しておりましたの」夫人は咽びあげながら、ただこう訴えるばかりでした、「貴方を愛して貴方を……」

九

このとき誰かが後ろからスピーカーへ手を出して、ぷつんとスイッチを切りました。びっくりして振返るといつ来たのかそこに署長がいます、どうしたんですかと訊く暇もなく、「もういい、ゆこう」と云って立上ります、二人の会話はちょうどクライマックスに来ていたので残念でしたが、仕方なしに私も後から立ってゆきました。

「あの憎悪が結局こんどの犯罪の原因なんですね」私は廊下へ出ると署長にこう云いました、「不徳義な結婚に対する憎悪と、その底にある夫人への激しい愛が、結局はああいう異常なかたちで顕われたのでしょう」

「あれは表現だよ」署長は事もなげにこう答えました、「憎悪などありゃあしない、あれは和泉君の愛情の深さを表現する言葉だ、おれが聞きたかったのはあの言葉さ、二人は互いに愛し合いながら、境遇に支配されてそぶりにも出せずにいた、応接間で訊問しながらおれはたぶんそんなことだろうと睨《にら》んだんだ、ことさら反撥し合うような二人の容子は、そのまま愛の表白にみえたからね、……成瀬氏が死んで鎖は切れた、然しそれだけでは救いようのないほど二人は毒されている、時を外してはだめだ、なるべく早く真実を告げ合う機会を与えなければいけない、おれはこう思ったんだ、そして幸いそれが成功してくれたんだ、これで二人は救われるんだよ」

「それでは成瀬氏を毒殺したのは誰です、あの二人が無関係だとすると……」

「成瀬氏は毒殺されたんじゃないよ」

「なんですって」私は署長室の扉の前で棒立ちになりました、「ではいったい……」

「あの人は心臓麻痺《まひ》で死んだんだ、なにか非常に大きな衝動《ショック》を受けた結果ね、死躰を解剖してそれがはっきりした、毒殺犯人などはいやあしないんだよ」

「だって署長、現に僕たちは毎晩十二時頃にという、例の話を成瀬氏の口から聞いたじゃありませんか、そして現在その吸呑を持って」

「その次は寝台の下の手帛《ハンカチ》かね」署長はこう云って笑いながら、剣を付け帽子を取上げました、「さあいこう、君の純朴な疑問を解いてみせてやるよ、車は呼んである」

署長はいちど引返して、主任になにか云い置きをしました。そして私たちは車で署をでかけましたが着いた先は成瀬邸です、出迎えた木内老人に「松川さんにどうぞ」と面会を求め、応接間へ通りました。五分ばかり待ったでしょうか、松川氏は和服の着ながしで、深い憂愁を強いてひき立てるような、力のない微笑を見せながらはいって来ました。……挨拶を交わして椅子に掛ける、すぐに署長は「貴方の祈りが届きましたよ」と云いだしました、「調べてみたところあの二人には、つまり奥さんにも和泉君にも、疑わしいところはなにもないのです、間もなく二人とも此処へ帰ってみえますよ」

「すると、なんですか」郁造氏は袂《たもと》から煙草《たばこ》を取出しました、「結局その、嫌疑は晴れたという、そういう訳ですか」

「二人のために祈ると云われた、貴方にはなによりのお知らせだと思って、ひと足さきにまいった訳です」

「つまり犯人は、犯人は他にある、そういうことになるんですか」

「そういうことになりますな、もしも、犯人があるとすればですね」署長はここでぐっと軀を反らし、例の楽な姿勢になって眼をつむりました、そろそろ本領が出たわけです、「私にはどうしても解釈のつかない事が一つあるんです、それはですね、成瀬氏がどうしてあの吸呑の薬を呑んだかという点です」

「と云うとそれは、どういう意味で……」

「貴方もお聞きになったそうですが、実は私も成瀬氏から聞いたんです、毎夜十二時頃に誰か来て、臭素剤シロップの中へ毒物ようの物を入れる、あの話ですね、或《あ》る機会で私も氏の口から聞いたんです」

「僕は、然し僕は信じなかったのですよ、だって」

「まあお聞きなさい、例えば貴方が信じなかったにしてもですね、成瀬氏は誰かが来て毒物ようの物を入れるのを見たと云う、そう云う以上、御自分は信じていたのでしょう、それなら、氏は絶対にあの吸呑には手を触れない筈じゃありませんか、他の者なら知らぬこと成瀬氏だけは呑む筈がない、なぜなら、その中に毒物ようの物が入っていることを知っているんですからね」

「……なるほど」こう云って松川氏は初めて煙草に火を点けました、気のせいかマッチの火が震えるように見えます、「……そう仰しゃればふしぎですね、然し、伯父はもう病気でかなり神経も鈍っていましたから」

「そういう解釈もありますが、私は別にこんな風なことを考えてみたんです、それはですね、あの毎夜十二時云ぬんという話は、貴方と私たちしか聞いていない、他の誰も聞いていないんです、逆に云うと私たちと貴方だけは知っているが、他の誰もそんな話は知らなかった、……そして、あの吸呑の薬を呑むからには、成瀬氏も知らなかったのじゃないか、こういう解釈です」

「よくわからんですが」松川氏はふとなにやら英語で呟き、眉を顰《ひそ》めながら署長を見やりました、「伯父がなにを知らなかったというんですか」

十

「あの吸呑の中へ誰かが毒を入れるという、あの話をですよ」署長は、大きななま欠伸をし、椅子の上で身を反らせました、「他の者と同様に成瀬氏も知らなかった、だからこそ吸呑の薬を呑んだ、こう考えれば最も自然じゃあないですか」

「然し貴方は現に伯父から聞いたと仰しゃったでしょう、僕が聞いたことはともかく、もし貴方の聞いたのが事実とすれば」

「事実とすれば、いいですか、私の聞いたことが事実とすればですね、それは成瀬氏では無かったということになるんです」

そのとき松川氏はとつぜん煙草に噎《む》せて、身を踞《かが》めながらこんこんと激しく咳入《せきい》りました。署長はのんびりとその鎮《しず》まるのを待ったうえ、眠たげなまだるっこい調子で、

「病室は暗かった、枕電燈は濃い色のシェード、燭光も弱い、汚れて乱れた白髪の

鬘《かつら》を冠《かぶ》り、毛布に包まれていれば、まして初対面の私たちにはそれが本当に成瀬氏かどうかわかる筈がない、事実そのときは私にもわからなかった、けれどもちょうど一昨日の晩でしたよ、私は寝床の中で頰《ほっ》ぺたを蚊に食われた」こう云って署長は自分の右の頰を指さします、「この処をです、それでぴしゃっと叩《たた》き潰《つぶ》したんですが、そのときふと病室であった事を思いだしました、というのは、私が寝台の側《そば》で成瀬氏の話を聞いていたとき、二度まで蚊が成瀬氏の頰に留ったんです、氏の頰がその反応でぴくぴく痙攣するのを見て、私はそっとその蚊を追ってあげました、私はそれを思いだしたんです、そして神経が不随である筈の部分が、蚊に留まられて神経反応を起こす筈がない、ということに気づきました、……いかがです松川さん」

「どうもお話がぴったり来ないんですが」

「では説明しましょう」署長は相変らずだるそうな調子で、「或る人間が成瀬氏を寝台から抱上げ、病室の向うにある物置部屋へ移したんです、そして用意してあった扮装《ふんそう》をして寝台に上り、五道三省の来るのを待って、例の毒薬の話をした、その人間はみごとに成瀬氏の役を勤めたが、健康な不随意神経まで支配することはできなかった、……これでぴったりするでしょう」

「ですがいったい、誰です、そんなことをする男は、誰だというんです」

「他の誰も知らないことを知っている人間です、毎夜十二時というあの話を知っている人間、つまるところ、私か貴方かどちらかです」

その瞬間の息詰るような沈黙は忘れられません、蒼白《そうはく》になった顔で署長を睨んでいた松川氏は、抗弁しようとして口を二三度あきかけました、だがもうその力は無かったのでしょう、低く呻いたと思うと、両腕で面《かお》を抱えながら卓子の上へ俯伏《うつぶ》せになりました。

「私はこれ以上なにも云いません」署長はしずかに続けました、「貴方にだけ知らせてあげる事がある、それは成瀬氏が毒を飲まなかったということです、非常な衝動《ショック》に依る心臓麻痺です、なにが衝動になったかはおわかりでしょう、……ともかく貴方にとっては幸運でした、そしてどうかこういう幸運には二度とお預りにならぬように御忠告します」

そのとき表へ自動車の着く音が聞えました、署長は椅子から立ちながら、一枚の紙片と手帛《ハンカチ》とを卓子の上へ置いて、「こちらはいつかの遺言書です」と云いました、それはもう劬《いたわ》るような、温かな響きの籠った調子でした。

「そしてこの手帛を、貴方の手から和泉君に返すだけの、贖罪《しょくざい》の勇気を期待します、それが貴方の新しい出発ですから」

署長はこう云って応接間を出ました。玄関へ出ると、ちょうど夫人と和泉君がはいって来たところです、二人はこちらを見てびっくりしたようですが、署長はにこにこ笑いながら近寄っていきました。

「どうもたいへん御迷惑を掛けて恐縮です、なにもかも私の考え違いでした、こんな事はめったにないのですが、まことに済みません、お許しを願います」あやまるというよりお祝いでも述べているような、たいそう浮き浮きした調子です、そして二人が返辞をする隙《ひま》もなく、署長は「和泉君」と親しげに呼びかけました、「……ごらんのとおり奥さんは独りになられた、これからは君がちからになってあげなければならない、奥さんの頼みにするのは君だけです、どうか狭量《きょうりょう》な考えを捨ててなおに強く生きて下さい」

そして珍しくも和泉君の肩を叩き、夫人と二人を見比べるようにしながら、

「人間は死ぬまでしか生きない、たしかに愛し合うのは生きているうちだけです、愛する者があったなら、そしてその機会が来たら、時を失わずに愛するがいいのです、……お詫《わ》びの印に、この言葉をお二人に差上げます、失礼しました」

佐知子夫人が泣きそうになったと思ったのは私の誤りでしょうか、車へ乗ってか

らも、私には夫人の歓《よろこ》びの嗚咽が聞えるように思えて仕方がありませんでした、……然し私にはまだ一つ疑問があったのです、それは成瀬氏に与えた非常な衝動というやつでした。

「君は頭が悪いね」署長は眠そうな声で、こう説明してくれました、「成瀬氏はいちど松川に物置部屋へ運ばれたことがある、その驚きがまだ残っていた、そこへまた松川の姿をみつけたんだ、彼は夜更《よふ》けに非常梯子から病室へ入り、自分で僕に話したとおり吸呑の中へ毒物を入れた、そして光りの届かない処から容子を見ていたんだ、成瀬氏は吸呑を取り、それを口に当てたとき松川の姿をみつけた、その恐怖と驚きが心臓麻痺を起こさせたのさ、松川はそれを毒死したものと思い、和泉君の手帛を、……ちょっ、君はまだおれにこんな下らないお饒舌《しゃべ》りをさせる積りかい、そのうえ仕上げが相変らずの飴《あめ》ん棒《ぼう》などと云うんだろう、おれは飴ん棒さ、だがおれは……」そしてわが寝ぼけ署長は鼾《いびき》をかき始めました。

毛骨屋親分《けぼねや》

一

並木町から北原町へかけて毎晩にぎやかに夜店が出るのを御存じでしょう、あれはもと柳町の電車通りにあって、焼鳥屋だの牛飯おでん屋などという飲み食いの屋台も一緒だったのを、そういう業者と切離してあっちへ移したものです。あの夜店は他処《よそ》のものと違って業種がたいへん多く、書籍や、衣類、日用雑貨、器具調度から化粧品まであり、近在の農家から野菜や雑穀を、海岸の町からは汽車に乗って魚貝を運び込むという風で、常には五—七百の店が並び、多いときは千を越すくらいです、尤《もっと》もこれは旧幕時代から「城下の日市《ひいち》」と呼ばれた有名なもので、つまり交易市《こうえきいち》の伝統が遺《のこ》っている訳なんです。……それを柳町からあっちへ移すに就いては複雑な事情があり、また我が寝ぼけ署長の果断と、正義を守りぬく不撓《ふとう》の勇気が隠されているのですが、ひとつそれを手短かにお話し致しましょう。

話すまえに一つ申上げて置くことがあります、これまで度たび御紹介したように、署長はふところの寛《ひろ》い独特の性格で、赴任早々はともかく、日を経るに従って各層の好意と支持を受けるようになりました、貧困階級は特別として、これほど市民から信愛され頼みにされた署長は前にも後にも無かったでしょう。然《しか》しそのなかでただ一つ、どうしても融和しない一群の人たちがありました、それはどこの都市にもある「顔役」とか「ボス」などという存在です。政治の有《あら》ゆる間隙《かんげき》にもぐり込んで、利権を争奪し、統制を破り、綱紀を蹂躙《じゅうりん》する、暴力と威嚇《いかく》を擬して秩序を紊《みだ》すこれらの存在は、中央地方の差なしに行政上の癌《がん》ですが、この市《まち》にもそうした一群が県会市会のなかに根強い勢力を張っていました。我われの寝ぼけ署長が着任して来たときのことです。署の会議室の壁面に功労者の表賞状が掲げてある。道場の建物を寄付したとか、新築改装の費用を負担したとか、備品や厚生費を寄贈したとか、色いろ警察事業に貢献した人々を表賞するものですが、その多くが何某《なにがし》組だの何某土建会社という、つまり「顔役」に類する人たちです、署長はその掲額を眺めながら、側《そば》にいる主任に向って、「これがこの市のボス連中だね」と云《い》いました。

「こういう人たちに寄付を貰《もら》わなければやっていけないのかい」

「なにしろ経費が足りないものですから」主任は至極あたりまえにこう答えました、

「建物を改築するとか寮を造るとか、署員の医療や生活費の補助など臨時応急の出費は殆《ほと》んど寄付に仰ぐ習慣になっています、尤もこれはどこの警察でも同じだと思いますが……」

「経費が不足なら予算の増加を申請すればいいだろう」署長は明らかに不愉快だという調子でした、「少なくとも僕のいるあいだはこういう人たちの寄付は断わる、これだけは心得ていてくれたまえ……それからこの表賞状の額はどこか他へ移すんだね」

「承知しました、然しどこへ移したらいいでしょうか……」

「どこでもいいさ、物置でも、天床裏《てんじょううら》でも、見えない処《ところ》で邪魔にさえならなければ、どこでも結構だよ」

更にその年の暮のことでした。前に挙げた何某組の人たちの寄付で署員の忘年会が行われる、これは毎年の例になっていたのですが、新任の寝ぼけ署長はそれをはっきり禁止しました。驚いたのは署員たちより寄付者の側で、「これはながい慣例に反《そむ》く」とか、「当局と市民との親睦《しんぼく》を破る」とか云って説き伏せにやって来ました。署長は例の舌たるい調子で警察権の独立と尊厳の意味を説明し、今後はこの種の寄付を絶対に受けないと答えて譲りません。

「なぜならばですね」そのとき署長は極めて柔和にこう云いました、「貴方《あなた》がた有力者の寄付に依《よ》って、警察署の改装をしたり、建増をしたり、署員の生活費の補助をしたりすることは、警察権の独立という点は別として、国家を侮辱する結果になりますから」

「国家を侮辱するとはどういう意味ですか」

「例えば親があるのに、他人から金や着物の面倒をみて貰うとすればどうでしょう、それが親を侮辱することにならないでしょうか」

彼等はなお言葉を変え、警察官が時には生命の危険を冒して、市の治安のため日夜はげしい勤務に就いていること、然も酬《むく》われること甚だ薄いことを挙げ、自分たちは純真な気持からその労に酬い、旁《かたがた》、感謝の意を表するためにできるだけの奉仕をするので、寄付献金には些《いささ》かも他意がない旨《むね》を強調しました。

「そういう御理解だけで私共にはもう充分です」署長はやんわりと微笑しました、「その理解こそ百万円にも代え難い御寄付ですよ、どうか今後はそういう点で御助力を願います」

彼等は空《むな》しく帰りました。そしてその後も妥協しようとして、手を変え品を変え署長の懐柔にかかりましたが、こちらは例のぬらくらした態度で、然し断乎《だんこ》とそれをはねつけとおしていた訳です……これだけの事を承知して頂いて本題の話にかかるのですが、まず喉《のど》しめしに氷菓《アイスクリーム》でも取るとしましょう、どうぞお楽になすって下さい。

二

梅雨があけてにわかに夏らしくなった季節の或《あ》る宵のことでした。夕食のあとで珍しく署長は散歩をしようと云いだし、浴衣《ゆかた》がけで一緒に官舎を出ました。雨でも降ったあとのように空気の爽《さわ》やかな夕べで、大川の岸や橋の上などにはもう涼み客の姿がみえ、すれ違う人のなかには蛍籠《ほたるかご》を持つ子供などもあって、街いったいに活《い》きいきした夏のざわめきが漲《みなぎ》っていました。……夜の散歩は珍しいし、出ても城山あたりをひとまわりするくらいですが、その晩は大川を渡って広小路《ひろこうじ》へぬけ、電車通りを柳町のほうまで歩きました。四丁目の交岐点から先が夜店の出る地帯になっている、その角へ来たときでした。道端の並木のところに人集《ひとだか》りがして、なにか大きな喚《わめ》き声《ごえ》が聞えます。覗《のぞ》いてみると軀《からだ》の逞《たくま》しい一人の若い者が、十八あまりになる花売の娘を捉《とら》え腕捲《うでまく》りをしながら怒号している。

「虫も殺さねえ風な面《つら》あしやがって舐《な》めたまねをするな、須川《すがわ》組をなんだと思やがるんだ」こう云いさま彼は娘の手から花籠を叩《たた》き落し、むざんに足で踏みにじりました、「うぬらに甘くみられて指を銜《くわ》えてるほど腑《ふ》抜《ぬ》けじゃあねえ、須川組にゃあ眼もあれば腕っぷしもあるんだぜ」

　右手が動いたと思うと娘の頬へ烈《はげ》しい平手打がとんだ。娘はあっといってよろめきましたが、若者は片手でその肩を摑《つか》み、暴《あら》あらしく引寄せて更に殴りつけようとする、堪《たま》らなくなって私が出ようとしたとき、署長が大股《おおまた》に近寄っていって若者の腕を摑みました。

「なにようしやがる放せ」相手は兇暴《きょうぼう》な顔を振向けました、「……てめえはなんだ」

「通りがかりの者だよ」署長は相手の腕を逆に取ってから答えました、「若い娘を男が殴りつけるというのはいけない、訳は知らないがとにかく乱暴はよしたまえ」

「よけえな処へでしゃばるな、露店には規則があって柳町両側五町間《かん》*と定《きま》っている、それをこのあまはいつも区域外で売《ばい》をしやがる、五町露店街は須川組の縄張だ、こんな舐めたまねをされちゃあ須川組の顔が潰《つぶ》れるばかりか、警察から任されている取締りのしめしがつかねえ、おまえさんそれを承知でちょっかいを出すのかい」

「私はなんにも知らないよ、ただどっちにしてもいい若者がこんな娘を打《ぶ》ったり殴ったりするのはよくない、もっと穏やかに話したらどうかと思っただけさ」署長はこう云うと、若者の腕を放し、踏みにじられた花籠を拾って娘の手に渡しました、「さあお嬢さん、あなたもこれからはこんな場所へ出ないんだね、定りはよく守らなくてはいけない、この花は私が買って上げるからもうお帰り」「あま忘れるな」若者は肩をそびやかしてこう喚きました、「こんどみつけたら片輪だ、覚えて置けよ」

そして人混の中へ去ってゆきました。署長も娘を抱えるようにして、横丁の人気《ひとけ》の無いところまでゆき、拒み続ける手に五円紙幣を握らせました。平凡なまる顔の、でもかなり愛くるしい眼鼻だちで、ごく気の弱い柔順そうな性質にみえる、よほど力任せに打ったのでしょう、右の頬が赤く腫上《はれあが》っていました。どうして夜店街へ出ないのか、これまで度たびこんなめに遭ったのか、家族はあるのか……署長は色いろと訊《たず》ねましたが、娘はひどくなにかを怖《おそ》れる風で、少しもはかばかしい返辞をしません。署長も強いては追求せず、

「なにか困ることがあったら相談においで」こう云って名刺を与え、彼女に別れて帰りました。

「こないだうちからあの夜店街でなにか紛擾《ごたごた》があるという話を聞いたように思うが、知らないかね」

「精《くわ》しいことは知りませんが、喧嘩《けんか》だか傷害沙汰《ざた》が五六件あったとか聞いたようですが、然しああいう場所ではよくあることですから」

「ひとつ調べてみてくれ、須川組との関係もついでに頼むよ」

須川組の主人は須川源十といって、この市の「顔役」の中でも古い型の、いわゆる親分という種類に属する人間です。土木請負もやるし、露店や縁日の縄張を持っている、低級な興行物も扱い、博奕《ばくち》＊、のてらも稼ぐ、事があれば命知らずの若い者が三十余人、どこへでも押掛けるという風でした。かなり眼に余る事があっても、県会の黒幕として相当の勢力を持っていましたから、これまで警察でも殆んど手を付けることができなかったのです。……然し我が寝ぼけ署長ならやるかも知れないぞ。私はそのときこう思いました。例の寄付問題は彼等に対する断交宣言でもある。この半分眠っているような頭の中には、案外なにか秘策があるかも知れない。もしもそうだとしたら、……私は思わず拳《こぶし》を握り、署長のためにできるだけの助力をしようと心のなかで誓いました。

当時はまだ私も署長がどんな人物かよく知りませんでした。それでおこがましくもそんなことを考えた訳ですが、とにかく、その翌日すぐ私は毎朝新聞社へいって青野に会いました。青野庄助は私のごく親しくしている記者で、気骨もあるし向《むこ》う張《ば》《り》の強い元気な青年です。

「須川組へ手を付けるって」彼はふんと鼻を鳴らしました、「よせよせ、あんな寝《ね》ぼけ狸《だぬき》なんかになにが出来るものか、椅子《いす》を大事にのんびり昼寝でもするほうがにん相応だ、おけらが笑うよ」

三

私は彼を説き伏せました。もちろん彼も本気でそんな罵倒《ばとう》をしたのではない。須川組のやって来た不法な無道の事実は、社会部記者の彼には私などより遥《はる》かに精しくわかっている。従って公憤も大きい訳で、一種の八当《やつあた》り的な言葉だったのでしょう。熱心に事情を話すと幾らか乗気になり、「どうせむだ骨だろうが」と云いながら、ともかく調査部でたしかな事を調べると答えてくれました。

青野はその午後に署へやって来ました。私は彼を署長に紹介し、持って来た調査書を読んでみました。さすがに精細な調査でびっくりしましたが、一《いち》いちここで申上げる必要はないでしょう。肝腎《かんじん》なのは柳町五町露店街の件ですが、従来のことはともかく、数カ月こっち際立《きわだ》ってあこぎなまねをしている。例を挙げると、それまでは露店業組合へ入るとき二十円納め、あとは「場銭」といって毎夜十銭ずつ払えばよかった。それが最近は場銭が三十銭になり、「はなを付ける」といって、店を出す場所に依って別に幾らと権利のような金を取られる。また五年十年と古くから定った場所に出ていた者が、「はなを付け」られると其所《そこ》を譲って他へ移らなければならない。その「はな」には最低五十銭から五円、七円という高額のものまであり、勿論《もちろん》すべて須川組のふところへ入る、これが毎晩のことだから地道な商売をしている者には負担しきれず段だん端のほうへ追われてしまいます。そしてもし不服を云ったり場銭が払えなかったりすると、例の若い者がやって来て暴力をふるい、場銭に相当する品を店から持ってゆくという有様でした。細かい事を挙げればもっとあるのですが、これだけでも他は推察できるでしょう。……署長は暫《しばら》く黙っていましたが、しずかに青野のほうを見てこう云いました。

「有難う、お蔭《かげ》でよくわかった、つまりこれでみると、須川という人は、かなりその、徳望家、と云うか、つまりたいへん人徳があるとみえるね」

「人徳ですって、徳望家ですって」青野は眼を剝《む》きました、「署長さんはこの調査からそういう結論を摑まれたんですか、いったいどこを指して貴方は」

「結論は僕じゃないよ」署長はのんびりと欠伸《あくび》をしました、「僕はなんにも摑みやしない、ただこう考えただけさ、つまり、それだけはっきりした事実があるのに、須川源十氏が今日なお隆々と栄え、県会市政に大きい勢力を張っていて、誰ひとりこれを指弾する者もない、……ということは、よほどの徳望家でなければならない筈《はず》じゃないか、そう思わないかね、青野君」

「皮肉なら失敬ですが返上します、坐《すわ》っていて舌を叩《たた》くくらいの芸当なら木偶《でく》にでもやれますからね、これまでも僕は度たびそんなごたくを聞きました、かなり腰を入れて掛った署長もありましたよ、然しみんな……」青野はくるっと手を振って椅子から立ちました、「みんなそれっきりの事です、署長の椅子は温かくて掛け心地がいいとみえますからね」

「それはたしかだ、まったくこの椅子はふっくらとして温かいからな」署長はゆっくりと頷《うなず》きました、「僕だってへたな事をしてこいつを失《な》くしたくはないよ」

「では精ぜい大事にするがいいでしょう、傷《いた》めば須川組が唯《ただ》で取替えてくれますからね、これは貰って帰ります、失礼」

　青野はかんかんに怒って、調査書を摑むなり鉄砲だまのようにとびだしてゆきました。青野の短気なことはよく知っていますが、署長の応待がまたわざと彼を怒らせるようにみえました。せっかく彼を紹介し、彼を通じて毎朝新聞を味方に付けようと考えた計画は、これでまったく逆になったようなものです。些か心外ですから私はその不満を訴えました。署長は眼をつむって聞いていましたが、だるそうに肩を揺《ゆす》りあげ、ぐっと椅子の背に凭《もた》れかかりながらこう答えました。

「化膿《かのう》した虫様突起《ちゅうようとっき》は切開手術をするより他にない、頓服薬《とんぷくやく》をのんだり御符を貼《は》ったりするより、患者へメスを入れるのが唯一《ゆいいつ》の手段だ」

「然し新聞紙のちからは御符より少なくはないと思いますが……」

「ちからは己《おれ》だ」ゆっくりと署長はこう云いました、「男が仕事をする場合に、たのむのはおのれのちから一つだ、少しでも他に頼む気持が動いたら、仕事の形は出来ても魂がぬけてしまう、尤も……青野君には頼むことがあるがね」

　ちからは己だという言葉は私に強い印象を与えました。たしかに署長はなにかしようとしている、だがいったいどんな秘策があるのか、半ば好奇心に似た期待を以《もっ》て、私はじっとようすを視《み》ていました。……それから四五日、暇を偸《ぬす》むようにして署長はどこかへでかけました。なんの目的でどこへゆくのか、一時間ほどで帰ることもあり、半日あまり留守にすることもあるという具合でした。そして或る日の午後、この話の第三幕ともいうべき出来事が起こったのです。

四

「いつか柳町で助けて頂いた者ですが」と云って面会人がありました。私が出てみますと、このあいだの花売り娘が開衿《かいきん》シャツを着た見知らぬ青年と受付に立っていました。二十五六になる角張った顔だちの、骨細な軀つきをしたその青年は、かなり吃る《ども》せっかちな調子で、「洋子の事に就いてぜひお願いがある」と嘆願するように云います。娘はまるで怯《おび》えたような表情で、固く青年の腕に縋《すが》り付いていました。

私は二人を署長室へ伴《つ》れてゆきました。

「挨拶《あいさつ》はぬきにして、まあそこへ掛けたまえ」署長は二人に椅子を示し、煙草《たばこ》に火をつけながら彼等をやさしく眺めました、「……よく此処《ここ》へ来ることを覚えていたね、さあ聞こう、なにが起こったんだ」

「これを警察へ保護検束*して頂きたいのです」

「ほう、……この人をね」

「そうです、それでないとこれも、これの家族も無事ではいられません、僕は小栗《おぐり》公平という者ですが」

彼の話をつづめて申上げましょう。……娘は島村洋子といって十九になり、病気で三年も寝たきりの母と、六十三になる祖父貞助と三人で暮している、十年ほど前に亡《な》くなった父は、若いころ東京で鮨屋《すしや》の修業をし、そっちで妻を貰って帰ると、柳町の露店街で屋台の店を始め、江戸前の握り鮨でかなり繁昌《はんじょう》した。そこは親の貞助が十五年もおでん屋の店を出していた由縁《ゆかり》の深い場所で、映画館や寄席《よせ》の並んでいる盛り場だったせいもあろう、妻の名をとった「菊ずし」の評判はひと頃ずいぶん弘《ひろ》まったものである。洋子が尋常三年のとき父が死んでから、祖父と母とで暫く店を続けていた、然し或るとき客の一人に「菊ずしの味じゃあなくなったな」と云われ、それでは亡くなった者に済まないからと思い切って止《や》め、もういちど祖父のおでん屋に返った。これもかなり盛《はや》ったが、お菊が病臥《びょうが》するようになってから金の要ることばかり続き、生活は苦しくなる一方だった。……そこへ夜店の「場銭」が三倍、また「はな」の規則というものができた。貞助の店を出す所は盛り場の最もいい位置だったから、「はな」は最高七円で付ける者がありこっちには到底そんな金は出せないので、前後三十年ちかくも出つけた場所を逐《お》われ、今では七丁目のいちばん端に出るような始末だった。……それだけならまだいいのですが、須川組の親分というのが、店を手伝っていた洋子を見て、古風にも妾《めかけ》によこせと云いだした、断わると若い者が毎晩のように来て商売の邪魔をする、しぜん客足が遠くなるし、病人を抱えて生活は逼迫《ひっぱく》するし、やむなく洋子が区域外へ花売りに出たのです。彼等はうるさく付纏《つきまと》いながら、先夜のように暴力をふるったり、家へ押掛けて嚇《おど》したり、有ゆる手段で洋子を責めたて、ついには誘拐しても意に従わせようというところまで来たのです。

「私は金花町の同じ長屋にいて、柳町六丁目へ古本の夜店を出しているのですが」小栗公平という青年はこう続けました、「洋子とは幼《おさ》な馴染《なじみ》ですし、実は……つい最近、将来の約束をした間柄なんです、けれど事情がこんな具合になっては、どこか他の土地へでもゆかなければ結婚もできず、生活することさえできなくなります、それで私はK……市にいる友達のところへ相談にいって来ようと思うのですが、いまお話ししたような訳でこれのいの軀にのっぴきならぬ危険が迫っていますので、私が帰るまでこちらに預かって頂きたいのです、無理かも知れませんがどうかお願い致します」

「預かりましょう、然し……」署長は卓子《テーブル》の上で拳を握りながら静かに相手を見ました、「然しそれは君たちが此処から逃げだす手伝いをするためにじゃない、寧《むし》ろこの土地で平穏な生活をするための手段としてだ」

「でも私は考えられる限り考えたのです、その他にはまったく方法がないのですから」

「それじゃあ訊《き》くがK……市へゆけば君たちは安全だと信ずるのかね、須川組のやっているような不法と暴力が、Ｋ……市には無いと信ずるのかね、違うこの君、たいへん違う」握った拳をひらき、それをまた強く握りながら、署長は厳しい調子でこう続けました、「不正や無法や暴力はどんな土地にもある、正義が尊ばれるのは人間生活の中でそれが極めて少ないからで、世界は不正や暴力で充満しているんだ、正しい生き方は大なり小なり悪との闘いのうえにある、その闘いから逃げることは自分で自分の生存を拒むのと同様だよ、そう思わないか」

小栗青年は唇を噛《か》んで深く頭《こうべ》を垂れました。たしかに、返す言葉はなかったでしょう。署長の云うことは現実を離れた公式論で、それをどんなに絶叫してみたところが事実の解決には役立ちはしません。なんのためにこんなことを云うのか、私は訝《いぶか》しく思いながら見ていました。……小栗公平は間もなく顔をあげ、署長を睨《にら》むようにしながら云いました。

「それでは署長さんは、私に須川組と闘えと仰《おっ》しゃるんですか」

「そんなことは云やあしない、他の土地へいったって同じだということ、不当に迫害されて逃げだすような気持では、この世界には生きてゆけないということを注意しただけだ、此処にいたまえ、君たちは此処で正当に生きてゆく権利を持っているんだ」署長はこう結びました、「そして君にそれだけの決心がついたら私もできるだけの助力をするよ、よく考えてみたまえ」

五

その夕方のことでした。いつもなら官舎へ帰る時間なのに、署長は自動車を命じて私と一緒に署をでかけました。

「さっき己が小栗という青年に云ったことを、君は大人げないと思ったらしいな」車が走りだすと間もなく署長はこう云いました、「いやわかってるよ、たしかにそうなんだ、露店街の人たちが須川組の不法を泣きの涙で忍んでいるのは、勇気が無いからではなくて力の比例を知っているからだ、須川組の持っている暴力に正面から敵対することが、いかに愚かであるかということを知っているからだ、……然し『知っている』この『知っている』ということが問題なんだ、実際には力をもちながら、頭だけで計算して投げてしまう、これが人間を無力にする最も大きな原因だ」

こういう話になると例に依って署長の調子は熱を帯びてきます。顔つきも若やぎ、眼は光りを湛《たた》え、まるでだだっ子のように傍若無人な論法をふりかざす。自分でも衒《て》れるところの「中学生的論理」が始まった訳です。

「いったい日本人は無用の知識が多過ぎる、『中央私論』だとか『改作』だとか、その他のいわゆる高級総合雑誌をみたまえ、月々それらの誌上には哲学、社会学、人類学、科化学、史学、国際事情、経済学などという有ゆる思想、批判、論駁《ろんばく》、証明の類《たぐい》がぎっしり詰っている、そしてかかる雑誌が多く売れ、読者の数が逓増《ていぞう》すれば、それで日本の文化水準が高まったと信じて誇る、*愚《ぐ》や愚や汝《なんじ》を如何《いかに》せんだ」署長はここで憐憫《れんびん》に耐えぬという風に片手を振りました、「いいか聞きたまえ、これらの論文を読むことはたしかに見識を広くするだろう、然し見識を広くすることだけでおしまいだ、僕の知っている質屋……ぼろが出たね……の主人公に、哲学、社会学、自然科学、考古学などに極めて深く*通暁《つうぎょう》する人がいた、実際びっくりするほど熟《よ》く知っているんで感にうたれたくらいだ、恐らくこういう例は到《いた》る処にあるだろう、銀行の出納係、駅の改札、魚問屋の*番頭、商事会社の社員、呉服屋の*手代、町役場の*吏員、どこにでもいるに違いない、然し、それはどこまでも唯それだけのこった、質屋の主人や町役場の吏員がギリシア哲学に就いて論ずるということは、*タルタラン的性格として諧謔《かいぎゃく》の種にこそなれ、それ以外には笑う価値もありやしない、実行力の伴わない知識、社会的に個人の能力を高めざる知識、これらのただ知ることで終る知識は恒《つね》に必ず人間をスポイルするだけだ、彼等はなんでも知っている、だからいつも物事の見透しをつける、すべてがばかげてみえ、利己的で勤労を厭《いと》う、同朋《どうほう》を軽侮し、自分の職業を嫌う、……社会的不正、国家的悪などという、国民全体の最も重大な出来事に当面しても、高級なる知識人であればあるほど、三猿主義になるものと相場は定《きま》っているんだ、……こんなこってなにができる、泣《なき》っ面《つら》をして『長いものには巻かれろ』などと鼻声を出しているようでは、社会全体に対する、或《あ》るいは文化に対する個人の責任を果すことなど夢にもできやしない、そしてその責任の自覚なくして文明なる国家というものは存立しないんだ、失敬だけれども」

そのとき自動車は或る邸《やしき》の前で停りました。

「こういう風習が小栗青年や露店街ぜんたいの人たちを無力にしている原因だ、自分の能力を試してもみずに、暗算でものごとの見透しをつける小利巧さ、こいつを叩き潰さなくてはいけない、有ゆる学問思想に通じながら、なに事をも為《な》し得ない腑抜《ふぬ》け根性、こいつも叩き潰さなくちゃあいけないんだ」

「署長、車が停っていますよ」

「わかってるよ、車は停った、下りればいいんだろう、己はもっと云いたいことがあるんだが、……まあいい、あとにしよう」

私たちは車を下りました。そこは御殿町裏という処で、眼の前にあるのは石の門構えに石の塀をめぐらせた、さして広大ではないが俗っぽく凝った造りの眼立つ邸でした。表札には須川源十とあります。署長は大股にはいっていって自分で案内を乞《こ》いました。……この訪問が彼等を驚かせたのは明らかです。家の中がちょっと色めき遽《あわただ》しい足音などが聞えました。そして「どうぞお通り下さい」と案内されたのは十帖《じょう》ほどの日本間でしたが、そこではいま食事が始まろうとしているところでした。恐ろしく大きな、でこでこに彫りのある卓子に向って、須川氏が正面にあぐらをかき、五つくらいの可愛《かわい》い女の子を膝《ひざ》に抱いている。その脇《わき》に三十歳くらいでひどく粋《いき》づくりな、そのくせ色の黒い不縹緻《ぶきりょう》な女が坐っていました。須川氏は顔も軀も固肥《かたぶと》りで、浴衣がけのはだかった胸には熊《くま》のような毛が生え、威嚇的な胸毛と濃い口髭《くちひげ》が眼をひきます。「どうぞこちらへ、どうぞ」源十氏は愛相《あいそ》よく笑いながら、こう云って署長に自分の脇の座を示しました。

六

「ちょうど一杯やりかけたところです、失礼ですが一ついかがですか」
「いや、折角ですがこんな恰好《かっこう》ですから」署長はこう云って盃《さかずき》を断わりました、

「今日は貴方に御相談があって来たんです、簡単なことですが此処で云って構いませんか」

「どうぞどうぞ、私は無礼講にして貰ってこいつをやりながら伺います」源十氏はこう云って傍らの女に酌をさせながら、抱いている女の子をとろけそうな眼で眺め、「こんどはなんだ、卵焼か、きんとんか」などと甘い声をだして頬をすりつけるのでした。

それはこちらを無視する擬勢のようでもあるが、実はそれ以上に子供を溺愛《できあい》しているというのが事実らしい。署長もつりこまれるように「お孫さんですか」と訊きました。

「孫とはひどいですな、子供ですよ」源十氏は相好《そうごう》を崩して笑いました、「尤も五十になって初めて出来たんですが、そのせいですかな、顔はこんなおかめですがおそろしく利巧なやつで」

親馬鹿《おやばか》まるだしで子供自慢を始めました。そういうところはまったく温和な好人物で、これが血も涙もない須川源十その人かと疑われるくらいです。署長はやがて用談にかかりました。

「御相談というのは露店街のことなんですが」

「ふむふむ」源十氏は子供のおかっぱ頭を撫《な》でながら、女に酌をさせて平然と酒を呑《の》んでいます。

「細かい事は云いませんが、夜店商人たちに対する負担がだいぶ重くなったこと、暴力沙汰が非常に増加したこと、この二つの件に就いて貴方に御注意したいのです」

「注意とはどういう意味ですか」源十氏は盃を口へ持ってゆきました、「柳町両側五町の露店街は、さよう、五道さんは御存じないだろうが、あれは須川組が許可を取って経営の管理をやっているものです、商人たちに対する負担とか、風紀に関する点など、警察の御厄介にならぬよう組内で努力している積りです、決して不合法な事はやっておる訳ではない、それは責任者たるこの私がはっきり云えることです」

「私のほうに集まった材料は、残念ながら香《かんば》しくないものが多いのです、このままでは我われの職分として黙っている訳にはいかない、貴方のほうで根本的に考え直して下さらぬ限り、こちらでは然るべき手段を講じなければならないと思うのです」

「好《い》い子だなゆき坊」源十氏はこう云って抱いていた女の子を下ろしました、「父ちゃんはお話が少しあるから、おまえ広間のほうへいって遊んでおいで」

子供は聞分けよく立って、廊下を向うへばたばたと駆けてゆきました。私はなにげなくそれを見送ったのですが、そのとき明けてある障子の彼方《かなた》、鉤《かぎ》の手《て》に曲った廊下の角のところに、この家の子分でしょう、若い者が五六人じっとこちらを見ている姿を発見したのです。源十氏は坐り直し、急に人の違ったような眼つきで署長を見上げ見下ろしました。

「なんですって、署長さん根本的に考え直せ、さもなければ然るべく方法を講ずる、……こう仰しゃるんですかい」

「そのとおりです、断わって置きますがそれが私の掛値のない肚《はら》ですから」

「面白いねえ」源十氏は唇の端で笑いながら云いました、「あんたはこの市へ就任して来られてから、だいぶその御自慢の『肚』を振廻しておいでなさる、せんだっての寄付問題にしても、我われ市の有力者と警察とのながい親睦関係をぶち毀《こわ》し、我われに対して挑戦的態度をとられた、こんどはまた須川源十に向って然るべき方法をとると云う、宜《よろ》しい、結構だ、やってみせて貰おう」

「すると……」署長はのんびりと手で顎《あご》を撫でました、「するとこの相談は纏《まと》まらない訳ですね」

「念には及ばねえ、こんな地方都市の警察なんぞが怖くて、おれ達の商売がやってゆけるもんじゃあないんだ、やるなら肚をきめてやってみろ」

怒号しながら力いっぱい卓子を叩いたので、皿小鉢はけたたましい音をたてて踊り、燗徳利《かんどくり》が倒れました。本領をさらけだしたというところでしょう。署長は黙って源十氏の顔を見ていたが、やがて静かに目礼して座を立ちました。

「それでは仕方がありません、私のほうは私のほうとして対策を講じましょう」

「但《ただ》し首の根を洗ってな」源十氏は古風なたんかを切りました、「おまえさんが須川組に手を着ける前に、おまえさんの死骸《しがい》が大川へ浮くかも知れない、よくいっても転任になる覚悟はきめて置くがいい、おれは須川源十だぜ」

七

それからまる三日間、署長は忙しそうになにか書いたり外出したりしていましたが、ちょうど四日めの朝、毎朝新聞の青野庄助がとびこんで来て「おやじはいるか」とひどく意気ごんで云います。すぐ会いたいというので伝えると、署長は「来たかね」と新聞を置いて、会うから伴れて来いと云いました。

「夕刊報知の記事は本当ですか」青野は署長室へはいるなりどなりました、「あの並木町へ露店を許可したという記事は」

「まあ掛けたまえ、そして煙草でもやらないかね」

「冗談はぬきにして下さい」青野は乱暴に右腕を振りました、「東京から毛骨屋《けぼねや》なにがしとかいう親分が来るとか、その縄張で並木町へ露店街が出るとかいう、あの記事が本当かどうかを伺いたいんです、署長は御存じなんでしょう」

「あああの記事はいま読んだよ」署長はこう云って伸びをしました、「例に依って、新聞らしい先ばしりをしている、うむ、然しまあ大体としては、事実と云っていいだろうね」

　青野に劣らず私もびっくりしました。並木町へ新たに露店を許可したなどということは初耳ですから、……というのは、並木町へ露店街を移すという案は、十数年まえから問題になっているもので、地元の町民もずいぶん運動して来たのですが、県会で議案が通過しないためそのまま今日に及んでいるのです。なにしろ時には出店が千を越すほどの大きな存在なので、色いろ利権が絡《から》んでいるのでしょう。これは当市としては相当重大な問題になっているのですから、それを夕刊報知にスクープされた青野のいきまく気持はよくわかります。

「じゃあ署長は夕刊報知一社へ材料をお遣《や》りになったんですね」

「僕はなにも遣りゃあしないよ、この一週間ばかり記者諸君には会ったこともない、材料がどこから出たか知らんが、……もしかすると毛骨屋のほうからでも洩《も》れたのかわからない」

「毛骨屋という親分はもう来ているんですね」青野は手帖《てちょう》と鉛筆を出しました。

「代理人はいるが当人はまだ来てはいない、然しもし希望なら」と、署長はそらをつかった声で云いました、「今日これから新しい露店組合の結合会へ、一緒にいってもいいよ」

「新しい露店の、……もうそんなところまで進んでいるんですか」青野は眼を瞠《みは》ったが、ふと声を低くして、「然し署長、こんどの許可に就いて、県会のほうの了解はあるんでしょうね」

「県会……そんなものはありゃしないよ」

「すると署長ひとりの裁決ですか」

「県や市のほうとはあとで折衝するさ、そんなことを待っていたら、夜店商人《あきんど》は口が干《ひ》上《あが》ってしまう、……まず種子《たね》を蒔《ま》けさ」

「もう一つだけ聞かせて下さい、須川組が黙っていないと思いますが、勿論その背後にある県会と市の顔役連を加えてですね、この圧迫を押切る策をお持ちですか」

「僕は知らないな」署長は両足をいい心持そうに踏み伸ばしました、「そういう点は毛骨屋が引受けてくれるだろう、東京ではちょっと名の売れた男だからね」「ともかくも署長の肚はきまってるんですね」こう云ってじっと署長の眼を見まもり、「事に依ると転勤ものですが、その覚悟もついておいでですか」「そろそろ時間かな」青野の言葉には答えないで、署長はこう云いながら立ちました、「車が来ているだろう、一緒にゆくかね」

青野はいいなされてむっとしたようですが、それでも帽子を摑んで署長の後からついて来ました。……待っていた車に乗って、我われ三人のいった先は公園下の料亭「茶仙」でした。玄関には夥《おびただ》しい数の穿物《はきもの》が並び、受付という訳でしょう、机を据えて三人の男が掛けてましたが、我われの顔を見るなりその中から一人の青年が出迎えにとんで来ました。それは小栗公平だったのです。署長は靴を脱ぎながら、「みんな集まったかね」と訊きました。

「はあ代表者は全部集まりました」小栗の態度は見違えるほど元気になっていました、「署長さんのおいでをお待ちしていたのです、どうぞ」

案内されたのは宴会に使われる五十帖敷の広間で、そこには雑多な身装《みなり》をした老《ろう》若《にゃく》の人たちが五十人ばかり、ひどく緊張したようすで待っていました。……私たちが座に就くと、小栗公平が起《た》って「これから新しい組合の結合会を始めます」と云い、みんなざわざわと坐り直しました。……小栗青年はちょっと昂奮《こうふん》した調子で、かねて並木町から北原町へかけて、露店営業許可申請の運動があったこと、それがこんど初めて実現したうえ、東京から毛骨屋という親分が来て組合長になってくれることなどを述べ、新組合の規約を読むと云って、手にした一枚の紙を読みあげました。

「新組合に入会する者は、入会費金二円を支払うこと、場銭は一夜五銭、但し入会金、場銭とも組合名義を以て貯蓄し、組合員相互の扶助救済費に充《あ》てること、いかなる理由ありとも、組合全員の合議に依らざる限り徴集金をなさざること、役員は常任五名、任期は一年とし、組合員の厳正なる選挙に依ること、以上、細部は追って協定すべきこと……」

八

「以上が規約のあらましです」小栗青年はこう云って一座を見まわしました、「これに就いてなにか疑問のある方はどうか遠慮なく質問して下さい」

「入会金と場銭が」と、中年の髭だらけの男が手をあげながら云いました、「片方は二円片方は五銭というのが、安過ぎるように思われるんだが、どうでしょう」「それとも一つ、その……」こんどは隅のほうから老人がこう云いました、「そういう金をみんな組合名義で貯金して、組合員の相互救済に遣うということだが、それではその毛骨屋とかいう親分は、そのう、一文も取らないということになりそうだが、そこになにか有るんじゃあないですかね」

「ご尤もです、お答えしましょう」小栗公平は待っていたというようにこう云いました、「初めの入会費と場銭が安過ぎるという点ですが、これは考えようで、組合員を凡《およ》そ五百人とすれば千円という額になります、場銭も一夜二十五円、ひと月だと七百五十円ですから、年に積れば九千円になる勘定で、決して安過ぎるということはないと思います」

集まった人たちはこの数字を聞いて眼を瞠り「すると須川組はたいした儲《もう》けをしていたんだな」などと呟《つぶや》く者もありました。

「それから毛骨屋親分の取り前がないという点ですが、これは仰しゃるとおりで親分は一文も取りません、というのが、毛骨屋はこんどの新しい組合を作って、一年間だけその面倒をみる、そして組合の基礎が固まればあとは組合員の自治的経営に任せて手を引く、こういう約束なんです」小栗は改めて一座を見まわしました、

「以上は毛骨屋親分から任された代理人として、この私が責任をもって実行します、どうか賛成の方は組合に参加して下さい、そして我われの新しい生活を建設しようではありませんか」

割れるような拍手を浴びて小栗青年は坐りました。するとこんどは我が寝ぼけ署長が立って、「ひとこと挨拶をします」と静かに口を切りました。そしてこんどの露店指定を許可するに就いては、警察としても相当の決意を持っていること、秩序の維持には責任をもつこと、新しい組合はどこまでも協同体の精神を忘れず、組合員全体の利益ということを守られたいことなどを語り、最後に調子を改めてこう結びました。

「人間が正しく生きるためには勇気が必要であります、貴方がたが勇気をもって新しい組合を守る限り、五百人として一年に壱万円ほどの資産が貴方がたの所有になる、またこれを十年続けたとして、年五分の利を加算すれば、十三万円余の額に達するのです、これは貴方がた共同の所有であり、何者にも侵される怖《おそ》れのない資産である、然しもし貴方がたに無法や暴力と闘う勇気がなければ、こんな積立の不可能なことはもちろん、再び貴方がたは生活の途《みち》をさえ脅《おび》やかされるに違いありません、人間は独りでは弱い、けれども力を協《あわ》せてやれば大抵の困難は克服できる、どうか勇気をだして、貴方がた自身の生活と組合の正しい発展のために闘って頂きたい」

署長が坐ると待っていたように、向うで半纏着《はんてんぎ》の若者が立上り、「お話はよくかりました、僕はやります」と昂奮した声で叫びました、「僕たちが弱かったのは自分ひとりが大事だったからです、然しこんどは協同の組合というものがある、自分の生活と自分たちの組合を守るためなら闘ってゆけます、どんな事があったって僕はやります」すると彼方《あっち》からも此方《こっち》からも、「己《おれ》もやるぞ」「もうなにも怖いものはないぞ」「みんなでがっちり腕を組んでやろう」などという元気な叫びがあがりました。……これでいい、署長はそう云いたげに頷いて、やがてその席から立ちました。

「毛骨屋親分はいつ来ますか」茶仙を出ると青野がこう質問しました、「勿論……来たら会わせて下さるでしょうね」

「一週間ぐらいすれば来る筈だ、然しあの男は新聞屋が嫌いだからな」署長は車へ乗りながらこう答えました、「まあ諦《あきら》めたほうが無事だろうね」

「宿だけ教えて下されば結構です、新聞嫌いなどと吹いている人間ほど新聞に書かれる事を喜ぶものですよ」青野は青野流のことを云います、「それから、いまの会合のことは記事にしていいでしょうね、お蔭でスクープされた埋合せがつきます」

「毛骨屋のことなんぞ余り書かないほうがいいぜ」

青野が途中で車を下りるとき、署長は念を押すようにこう云いました。青野はにやっと笑い、それには答えずに颯爽《さっそう》と下りてゆきました。

九

それから数日の緊張した気持は今でも忘れられません。明くる日の毎朝紙がでかでかと「新露店街の許可と同組合の発足」という標題を掲げ、東京から毛骨屋親分なる顔役が来てその後ろ盾となること、同親分は関東一円に知られた勇俠《ゆうきょう》の人物で、今次組合の結成には利欲を離れ、献身的に最後まで面倒をみる、などという事を書きたてると、県庁から知事秘書が駆けつける、全新聞社から記者が押掛ける、市の顔役たちがやっている睦《むつみ》連合会から問合せがあるというありさまで、署ぜんたいがざわざわした不安な空気に包まれていました。

「そうです、私の責任で新しい指定地の許可をしました」署長は質問を受けるたびにこう答えました、「現在の場所は電車通りで、交通機関のためにも、雑踏する客のためにも危険が多い、それに反して新しい指定地は鉄道にも近く、本町通りに接していて、これから繁華街に発展する良い条件を備えている、十数年まえから指定地にする運動があったそうだが、私もよく考えた結果それが最も合理的であると信じて許可をしたのです、県会に諮《はか》らず、独断でやった点は私の責任ですが、それは単に手続きの上の問題で、既に東京の本庁へも連絡がとってあるし、この許可がやがて確認されるだろうことは、些かの疑問もなく確信しています」

調子は例の舌ったるい緩慢たるものですが、言句の裏には尋常でない決意が感じられるし、もう一つ、なにか懐中《ふところ》に用意してあるとでもいうような、一種の威嚇に似た印象さえ与えているようでした。……県会の一部と、それを操るボス連中が、頻《しき》りに策動を始める一方、並木町から北原町へかけての指定地では、早くも露店街が華やかに開店しました。

青野は毎日のように「毛骨屋はまだ来ませんか」と訊きに来る、また新しい露店組合からは一日に一度、小栗公平か幹事の誰かが必ずなにか連絡に来る、県会からも署長を支持する一派が激励に来る、というような日が四五日続いたあと、毎朝新聞に「任俠の人、毛骨屋親分の来市」という記事が出ました。……或る理由から宿所は隠してあるが、本社が確実なる筋より探訪したところに依れば、毛骨屋は既に五日以前に市へ到着し、新露店組合の基礎確立のため奔走中なる由《よし》、云々《うんぬん》ということが書かれてありました。私は署へ出勤してから読んだのですが、どこからそんな情報が出たのか不審なので、「これは本当ですか」と署長に訊いてみました。

「ああ本当だよ」署長はとぼけたような眼で天床を眺めながらこう答えました、「但し日は違うがね、毛骨屋はずっと以前から来ているよ」

「ずっと前からって、……署長は会っていらっしゃるんですか」

「あの男は人に会うのを嫌うからね」

こう云っているとき小栗公平がとび込んで来ました。ひどく緊張した容子《ようす》で、はいって来るといきなり、「やって来ました」と口早に告げました。署長はいつもの眠そうな顔つきで、「君が会ったのかね」とゆっくり訊き返しました。

「幹部がみんなで会いました」小栗青年は低い声で、「そして仰しゃるとおり答えましたら、すぐ此方《こちら》へ伺うと云って帰りました」

署長はふむと鼻息を洩らし、腕組みをしてなにか考えていましたが、やがてつと身を起こすと、「それでは……」と云って小栗公平の顔を見上げました。

「それでは、君は洋子君を伴《つ》れて帰りたまえ、保護室の生活もこう長くては辛《つら》いだろうし、例のほうの面倒もみて貰わなければならない」

「あの事をやるんですか」

「*関ヶ原だよ」署長の声は重おもしい暗示の響きをもっていました、「機会は一度しかない、必ず成功しなければいけないんだ、あとは凡《すべ》て僕が引受ける、やれるだろうね」

「組合のためです、きっとやります」

「宜しい、家のほうは用意してあるし、洋子君も伴れていっても心配のないように、警戒も充分にしてある、安心してしっかりやりたまえ」

私にはなんの事だかさっぱりわかりませんが、打合せが終るとすぐ、あれ以来ずっと保護室にいた洋子を伴れて、小栗公平は自動車で帰ってゆきました。……須川源十氏が二人の子分を供に訪ねて来たのは、それからほんの三十分ばかり後のことでした。署長は愛相よく迎え、自分から立って源十氏に椅子を直したり、煙草を勧めたりしました。源十氏は上布《じょうふ》の蚊飛絣《かがすり》の帷子《かたびら》に紗《しゃ》の羽折、雪駄《せった》穿《ば》きといういでたちだし、子分の二人は縮緬《ちりめん》浴衣《ゆかた》に麻裏草履《あさうらぞうり》、なかなかりゅうとした押出しでした。

「やあ、貴方には一本まいりましたよ」源十氏はぐっと砕けた調子でこう口を切りました、「先日はひどく威《おど》されたので、実は*十手風《じってかぜ》でも吹くのかと思ったんですが、新指定地の許可とは背負投げを食いました、五道さんもなかなか*隅に置けませんな」

十

「然《しか》しこのままではいけませんぞ」源十氏は温厚な好人物らしい調子で、にこにこ笑いながら続けました、「このままでは私の顔はともかく須川組の面目がまる潰れで、捨てて置くときっと血の雨が降るでしょう、そういう事態を避けるためにはここで紳士協定が必要だと思います」
「紳士協定がね……」署長はちょっと歯を見せました、「それは甚だ結構ですが、どうしたらいいとお考えですか」
「毛骨屋さんに会わせて頂きたい、同じ稼業《かぎょう》をしている人間同志、膝を突合せて懇談すれば話は早いでしょう、いかがですか」
「そうですな、いいと思いますが、なにしろ人に会うのを嫌う性分で」こう云って暫く考えていましたが、「……とにかく相談してみましょう、一時間ほどしたら結果を電話でお知らせします」
「お願いします、その他には紛擾《ごたごた》を避ける手段がないということ、それから懇談はできるだけ早くという点に念を押して頂きたい、若い者たちがそうとう殺気立っていますから」

飽くまで温厚に云うだけ云うと、源十氏は子分を伴れてたち去りました。署長もそのあとから独りでどこかへでかけたが、恐らく毛骨屋を訪問したのでしょう。一時間ばかりすると戻って来て、すぐに須川邸へ電話をかけました。

「毛骨屋でもお眼にかかるということですから」源十氏が出るとこう告げました、「……さよう、今日の午後五時、公園下の茶仙でということですが、そちらの都合はいかがです……さよう毛骨屋は一人で伺うそうです、はあ、もちろん私も紹介役に出ます、……それでは」

電話を切ると同時に、署長は椅子の背へ凭《もた》れかかって深い溜息《ためいき》をつきました。いかにも「やれやれ」という感じです。「愈《いよ》いよクライマックスですね」私がそう云いますと、ふむと鼻を鳴らし、眼をつむったと思うと間もなく鼾《いびき》をかき始めました。

……こんどの事では私はまったく局外者のようで、なにがどう進行しているのかてんでわからない。主要人物の毛骨屋親分がいつこの土地へ来たかも知らなかった。署長はなにもかも独りで計画し独りで奔走している。僅《わず》かに新しい組合の小栗公平や幹部の者たちが助力しているようですが、これとてどの程度のものか見当もつかない。わかっていることは、署長が独力で、強引に事をここまで運んだこと、毛骨屋と須川源十氏との対決が成敗の岐《わか》れ目《め》であること、この二つだけに過ぎませんでした。——とにかく是が非でも両親分の対面だけには同席したいものだ、こう思って署長の容子に注意していました。

午後の四時半になって、車の支度ができたので知らせましたが、署長は事務を執っていて動きません。「五時になりましたが」と云っても「わかった」と頷いたきりでようやく椅子を立ったのは五時三十分でした。……君も来たまえ、思いがけなくそう云われて、私は殆んど跳びあがったくらいです。署長はその容子を見てにやにや笑い、「但し断わって置くが」と云いました。

「ああいう社会の人間同志だ、事に依ると刃物が飛んだり拳銃《けんじゅう》の一発くらい鳴るかも知れない、側杖《そばづえ》を食ってもいい覚悟でいくんだぜ」

そのくらいの値打はあると思います。私はこう云って署長に帽子を差出しました。

……茶仙へ着いたのは約束に後れること五十分でした。女中に案内されて別棟《べつむね》の座敷へゆくと、源十氏と二人の子分が既に来ています。署へ来たときの身装そのままですが、縮緬浴衣でしんと坐った若い者の姿というものが、そんなに凄《すご》みのあるものだとは初めて気がつきました。……待たされた源十氏は明らかに苛《いら》いらし、温和に応待しようとしながら、言葉の棘立《とげだ》つのを抑えきれないという風です。遅刻の詫《わ》びをよく聞きもせず、「毛骨屋さんは御一緒じゃあないのですか」と詰問《きつもん》するように訊きました。

「いやもう来ているでしょう」署長はこう云って上座を除《よ》けた席に坐り、卓子の上の団扇《うちわ》を取りました、「ひどく蒸しますな、お崩しになったらどうです……」

「約束は五時ということでしたね」源十氏は扇子をぴしっと鳴らせました、「私は正五時に来て待っているんです、ひとつ用談を片づけるように運んで貰えませんか」

「承知しました、ではこれから呼んで来ますが、須川さん」署長は穏やかに相手を見てこう云いました、「貴方が紳士協定と云われたので、毛骨屋のほうの条件を先にお伝えして置きますが、新しい指定地の露店では飲食業を入れない規定にするそうです、つまり飲食店は従前どおり柳町のほうに残す、こういう話ですから御承知下さい、では暫くどうぞ……」

署長が座敷から出てゆくと間もなく酒肴《しゅこう》の支度が始まりました。源十氏は頻りに扇子を鳴らし、子分の二人は極度に緊張した容子で、然し身動きもせずに端座しています。雨になるか風になるか、好奇心に駆られて来たものの、私もさすがに動悸《どうき》の高まるのを抑えられませんでした。

十一

二十分ばかり経《た》ったでしょう。廊下に足音がして署長が戻って来ました。官服をぬぎ、浴衣にへこ帯の寛《くつろ》いだ恰好に変っています。

「やあ失礼」と云ってこんどは正座へ坐り、すぐ燗徳利を取って、「まあ一つどうです」と源十氏に勧めました。

「いや後にしましょう」源十氏は首を振りました、「用談が済むまでは頂きますまい」

「話は呑みながらでもできますよ」

「だが相手なしの相撲は取れない、毛骨屋さんに挨拶してからにしましょう」

「毛骨屋は来ていますよ」

署長がそう云ったとき、座敷の中を颯《さっ》と風が走ったように感じられました。通り魔がしたというのはああいう感じのものでしょう。源十氏と二人の子分は電光のようなまなざしで入口のほうを見ました。

「そんな処じゃあない須川さん、眼の前」署長は静かに呼びかけました、「……毛骨屋三省、私ですよ」

二人の子分は反射的にふところへ手を入れました。源十氏は手から扇子の落ちたのも知らず、とび出すような眼で署長の顔を瞶《みつ》めています。有ゆる物が死滅したような、深い、どす黒い沈黙が十秒ばかり続きました。そして、源十氏がとつぜん片膝を立て、つと食卓に手を掛けたとき、機先を叩く感じで署長が「源十さん」と鋭く叫びました、「お前さんの云う紳士協定、こっちの条件はさっき云ったとおりだ、但し譲歩したのじゃあない、飲食業者にはだいぶ須川組と因縁のある者がいる、酔ったあげくの暴力沙汰などがあっては、新しい露店街の紊《みだ》れの原《もと》だから除外したんだ、お前さんと妥協する気持なんか爪《つめ》の垢《あか》ほども有りゃあしない、これだけは此処ではっきり断わって置く」

「よくわかった」源十氏は色の変った顔で頷き、「警察本署長の五道三省、二足の草鞋《わらじ》でけぼね屋三省、とは知らなかった、いいことを聞かせて貰って有難い、礼を云わなくちゃあなるまいが毛骨屋さん、こんな市《まち》にも検事局や裁判所くらい有るということを知っていなさるかい」

「知っていたら腰でも抜かすかね」署長は口の隅で笑いました、「毛骨屋三省と正面切って名乗るのに、打つ手も打たぬ馬鹿はないだろう、それとも念のためならいって訊くがいい、裁判所の桃井所長は学校で己の二年後輩だ、渡辺検事正*は同期生だ、財部知事と三人で己を此処へ呼んだんだから三省のことなら熟《よ》く知っているよ、紹介状でも書こうかね」

　源十氏の喉がごくっと鳴りました。署長は右の袖《そで》を捲り、ぐっとあぐらをかいたと思うと、恐ろしく伝法な口調でこう浴びせました。

「源十さん、このあいだお前さん乙なたんかを切っていたが笑わせちゃあいけない、己は本庁で十三年、*総監も手を焼く*横紙破りで通して来た、善しと信じたら*司法大臣と組打ちをしても遣抜《やりぬ》いて来た人間だ、三度まで*官房主事に推されたのを、三度とも棒に振ったのもそのためさ、こんな田舎町の顔役ぐらいが怖くて本庁をとび出したんじゃあないんだぜ、……新しい露店街は毛骨屋の縄張だ、指一本ささせないからそう思ってくれ」

　そのとき突然、子分の一人が短刀を抜きました。源十氏も羽折の紐《ひも》へ手をかけ、座を蹴《け》って立ちながらなにか叫ぼうとする。然し署長はその先手を打って、「いいだろう、やってみたまえ」とおちつきはらって云いました。

「己が此処へ独りで来るには、独りで来るだけの石が打ってあるんだ、源十さん、……お前さんには睦連合会という背景がある、県や市の政界を牛耳《ぎゅうじ》る顔役、ボスなどという連中が付いている、それを承知で乗出すからには毛骨屋三省も素手じゃあないんだ」こう云いながら署長は、懐中から一綴《ひとつづ》りの書類を取出してぴたりと卓子の上へ置きました。かなり部厚なもので表に睦連合会罪悪史と書いてある。署長はそれを源十氏のほうへ押しやりながら、「……この土地へ来てから一年三カ月、己のちからで出来る限り調べあげた材料がこれだ、必要なだけの証人も書証*も揃《そろ》っている、これと同じものを検事局へ出してあるから、お前さんの出よう一つで須川組ばかりじゃあない、睦連合会や、それに繋《つな》がる市の有力者も一網打尽だぜ、……源十さん、これを進呈するから、持って帰って睦連合会でひと相談やるんだな、血の雨が降るなんぞというこけ脅しな手とはちょっと違うぜ」

源十氏はその書類を取りました。そして鼻で笑いながらなにか云おうとしたとき、廊下を走って来た一人の女が「ああ親分」と叫びながら、蒼白《まっさお》な顔をして源十氏の側《そば》へ駆け寄りました。いつか署長と訪ねたとき、源十氏の酒の相手をしていた女です。

「お雪ちゃんは」女はせいせい息を切らせながらこう云いました、「……親分、お雪ちゃんは、此処に来ていますか」

十二

「雪坊が此処へ……なにを寝呆《ねぼ》けてるんだ、雪坊がどうかしたのか」
「やっぱり誘拐《かどわか》しだ」女はヒステリイでも起こしたように身悶《みもだ》えをして、「いいえこうなんです、私が毘《び》沙門《しゃもん》様から帰って来ると、お雪ちゃんは親分からお迎えがきて今出ていったと云うんです」
「己から迎えだって……」
「親分がいっしょに夕飯を喰《た》べたいと仰しゃるので、これから迎えをやるから、そういう電話が掛って間もなく、自動車で若い女中風の娘が迎えに来たんですって、茶仙の者だと云うし、別に疑わしい容子もないので、一緒に出してあげたというんです、私はそれを聞いて、今日は用談が用談だから雪ちゃんを呼ぶ筈はないがと思い、念のために此処へ電話を掛けてみたら案の定そんな事は知らないという返事なんです、それですぐとびだして来たんですが」
「ばかやろう」源十氏は拳をあげて女を殴りそうにしました、「まぬけめ、此処までのめのめ知らせに来る暇で、他にする事は無かったのか」
「いいえ、子分衆はすぐ手分けをして捜しに出ましたし、電話で警察へも届けました」

「警察……」こう云いかけて、源十氏はぎくっとしたように振返りました。そして、のんびりと顎を撫でている署長の顔を、やや暫く睨《ね》めつけていましたが、急に顔色を蒼《あお》くして呻《うめ》き、「……毛骨屋、いずれ挨拶にゆくぜ」こう捨てぜりふを云うと、まるで逃げるように廊下へとびだしてゆきました。

子分たちや女が去り、二人だけになっても、私は暫く口が利《き》けませんでした。なにしろ驚きの大きさと緊張の激しさで頭も軀も痺《しび》れたようになっていたのですから。

「どうしたんだい」署長は笑いながら燗徳利を取り、「猿芝居はもう済んだんだよ、酒も肴《さかな》もたっぷりある、口止め料の積りで遠慮なくやってくれ、さあ一ついこう」

「然しそんな悠長な事をしていていいんですか」

「毛骨屋の仕事はもう終った、あとは仕上げだけさ、まあ盃を取りたまえ」

正《まさ》しくその対談が事件のやまでした。睦連合会と、それに関係のある有力者筋が、ちょっと色めきたって策動するようでしたが、署長の打った石が要所要所に活《い》きていて、下手に騒ぐと一蓮托生《いちれんたくしょう》という事実がはっきりし、結局は手を引くより仕方がなかったようです。

前の日から一週間めに、源十氏が独りで署長を訪ねて来ました。見違えるように憔悴《しょうすい》し、眼だけ赤く充血してぎらぎら光っている。声はまったく潰れてかさかさに嗄《かす》れ、少し大きく叫ぶと苦しそうに咳《せ》きこむという風でした。

「娘を返してくれ」源十氏はいきなりこう怒鳴りました、「お雪を返してくれ、あれにどんな罪があるんだ、たったいまお雪を返してくれ」

「どうしたんです須川さん」署長はけげんそうに眉《まゆ》をひそめました、「娘さんを返せだなんて、私にはなんの事かてんでわからない、貴方は誰か人違いをしているんじゃないのですか、おちついてよく見て下さい、私は警察署長の五道三省ですよ」

「大騙《おおかた》りめ、詐欺師《さぎし》め、悪党」源十氏は片手で卓子を叩き、絞りだすような声で罵《ののし》りました、「その署長面をひと皮剝けば毛骨屋三省、どこへ出てもはっきり云ってやる、これが世間へ知れれば貴様も唯では済まないんだぞ」

「結構ですな、須川源十氏と寝ぼけ署長、どっちを世間が信用するか試してみるのもいいでしょう、やってみたらどうです」

「娘を返してくれ」源十氏は卓子を叩きながら怒号しました、「お雪を返してくれ、お前さんが本当に寝ぼけ署長と呼ばれる人だったら、こんな無慈悲なことができる筈はない、お願いだ、お雪を私に返してくれ」

終りはもう哀願の叫びでした。須川源十ともある人間が、幼い娘一人のためになぜそれほど取乱したのでしょう。……後でわかったのですが、あの娘は自分の子ではなく孫だったのです。源十氏は家庭的に恵まれない人で、妻には早く死なれるし、一人娘は十八の年に相手の知れない子を生んだ。そしてどう訊いても相手の名を云わず、この事件のあった前の年に、患《わずら》って死んでしまいました。こうして遺されたのがあの幼い娘だったので、源十氏にとっては、娘と孫とを一つにした可愛さと、二人ぶんの不憫さとで体裁も意地もなかった訳なんです。

「須川さん……」やがて署長が静かにこう云いました、「貴方はいま無慈悲という ことを云われましたね、その意味を貴方は知っているんですか、慈悲も情けもなく、貧しい露店商人たちを絞りあげ、背景と暴力にものを云わせて、弱い者を泣かせて来た、その貴方に無慈悲という言葉の意味がわかるんですか」

「このとおりです署長、このとおりです」源十氏は卓子へ両手をつき、見栄《みえ》も外聞もなく頭を下げました、「お雪を返して下さい、お望みならどんな事でもします、なにもかも貴方の命ずるとおりにします、だからどうか私に娘を返して下さい」

「須川組を解散して下さい、毛骨屋の条件はそれだけです」署長の声はきっぱりしていました、「……睦連合会もやがて解散するでしょう、須川組はその先鞭《せんべん》をつける訳です、貴方から解散の通知があり、事実がたしかめられたら、私が毛骨屋からお嬢さんを受取ってお宅へお届けします、これでいかがですか」

源十氏は頭を垂れました。完膚《かんぷ》なきまでに敗北した人の姿です。さすがに哀れを催したのでしょう。署長は源十氏から外向《そむ》いて椅子を立ち、窓へいって日盛りの街を眺めやるのでした。三日めに源十氏から須川組の解散を知らせて来ました。署長は四五日ようすを見たうえ、大丈夫と認めたのでしょう。北原町の裏長屋からお雪ちゃんを伴れだして、源十氏の家へ送り届けました。預けてあったのは小栗公平の住居で、彼と洋子君とはもう結婚していたようです。……睦会が解散したのはそれから半年も経ってからでしょうか。勿論それでいわゆる顔役やボスがいなくなった訳ではありませんが、それまでのように公然と悪徳をやる風は無くなりました。面白かったのは青野庄助ですよ。彼はすっかり毛骨屋に惚《ほ》れ込んだとみえ、当分のあいだ署長の顔さえ見れば「会わせろ会わせろ」と云うのでした。

「こんどの顔役狩りが成功したのは貴方の力じゃないですよ署長、みんな、毛骨屋親分のお蔭ですぜ、もしあの親分が乗出さなかったら、へん、貴方なんぞ……」

十目《もく》十指《し》

一

夏の終りから秋の始めにかけてとつぜん涼風が立ち気温が下って急に冬でも来たような日がよくあるものです。樹々《きぎ》の枝葉や雑草などの片向きにさやさやと揺れそよぐ音なども、騒がしいうちに*惻《そく》そくとしたもの侘《わび》しさを感じさせるし、日蔭《ひかげ》になった地面の青澄んだような光りを眺めていたりすると、もう今年の夏も秋も去ってしまって還《かえ》らない、うらさびれた暗い退屈な冬になるのだ、こういう季節の*輓歌《ばんか》でも聞くような気持を唆《そそ》られるものです。……その日も朝から西北の冷たい風が吹きわたっていました。昼食のあと署長は窓から外の景色を眺めていましたが、風の街のふぜいにでも誘われたのでしょう、ひとつ*黄門記《こうもんき》でもやるかねと云《い》って帽子を取りました。黄門記というのは派出所まわりで、予告なしにいって執務視察をするのです。元もとこれは分署長の仕事で本署の署長がやるのは異例なんですが、わが寝ぼけ署長はこれを「黄門記」と洒落《しゃ》れて、貧民街の訪問と同じくらい熱心にやっていました。そして時に講談の黄門記そっくりな思い懸けない収穫があったりして、毎《いつ》も一緒に行く私には寧《むし》ろ楽しいことの一つでした。その日は市《まち》の南部をまわって郊外の洞町までゆきました。御存じでしょうが彼処《あすこ》はこの市の飛地のようなかたちで、市街とは二三町はなれた処《ところ》に聚落《しゅうらく》をつくっていますが、住民は地着きの農家が多くその間あいだに赤い屋根の文化住宅や、へんに物欲しそうな凝り方をした小邸宅や、そうかと思うと表だけは恐ろしく立派な石の門や塀があるのに、裏三方は竹の結い垣で庭には樹もなにも無く、家ときたら古材まじりの小屋のようなものが悄《しょう》然《ぜん》と立っているという妙な家もありました。「石の門と表塀だけ造ったら金が無くなったという訳ですね」私がつい可笑《おか》しくなってこう云いますと不愉快そうに、「人間にもこんなのが沢山いるよ」とやられました。後でわかったのですが、この地域にはふしぎと退職者や金利生活者などが多く、サラリーマンでも小会社の課長とか、営々と貯《た》めた金を基に建物会社から資金を借りて家を建てた老官吏などという、まあひと口にいうと少々お寒いプティブル階級の住宅地だったのです。農家のほうも蔬菜《そさい》物や果樹などから精ぜい麦を作るくらいが仕事で、しぜん農村の純朴さなどは少しもなく、都会の悪い影響だけ根に付いた、猜《ず》る賢い貪欲《どんよく》な人間が多かったようです。例えば——いやもう前置きはこのくらいにして話を進めましょう。

洞町の派出所へゆくと人集《ひとだか》りがしていました。中年の奥さんらしいのが四人ばかりに、農家の老人や神さん子供たちという顔触れです。派出所の中では河西という若い巡査が、一人みすぼらしい女房を調べていました。二十七八くらいの小柄な女で、色の黒い口の大きな、ずぬけて人の好《よ》さそうな顔つきなんですが、河西巡査の訊問《じんもん》にはふてくさっているのか魯鈍《ろどん》なのかちょっと見当のつかない、ずけずけした態度で答えていました。問題はその神さんが近所の家で庭に作っているトマトや茄《な》子《す》や、また畑の南瓜《かぼちゃ》や薯《いも》などを盗んだというらしく、その現場を捉《つか》まえられて来たのだが、それがもうこれで三度めだという事情のようでした。

「このまえあれほど云ったじゃないか」河西巡査は怒る張合もないという調子で、然《しか》し噛《か》んで含めるようにこう云いました、「おまえの家だって薯だの菜っ葉だの南瓜だの作っているだろう、あの柿《かき》の木には今年もたくさん柿が生《な》るだろう、自分が丹精して作ったこういう物を人に盗まれたらどうだ、平気で笑っていられるか」

「うちのお父ちゃんは平気ですよ」こうその神さんは答えた、「人の作った物を盗むような者はよっぽど困っているからだろうって、そ云って澄ましていますよ」

「まあなんというずうずうしい」中年の奥さん仲間にこういう声が起こりました、

「あんな白じらしい言葉で自分のした事を正当化そうというんざんしょうか、幾ら無教育で常識がないといってもあんまりざんすわ」「まるで道徳観なんか無いんざんすのね、*スチブンソン・ゴオゴリの小説によくこんな*農奴が書いてござあますけれど、殺人罪を犯してもそれを罪悪と感じないで」「ああそれ*夜の宿という小説じゃあござんせんの、わたくしつい先日たくの蔵書からみつけて拝見いたしましたわ、やっぱり日本の作家のものより感激させられますわねえ」

「それじゃあつまり」若い巡査はこう続けて云いました、「おまえが他人《ひと》さまの物を取るのは、よっぽど困っているからだというのかい」

「そりゃあ困っちゃあいますけど、……他人さまのように立派な暮しはしちゃあいませんけど、泥棒しなけりゃ食えないほどでもありませんよ」

「それじゃあどうして盗みなんかしたりするんだ」

　神さんの眼はちょっときらきら光りました。そして振返ってそこに集まっている人たちをぐるっと眺めるようでしたが、すぐ窓のほうへ向直って、反抗するようにふんと鼻を鳴らしました。

「おまえ高が野菜を盗むくらいと、みくびったことを考えているとするとたいへんな間違いだぜ、どんな微罪だってこう度《たび》重なれば警察としても捨てて置く訳にはいかなくなる、またもしおまえに悪かったという気持がないとすると、裁判されて刑務所へ入れられるかも知れないんだ、これは決して脅かしじゃないんだぜ」

二

「旦那《だんな》そんな子供をすかすようなこと云ったってびくともするじゃねえだよ」百姓らしい肥えた老人が堪《たま》り兼ねたように口を入れました、「なにしろ亭主は牛殺しだし女房はぬすっとするくれえの夫婦だ、人を舐《な》めきってるだからもっとびしびしやって下せえ、こんなこっちゃ安心して南瓜ひとつ作れやしねえですから」

「本当にわたくしたちからもお願い致しますわ」奥さま連中もその尾について、「宅と岩田さんでは鶏を一羽ずつ取られたんざんすが、宅のはコーチンの珍しい種類で主人が品評会に出すといってもう大切に飼っていたんざんすから」

「トマトや南瓜ぐらいで済めばようざんすけれども、こういう事はしぜん悪質になってゆくものざんすから」「証拠がはっきりしないとか、それらしいという程度なら別ざんすけどね、御近所でも皆さん御存じない方はござんせんし、現にこうして盗《と》っている現場を三度も捉《つか》まえたんざんすから」「こんどこそ警察でもなんとかして頂きませんとねえ、本当にあれざんすわ」

中でもスチブンソン・ゴオゴリの奥さんが最も能弁に「厳重なる処分」を力説しているようでした。このとき河西巡査は署長の姿をみつけたのでしょう、急に改まったてきぱきした調子になり、この神さんにはよく訓戒を与えるから、皆さんはこれで引取ってくれるようにと云いました。集まっていた人たちも若い巡査の態度から、後ろに私たちのいたことを初めて知り、なにか耳こすりをしながら散りぢりに帰ってゆきましたが、そのときあの能弁な奥さんが伴《つ》れの耳へ、「あれが評判の寝ぼけ署長ざんすわ」と囁《ささや》いているのを私は聞きのがしませんでした。……署長は河西君の固苦しい敬礼を軽く受けて中へはいると、勤務日誌をぱらぱらはぐりながら、「別に変りはないね」と訊《き》きました。それまでぼんやり椅子《いす》に掛けていた女房は、このときふっと「わたしも帰らして貰《もら》いますよ」と云いながら立上りました。

「いかんいかん」河西君は署長のてまえちょっと狼狽《ろうばい》したようです、「おまえはまだ帰っちゃいかん、そこに待っとれ」

「どうしてです、あの人たちが帰るんならわたしだっていいでしょうに、もう話はわかってるですから」

「ああ帰ってもいいよ」署長が穏やかにこう云いました、「帰ってもいいがね、お神さん、もうこんな事をしちゃあいけないよ、こんな事をしたって得をするもんじゃない、つまらない思いをするだけだからな、そうだろう」

「旦那さんにそんなことがわかるんですか」

その女房はこう云って署長の顔を眺めました。このときまた彼女の眼はきらきら光ったようです、椅子の背を摑《つか》んでいる手が震えるのも私は見ました。然しその表情はぼやっとして締りがなく、相変らず魯鈍なほどお人好しにみえるだけでした。署長は吃驚《びっくり》したように彼女をみつめ、暫《しばら》くは声も出ないという風に黙っていました。

「大体の事は聞いたが」と、神さんが帰った後で署長は椅子に掛けました、「なにか複雑ないきさつでもあるのかね、あの神さんの容子《ようす》が腑《ふ》におちないようだが」

「否《い》えごく単純な野荒しです、ただ御覧のとおりちょっと頭が悪くて変屈なもんですから、それにちょっと意地になっていることがあるようでして、――」

「そんな原因でもあるんだね」

「原因といっても結局は自分たちの問題なんですが」

河西巡査の話を要約しましょう。――その神さんの亭主は藤川又作といって市立の屠殺所《とさつじょ》へ勤めている、この職業がまず周囲の人たちに嫌われていた、そのうえ又作はかすみ網で小鳥を捕るとか、魚釣りをするとかいう殺生《せっしょう》が好きなので、なんとなく血なまぐさいもったりした感じを与える、結婚して五年も経《た》つのに子供が生れないのも、そんなことの祟《たた》りなのだといわれるくらいで、殆《ほと》んど、世間づきあいというものが無い。もう一つ、現在かれらは二百坪ばかり地面の付いたかなりな家に住んでいるが、それが彼等のものになったゆくたてにちょっと複雑した事情がある、――その土地と家はもと野口もんという後家《ごけ》の持ち物であった。もんは五里*ばかり離れた中山という農村の出で、二十五の年に野口へ嫁《か》して来た。良人《おっと》はそのときもう胸を病んでいて、僅《わず》かな畑仕事さえ詰めてはできない、もんは殆んど来た日から独りで働いた。畑を作るのも、それを市街まで売りにゆくのも。近所に良人の親類が三軒ほどあったが、農家によくある例で肺病を極端に怖《おそ》れる習慣から誰も近づく者がなかった。もんは誰の援助もなしに働き、良人にもまめまめと看護の手を尽した。三年めに文吉という子供が生れ、その子が十二の年に良人が死んだ。彼女も良人の病気に感染していたのだろう、段だん働くのが辛《つら》くなっていった。やがて市街から移って来て家を建てる者が殖えだすと、地所の値がばかげて上ったので大部分を売り、二百坪ばかり残した地面に家を建て、居食い暮しを始めた。

三

一人息子の文吉も軀《からだ》が弱く、十六七になるとはっきり良人と同じ病気が出て寝ついた。これが五年続いて、地所を売った金も費《つか》い果し、薬代などにも困るようになったが、近所にいる野口の親類たちは精ぜい僅かな金を貸すくらいで、相変らず病気を怖れて寄り付かない、そのうちに文吉が死ぬ、こんどはもんが寝つくという始末になった。もんの実家のほうも時どき見舞いに来る程度だったが、こうなると捨てて置く訳にいかず、もんには甥《おい》に当る藤川夫妻が同居して看病に当ることになった。又作と妻のお幸が来て二年めにもんは死んだのであるが、彼女は死ぬとき又作に向って、「野口の親類に細ごました借金が百八十五円ある、済まないがおまえなんとか都合して返しておくれ、その代りこの地面と家はおまえに遣《や》るから」こう遺言をした。又作は屠殺所の親方に相談してその借金を返済し、家と土地は彼の物になった。……幾ら金の価値のある時代でも二百坪の土地の付いた家といえばかなりな財産である。それを二年足らずの看病と百八十五円という僅かな金でせしめたのだから世間が黙っている筈《はず》はない、これらの事情が重なって、又作夫妻に対する反感はかなり根強いものとなったのである。その前後、市の内外で家庭菜園というものが流行し、僅かな庭とか空地があると、競ってトマトや茄子やサラダ菜などを作った。洞町の住民たちもその流行に漏れなかったのであるが、それに付随して頻《しき》りに菜園荒しが出はじめた。南瓜や茄子が盗まれる、鶏が盗まれるという訳で、スチブンソン・ゴオゴリ奥さんの家などはみごとに熟れたトマトを幾十とか一遍にやうれた。誰の仕業だろう、――疑惑の眼はやがて（それは不思議なくらい共通して）藤川夫妻に集まった。これは去年のことであったが、今年もまた秋の穣《みの》りの季節になると菜園荒しが頻々とあり、殆んど毎日のように！　またあの牛殺しが、と罵《のの》り怒る声が何処《どこ》かで起こった。そして人々は遂《つい》にその現場を押えたのである。岩田岩三という家から南瓜を盗もうとしたところを捉まえたのが最初で、二回めは北村郁《いく》松《まつ》家（これがゴオゴリ夫人の良人である）のトマト畑、今日は三回めで根岸という退職官吏の菜園の中だった。以上が河西巡査の話の要点だったのです。

「すると、君が意地になっているようだというのは、藤川夫妻がまわりの者の反感に対抗しているという意味なんだね」署長はこう云って溜息《ためいき》をつきました、「……単純どころじゃない、かなり複雑だ、余り一方的に考えないほうがいいね、現われた結果というやつは、必ずしも原因を証明するとは定《きま》っていないからね」

派出所を出ると署長は重たげに肯垂《うなだ》れ、長いこと黙って歩き続けました。道は暫く畑や草原の間をぬけてゆきます。傾きだしたうすら日を斜めに受けて、黍《きび》や玉蜀黍《とうもろこし》などの半ば破れた葉が、吹きわたる風にかさかさともの哀《がな》しい音を立てて揺れ、草の根では弱よわしくこおろぎが鳴いている。昏《く》れるに早い秋の日のいかにも侘しい時間、市街に近いだけよけいに、うらさびれてみえるこうした景色の中を、署長はもの思いに耽《ふけ》る人のように黙って歩いていました。

　河西巡査もそうでしょう。私も高が菜園荒しと軽く考えていましたが、署長は他のどんな事件より重くみたようすで、洞町を管轄《かんかつ》とする分署へなにか照会したり、河西巡査を本署へ呼んだりした後、こんどは私服でそこへ出掛けてゆきました。前の時とは違って残暑のひどい日でした。洞町へゆくとまず野口吾朗《ごろう》という農家から始めて、藤川夫妻のこと、野荒しのあった事実などを訊いて廻ったのですが、農家のほうは例の「掛り合」を警戒するためか、どうかすると言葉を濁して「北村さんの奥さんが見たというもんで」などと逃げを打ちました、唯《ただ》ひとり亡《な》くなった後家のもんに金を貸したという、つまり野口一族の本家に当る銀八という老人（初めの日、派出所でいきまいていたあの人物です）だけは、口から唾液《つばき》を飛ばして又作とお幸の奸悪《かんあく》を鳴らしました。聞いていると文字どおり「奸悪」という表現なのです。「わしの云うことが疑わしいと思わっしゃるなら世間へいって聞いて御覧なせえまし、あの夫婦を人間らしく云う者が一人でもあったらこの年寄りは二度と旦那のお眼にゃかかりゃせんから」これを五六遍も繰り返すのでした。これに反して住宅の人たちは知る知らぬの態度がはっきりして、次に挙げる二軒の他はてきぱきと片付きました。二軒の内の甲は岩田岩三氏の奥さんで、これは例のゴオゴリの小説「夜の宿」に感激させられた人でしたが、自分から文学愛好者ざあましてと云うとおり、婉曲《えんきょく》の綿に辛辣《しんらつ》の針を包んだ表現で、巧みに又作夫妻の描写をしてみせたのはいいが、調子に乗ってずいぶんいかがわしい点まで舌が滑った。「あの家では毎晩のようにお幸さんの呻《うめ》いたり泣いたりする声が聞えるんざんすの、初めのうちはあの屠殺者が残忍な虐待《ぎゃくたい》をしているんざんしょうと思いました、それはもうぞっとするような声なんざんすもの、でもそれからよくよく聞いてみますと、おほほほほ、まるであなた、おほほほほ、なにしろ又作という人は六尺近い逞《たくま》しい軀ですし、お幸さんがまた小柄なおんなのなんとやら申しますわね、厭《いや》らしい本当はそれだったんざあますわ、おほほほほほ」眼をぎらつかせながら頻りに笑いこけた。私はこう云いたいのをどんなに我慢したか知れません。——然し奥さんはどういう方法でそんな夜なかの秘事をお知りになったんですか、と。

四

岩田夫人の話はたっぷり一時間かかりました。辞して外へ出たときは眼がくらくらしたくらいです。署長も汗を拭《ふ》きながら「少し早いが昼飯を入れるかね」と云いました。思うにこれは自己保存の動物本能から来たものでしょう、もしそのまますぐに北村家を訪ねたとすれば、——否《いや》、とにかくまず昼飯に致しましょう。私たちは本通りへ戻って、青葉亭という小さな洋食屋へはいり、「へーい、*ボオク・カツレッドにエンド・ホワイト・ライズお二人さま」という景気のいい文化的な言葉を浴びました。じっさい運ばれたのはカツライスでもなくトンカツ御飯でもなく、たしかに「ボオク・カツレッドにエンド・ホワイト・ライズ」という味わいのものでした。試みに献立表をみると、同じ格式の愉快な品名が色いろあります、例えば、——否《いや》、これもお預けとして食事を片付けましょう。ボオクなにがしで飯を済ましたあと、日なた臭く香のぬけたコニャック一杯と、麦酒《ビール》を飲んで英気をやしなったうえ、私たちは北村家訪問にでかけました。これも後でわかったことですが、岩田氏と北村氏とは藤川又作の家の左右に住んでいたのです。三軒とも庭や畑があるので離れた感じですが、とにかく両家は藤川の家を挟んでいるかたちでした。北村夫人はたいへん愛相《あいそ》よく然も丁重に私たちを応接間へ案内し、「宅の冷蔵庫は優秀ざあましてね」と、冷やした麦湯をもてなしてくれましたが、「宅ではお紅茶はお砂糖なしで頂く習慣でござあますから」こう云ったところをみると麦湯ではなくお紅茶だったかも知れません。冷蔵庫もよっぽど優秀だとみえて程よく生ぬるんでいました。……北村夫人の藤川夫妻に関する観察と知識は詳細精緻《せいち》を尽したもので、寧ろ余り詳細精緻すぎるために譃構《きょこう》を感じさせたくらいです、そして岩田夫人よりも更に屢《しば》しば欧羅巴《ヨーロッパ》作家の小説を引例し、その表現などは同人雑誌の小説でも読んでいるような錯覚を起こさせる程でした。私はそのときから考えたものです。——文学などというやつは百害あって一利なき毒物だ。作家なんという種族はひと纏《まと》めにして*流刑《るけい》にでもするがいい。北村夫人は語りました、かすみ網で小鳥を捕っては「ぷつぷつ首を捻《ひね》って」喰《た》べること、休みでさえあれば魚釣りにゆくこと、宅の鶏がちょっと畑へはいったら木を投げつけて足を折ったこと、「つまり職業の残忍性がすっかり性格化してしまったんざんしょうか、それとも残忍な性格があゝいう職業を選択させたんざあますか、ともかく生き物を殺したり虐待したりすることに異常な興味を感ずるというより、それ無しには生きていられないんざあますわ」夫人はその点に非常な関心があるらしく、自分が昂奮《こうふん》して息を喘《はず》ませ、身振り手振りに顔つきまで変えて話し飽かなかった。

「お宅ではどんな物を取られたんですか」署長はこう話題を転じました、「南瓜と、トマト、それにコーチン種の鶏でしたかな」

「お南瓜は去年のと合わせて三つざんすわ、おトマトは*二貫目以上でざんしょうか、三貫目くらい盗まれたと思いますが、——これはもう垣根のほうへちゃんと足跡がついてるんざんすから、尤《もっと》もそんなことがござあませんでも疑う余地は全然ありませんわ、十目《もく》の見るところ十指《し》のさすところ、これはもうこの近所の常識なんざんすから」

「どうもそうらしいですな」署長はこう云って眠たげに頷《うなず》きました、「ふむ、十目の見るところ、十指のさすところ、——なるほど」

それから更にどこではお南瓜を幾つ、そこではお茄子を幾十、またここではお薯を何貫目などという具合で、付近一帯の被害と、そのとき残した足跡とか草の倒れ方とか、殺した鶏の羽根の在った場所とか、驚くべき記憶力と刑事のような観察眼とで明細に述べたてるのでした。……たっぷり二時間、まるで刑期五年にも価《あたい》するほど、多くの（歴然たる証拠に満ちた）又作夫妻の「犯行」を聞いて、私たちはようやく、北村家から釈放されました。言葉は上品だし、云いまわしは旨《うま》いし、あいそ笑いと表情たくさんな話し振りですから、聞いているうちはそれ程でもなかったんですが、外へ出るとすっかり憂鬱《ゆううつ》になってしまいました。北村夫人の上品に飾った言葉は岩田夫人のそれより何倍も辛辣で、執念ぶかい誹謗《ひぼう》と悪意に満ちたものです。「たいへんな奥さんですね」暫く歩いてから堪らなくなって私はこう云いました。

「なにが、――」署長はとぼけた反問をしてから、意外にも私を嘲弄《ちょうろう》しました、「若い者は眼の前の現象だけ見て感情を突っ走らせる、君は岩田夫人や北村夫人が被害者だということを忘れているよ、せっかく丹精して作ったお南瓜だのお鶏だのを盗まれてみたまえ、然も相手が眼と鼻の近くでしゃあしゃあしているとしたら、――事理をわきまえなくちゃいかん、感情を突っ走らしちゃいかんよ」

「僕は突っ走らせますよ」嘲弄を感じて私はこうやり返しました、「なんならお幸というあの神さんに手伝って、お南瓜の五六百も盗んでおめにかけます、――お南瓜か、へん」

五

二日ばかり経ってやはり私服で、こんどは藤川又作を訪ねました。その家は茅葺《かやぶ》きで二十坪ほどのものですが、農家造りではなく格子戸《こうしど》の玄関があり、よく拭きこんだ広い廊下をまわした、明るい感じの小住宅でした。手入れの届いた畑には甘藷《かんしょ》と南瓜と白瓜《しろうり》が作ってあり、黍が熟れていました。家まわりのしっとりした黒土の平坦《へいたん》な空地には箒目《ほうきめ》がついていて、落葉一つ無いと云いたいくらいきれいに掃除がしてあります。庭の正面には菖蒲《しょうぶ》とか牡丹《ぼたん》とか芍薬《しゃくやく》とか、いちはつなどという花ものが植えてあり、そのときは芙蓉《ふよう》と萩《はぎ》と、色あざやかな葉鶏頭《はげいとう》などが美しく咲いていました。家の後ろには榎《えのき》だか樫《かし》だか大きな樹が五六本、はね釣瓶《つるべ》の井戸があって、その脇《わき》に枝振りの面白いかなり大きな柿の木が立っています。派出所の河西君が「おまえの処では今年もたくさん生るだろう」と云った、その柿の木でしょう、生り年とみえて枝の撓《たわ》むほどみごとに実を付けていました。小さいけれど清潔な鶏舎にレグホン種の鶏がひと番《つが》いと雛《ひな》が三羽、また縁側の軒には鳥籠《とりかご》が吊《つ》ってあり、頬《ほお》白《じろ》と雀《すずめ》が活潑《かっぱつ》に鳴いたり餌《えさ》を啄《ついば》んだりしていました。私たちが訪ねたとき、逞しい上半身を裸にした股引《ももひき》ひとつの壮漢が、畑の中で暢《のん》びりと鍬《くわ》を使っていた。坊主頭《ぼうずあたま》でおそろしく色が黒い、鼻も耳も口も大きいのに眼だけが不釣合に小さく、動物的な大きい顎《あご》と太い膏《あぶら》ぎった頸《くび》が眼立ちます。全体の感じからこれが又作君だなということはすぐわかりました。彼は足音を聞いて悠《ゆっ》くり振返ったが、別にものを云うでもなく、また暢びり鍬を使い始めるのです。私たちは縁先で玉蜀黍を干している神さんのほうへゆきました。

「よく出来たねお神さん」署長はこう云いながら側《そば》へいって、玉蜀黍の一つを手に取りました、「これは餅《もち》玉蜀黍だね」

「馬の歯って云うですよ」神さんは警戒の眼でじろっと見ました、「こないだの旦那ですね、なにか用ですかね」

「ちょっと通りかかったのでね、お茶を一杯ご馳走《ちそう》になろうと思って寄ったんだよ、――馬の歯だって、妙な名前だねえ」

「粒が大きくってびっしりと付くですよ、ちょっと馬の歯みたいに見えるからそう呼ぶでしょうよ、まあ此処《ここ》へお掛けなさいましな、いますぐ湯を沸かして来ますから」こう云って神さんは干した玉蜀黍の中から二本選って取り、ちょっと考えてもう一本加え、三本持ってあたふたと裏のほうへ去りました。

私たちは縁側へ腰掛けました。秋の日を浴びて葉鶏頭の葉が燃え立つように美しい、白萩の伏枝も、すでに花期が過ぎて実を付けている、芙蓉も、明るくのどかで、いかにも静閑な雰囲気に溢《あふ》れてみえる。軒に吊った籠でふいに頬白が鳴き始めました。……裏へ去った神さんは、いちど出て来て畑にいる良人になにか告げていましたが、再び裏へ引返してゆくと、こんどは又作君が悠くりこちらへやって来ました。近くで見ると軀の逞しさは殆んどぶきみなくらいで、顔つきもふてぶてしい濁ったものが感じられます。近寄って来た彼は、左右の肩からぶこつな太い腕をだらっと垂らしたまま、黙ってのしかかるようにこっちを見まもっていました。恐怖といっては大げさだが、それに近い圧迫を感じて私は思わず眼をそむけました。

「よく鳴くね、この頬白は」署長は十年の知己のようにこう話しかけました、「君の手飼いかね、買ったのかね」

「自分で飼ったですよ」又作はぶすっとした調子で答えました、「だがこいつはだめだあよ、このめえのめえのがよく鳴いたでさ、旦那あ小鳥が好きですかね」

「飼うのは好かないね、籠の中で飛びまわっているのを見ると可哀《かわい》そうになるんだ、どうにも放してやりたくなるんでね」

「放すほうが可哀そうだにね」彼は小さな眼をすぼめて籠を眺めやりました、「こんな鳥はうっかりしているとすぐ鳶《とんび》か鷹《たか》に掴まれるだ、おらなんども見たでさあ、餌を拾うのもおっかなびっくりだ、可哀そうに、夜は夜で梟《ふくろう》に狙《ねら》われるだから、――放すなんて無慈悲なことでさ」

「するとかすみ網で捕るのは無慈悲じゃあないのかい、君がよくそうやって捕るということを聞いたがね」

「もちで刺すより傷《いた》まねえだよ、ずいぶんやってるがねえ、いっぺん足を挫《くじ》いたことがあったっけ、雀だったけが、でも仁丹《じんたん》を嚙んで縛っといたらきれいに治っただ、無慈悲なんてことはねえだよ」

「このへんの鳥じゃ」署長はさりげなく探りを入れました、「どんな鳥が美味《うま》いかね、鶫《つぐみ》なんかやっぱり美味いほうかね」

「どうだか知らねえでさ、捕って飼うのは好きだが喰べたこたあねえでね」こう云って彼はぺっと唾《つば》を飛ばした、「おら鳥や毛物の肉は嫌《きれ》えでさ、――旦那あ喰べるだね」

署長が返辞に困って「う、うん」などと言葉を濁しているところへ、折よく神さんが裏から茶を運んで来ました。

六

熱い番茶を啜《すす》り、こんがり焼いて醬油《しょうゆ》を付けた玉蜀黍を嚙《かじ》りながら、一時間ばかり話して私たちはそこを出ました。……この出来事のなかで経験したその一時間程、のどかに鄙《ひな》びた、楽しい時間はありませんでした。これは趣味の問題でしょうが、私には優秀な冷蔵庫で生ぬるく冷えた麦湯か紅茶かわからないものより、舌を焦《こ》がしそうな番茶のほうがどのくらい美味かったか知れません。こんがり焼いて醬油の匂《にお》いの香《こう》ばしい玉蜀黍は、まるで田舎の親類の叔母さんと逢《あ》うような、しみじみとした親しい味でした。見かけのぶきみなほど逞しい又作君は三十分も話すうちにごく気の好い、小鳥を飼ったり畑作りなどの好きな、珍しいくらい温和な人間だということがわかったし、お幸さんが雛子《ひよこ》を抱く雌鳥《めんどり》のように、素朴な愛情で又作君を庇《かば》っているさまも美しいものでした。

「最も美しい意味で、イワンの馬鹿《ばか》を感じなかったですか、署長」私は帰る道でこう云わずにいられませんでした、「おかげで岩田夫人や北村夫人から受けたやりきれない毒がさっぱり洗われましたよ、あんな夫婦もあるんですね、ああいう人間らしさに満ちた夫婦生活も」

「——Now I a fourfold vision see,*
And a fourfold vision is given to me;」

署長はこう云ったまま歩いてゆきます。また例の嘲弄するような調子です。それから暫くして私には背を向けたまま、「いま自分には四とおりに物が見える、物を四とおりに見る力が自分に与えられている、*——ところが、君には、イワンの馬鹿しか見えない」こう云いました。私は帽子の庇《ひさし》へ手をかけて会釈《えしゃく》をし、黙殺を以《もっ》てこれに答えました。

それから更に三四日、署長は洞町所管の分署へ電話を掛けたり、河西君と同じ派出所に勤務している鵜沢《うざわ》という巡査を呼んだり、なにか頻りに資料を集めていました。驚いたことには税務署から北村、藤川、岩田、三家の土地台帳の写しと図面を取寄せたことです。菜園からお南瓜やお茄子を取ったくらいの事に、土地台帳や図面まで持出す必要があるでしょうか、余り可笑しいので私は署長の顔を見たくらいです。「――必要があるんだよ」署長は笑いもせずにこう云いました、「藤川又作は土地売却の届出も怠っているんだ、色いろ埃《ほこり》が出てくるよ」「――fourfold visionの一つですか」私は私にもなく忿懣《いかり》の調子になったのです。なんのためにこれ以上あの夫婦を痛めつける必要があるでしょう、いったいこんどに限って署長はどうしたというんでしょうか、私はすっかり厭気《いやき》がさして（それほど又作君夫婦が好きになっていたんですね）なるべくその問題から逃げるようにしていました。

初めの日から、さよう十二三日も経ったでしょうか、月曜日の午前十時、本署の会議室で空前絶後ともいうべき会合が行われました。単なる会合ではありません、公開の民衆裁判といってもいいでしょう、九時頃から集まった顔触れを挙げますと、まず岩田岩三氏夫妻、北村夫妻、根岸退職官吏氏、吉川《よしかわ》、倉原、富岡などという住宅組の人たち九人、農家からは例の銀八老人を筆頭に野口姓の者が三人、和田とか笹井《ささい》、沼部などという年寄りや神さんたち合わせて七人、藤川又作とお幸はいうまでもないでしょう。他に三つの新聞社から社会部の記者が招かれ、署からは主任と課長がみんな列席するという大仰《おおぎょう》なものです。記者の中には毎朝の青野がいまして、「おいなんだいこれは、寝ぼけ署長はなにをおっ始めようというんだい」と大きな声をだしました。私は中っ腹《ちゅうぱら》ですから、「なにも知らないよ」と答えてそっぽを向きました。「知りたかったら親爺《おやじ》に訊いてくれ、僕あ中座をする積りでいるんだ――」青野は疑わしげにこっちを見ていましたが、やがて自分の席へ坐《すわ》りにゆきました。

午前十時に署長が入って来てみんなが席に就きました。といっても会議用の長い卓子《テーブル》をそのまま、ぐるっと囲んで椅子に掛けた訳です。署長は座のおちつくのを待って静かに立上りました。そして例の蒐集《しゅうしゅう》した資料を卓子の上へ弘《ひろ》げながら、相変らず飴《あめ》の伸びたような、だるそうな口調で始めました。――この前置をかい摘《つま》んで云いますと、「ここに当市の某町内で、一年まえから畑や菜園を荒す者があり、先日その犯人を現行として三度も捕まえた、事情を聞いてみると常習犯のようであり、派出所の警官にも三度まで戒告を与えられているが、当人には悔悛《かいしゅん》の念がないようである、当人は教育程度も低く、常識にも円満ならぬ点があって同情もされるが、被害者諸氏が熱心に処罰を要求されて、当局としてもこれ以上放置し難くなった、然しこの種の微罪は多く罰金拘留の程度で終り、犯人の道徳的覚醒《かくせい》の実《じつ》を挙げるに到《いた》らない、そこで異例ではあるが新聞記者諸君に市民代表の役を受持って貰い、公開のかたちで関係事件を明細に*剔抉《てっけつ》して、犯人の道徳的反省、良心の自覚に資したいと思うのである」こういう意味の言葉でしたが、終りにこんなことを繰り返していました。

「念のために申上げます、これはどこまでも道徳観念と良心の問題であります、この二つが欠けた場合、人間が知らずしていかなる害を他人に及ぼすか、主としてこの点に御留意を願います」

七

署長が坐ると司法主任が代って立ち、被害者の名と被害の事実を読みあげました。そして読んだことが事実に相違ないかどうかを確かめ、それが藤川又作とお幸の犯行だと認めた理由を糺《ただ》すのです。「藤川夫妻が盗んだと認めた、その理由と証拠を述べて下さい」こういう訳ですが、被害の事実を認める者はあっても、突込まれるとそれが藤川夫妻だという確証を挙げる者は殆んど無いのです。「容子でそう思った」とか「御近所の皆さんがそう云うから」とか「北村さんの奥さんが教えてくれた」とかいう類《たぐ》いなんです。最も多いのは「北村さんと岩田さんの奥さんが——」

という返事でした。

　このあいだずっと私は藤川夫妻の容子を見ていました。又作君は借りて来られた猫のようにとぼんとして、巨《おお》きな軀をもてあまし気味にぼんやり俯向《うつむ》いたきりです、なんのためにそこに呼出されたのか、今なにが行われているのか、まるで知りもせず知りたいとも思わないという風です。お幸さんは紙のように蒼《あお》くなっていました。顔つきは例のとおりお人好しな神経の鈍い感じですが、血の気の無くなった唇が顫《ふる》えているし、眼はぎらぎらと反抗の光りを放っています、そして彼女はその小さな軀で、倍もありそうな良人の軀を掩《おお》い庇うかのように、椅子を近づけてぴったり寄添っていました。……心傷む情景です、単純で無知な、ごまかすことを知らない哀れな罪びと夫婦が、誰ひとり援助するもののない公開の席に曝《さら》され、ただお互いだけを力とも救いとも頼んで身をすり寄せている、そういう感じです。よし、私はそっと拳《こぶし》を握りました、もう中座する考えなどはありません、寧ろ夫婦の弁護に立ってやろうという気持で、その機会の来るのを待っていました。

　然しどういう言葉でどういう点を弁護したらいいか、私がそんなことを思い耽っているうちに、事実調べは進んで岩田夫人の番になり、そこでちょっと妙なもつれが起こりました。それは夫人の挙げる証拠が曖昧《あいまい》で、主任が追求すると「北村さんの奥さんが御存じです」と逃げを打った。これまでにも大概が両夫人の責任に荷されて来たうえ、ここで岩田夫人にまで責任をなすられては我慢できなかったのでしょう、北村夫人はいきなり立上って、「皆さんはなにもかも私に押付けようとなさるんですか」とヒステリックに叫びだしました。

「岩田さんの奥さんまでがそんな風に仰《おっ》しゃるとは意外ざあますこと、まるで私ひとりがありもしないことを触れまわしたようになるではございませんか、それはあんまりだと思います」

「失礼ですがお坐り下さい」署長が穏やかにこうなだめました、「この次が貴女《あなた》の番ですからそのとき御意見を伺いましょう」

「ですけれどあんまり」こう云いかけて北村夫人は坐りました。すっかり昂奮して蒼くなり、ぶるぶる震える手でハンカチを揉《も》みくちゃにしています。岩田夫人も余り得意な状態ではないようで、主任の追求にしどろもどろの返事をしていました。

「では最後に伺いますが、鶏を盗まれたときの証拠をお挙げ下さい、藤川夫妻が盗んだという証拠です」

「はあそれは、――」こう云いかけて夫人は咳《せき》をしたり額を撫《な》でたり暫く口ごもっていました、「それはあの、その十日ほどまえに、北村さんでお鶏を盗まれましたんざんすが、藤川さんが取ったに違いないと仰しゃいますし、だから宅のも藤川さんに違いないと仰しゃいますので」

「仰しゃるというのは誰のことですか」

「それはあの、ええ北村さんの奥さんざんすわ、藤川さんの垣根の処に羽根が落ちていたそうでして、――いいえ、私はそれは見ませんでしたけれど」

「つまり貴女には証拠の確認がない訳ですな」

「でも御近所では皆さん御存じのことですから、誰もそれを疑う方はないんざんすから」

「有難うございました、それでは次に北村郁松氏の奥さんに移りましょう」主任はこう云って別のメモを取りました、「まず北村夫人の御観察を紹介するのですが、それに先立って野口銀八氏の供述を読んでから続けることに致します、これは藤川夫妻の経歴と性格を知って頂くに便宜であると思いますから」

　そして主任はメモを読みました。――これは野口もん夫妻とその子の文吉が肺病にかかり、親類も寄りつかなくなったことから、藤川夫妻が看護を兼ねて同居し、もんの借金百八十五円を支払い、二年間病床の世話をしたうえ、もんの死後の始末をした結果、二百二十余坪の土地と家屋の所有権を得たまでの詳しい記述です。さて、それから北村夫人の観察ですが、これは私と一緒に訪問したときの会話が、主となったもので、もちろん署長がノートしたものなんでしょうが、その正確なことは驚くばかりで、殆んど速記者に書取らせたかと思うくらい精《くわ》しく、誇張していえば言葉のニュアンスまで摑んでいるようでした。中にも又作が残忍な性格で殺生を好み、かすみ網で捕った小鳥をぶつぶつ捻って喰べること、休みというと魚釣りにゆくこと、北村家の鶏がちょっと畑へ入ったら物を投げて脚を折ったことなど、これらが屠殺者としての異常に残虐な性格から来ている、というあたりは正に精彩を放つ感じでした。

八

さて認定の証明になりましたが、ごく最近のトマト畑で現行を捉まえた他は、証拠としての確認できるものはありません、「鶏の羽根が垣根の処に散っていた」とか「草が藤川家のほうへ倒れていた」とか「足跡があった」などという類です。署長と私の訪ねたときにはあれほど「歴然たる証拠に満ち」ていたものが、今やその九分《ぶ》九厘《りん》まで、曖昧な臆測《おくそく》と邪推だという印象を与える結果になりました。夫人はかなり狼狽した容子で、

「こういう事は殺人事件やなにかのように、そうはっきりした物的証拠などは有り得ないんじゃござあませんでしょうか、現に三度も皆さんで盗んでいる現場を捉えておりますし、輿論《よろん》と云いましょうかなんと申しますか、御近所の皆さん誰ひとり御存じのない方はないいんざんすから」

「然しですね奥さん」署長がまた穏やかな甘ったるい声でこう云いました、「皆さんがそう近所近所と仰しゃるんでは困るのですよ、人を厳重に処罰するということは重大な問題です、御近所で御存じなんという――それも出席の方々の多くがそんな風に仰しゃるのでは、この会合を催した私の立場も無くなります、どうかひとつ御遠慮のないところを、社会道徳と良心のために、御証明ねがいたいのですが」

「私もう申上げることはござあません、後は皆さまの常識の御判断にお任せ致します」

「では総合した結果を御紹介します」主任はこう云って、鉛筆で印をつけたメモを取上げました、「――去年からの畑や菜園に於《お》ける被害件数は二十六件、このうち確証のあるもの三件、この三件の第一は岩田家の南瓜畑、北村家のトマト畑が第二、第三は根岸家の菜園で、これは現行ちゅうを発見したもので、凡《すべ》て最近三十日以内の出来事であります」

主任が挨拶《あいさつ》して坐ると、署長が静かに又作君のほうを見て、「さあ、あんたの番だ、なにか云うことはないかね」と声をかけました。又作君はぼんやりと署長の顔を見やり、それから小さな眼をすぼめて、列席している人たちをゆっくりこう眺めました。「——ねえです」彼は重っくるしい鈍い声でこう云い、頭をゆらりと振りました、「なんにも、云うこたあねえです」そして肯垂《うなだ》れてしまいました。私は弁護の機会が来たと思い、殆んど椅子を立ちかけたのですが、それより先に又作君の隣席から「みんな云います、私がみんな云います」と叫んで、お幸さんが立上りました。……ひき裂けるような、悲鳴に似た叫びです、唇まで白くみえるほど蒼白《あおざ》め、軀じゅう葦《あし》の葉のように震えていました。我慢に我慢していたものが堰《せき》を切って奔《ほん》騰《とう》する感じです、然しその云うことの慥《たし》かさは驚くべきもので実に正確に衝《つ》くところを衝き抉《えぐ》るところを抉るのです、巧《たく》まざる真実がいかに力強いものかということを、この時ほどはっきりみせられたことはありません。

「うちでは屠殺所へ勤めています」お幸さんはこう始めました、「だから皆さんの召上る牛や豚を殺します、それが悪いでしょうか、会社の課長さんや利息で遊んで食ってる人が善くって、屠殺所へ勤める人間は悪いんでしょうか、——うちでは慥かに牛や豚を殺します、でも性質は赤ん坊のように温和《おとな》しい、荒い声ひとつ立てた例《ためし》のない人です、かすみ網で捕った小鳥を、ぶつぶつ捻って喰べるそうですが、いったいどこでいつ見たんですか、北村の奥さんどうか云って下さい、あんたはそれをいつ見たんですか」

「北村さんの奥さん」署長がそっちへ呼びかけました、「どうか説明してやって下さい、貴女の御覧になったことを精しく、決して御遠慮はいりませんから――」

　列席の人たちの視線が一斉に北村夫人に集まりました、然し夫人は、「そんなこと答える必要を認めません」と冷笑し、コムパクトを取出して化粧直しを始めました。

「そうでしょう、云えない筈です」お幸さんは続けます、「だってそんな事は嘘《うそ》なんですから、根も葉もない嘘っぱちなんだから、うちは時どきかすみ網で小鳥を捕ります、けれどそれは喰べるためじゃありません、うちは牛や豚や鳥の肉は大嫌いです、ただ小さな鳥を飼い育てたり、鳴かせたりするのが好きだから捕るだけです、釣りにもゆきますけれど、それだってそこにいる根岸の旦那や倉原さんのように、釣り気違いと云われる程じゃありません、それに魚釣りが残虐だなんて聞くのも初めてですよ、――うちがどんなに温和しいか、皆さんには決してわかりゃしないでしょう、南瓜や茄子や薯を盗まれたのは私んちだっておんなじで、取ってった人も知ってます、でも私ゃ黙ってました、云ってってやろうと思ったこともありますが、うちで止《よ》せと云ってきかないんです、——他人の作った物を盗むというのはよっぽど困ってるからだ、盗まれるのは盗むより増しだ、日本人同志じゃないかって、……だから近所でどんなに騒いでも私は黙ってました、うちじゃ一度だって盗まれたの取られたのと云ったことはありません」

九

「本家でうちを善く思ってないことも知ってます」お幸さんは銀八老人を見やりました、「うちが百八十五円でおもん叔母さんの地面と家を横領したって、云い触らしているのも知ってます、でも私たちがおもん叔母さんの世話をしたのは地面や家が欲しかったんじゃありません、叔母さんが肺病で寝ついてる、近所に親類もいるのに看病どころか一人として寄り付く者もない、おまえたち夫婦でいってやれ、そう頼まれたから世話をしに来たんです、亡くなった叔父さんも、文吉さんも、どんなに口惜《くや》しがったか知れないって、叔母さんが泣きながら話してました、叔母さんだって亡くなる時には、——いいえ死んだ人の云ったことは罪だから云いません、ただ本家や野口の皆さんに聞きたいのは、今になってそんなに地面や家が欲しいなら、叔父さんや叔母さんが病気で困ってるときどうして世話をしてやらなかったんですか、どうして、――眼と鼻の先で寝ついた病人があるのに、見向きもしないで、今になって地面や家が惜しくなって、蔭へまわっちゃあうちの悪口を云い触らすなんて、あんまり恥知らずじゃありませんか」

「これは誹謗です、聞くに耐えません」北村郁松氏が（堂々と肥《ふと》った紳士でした）眉《まゆ》をひそめながら云いました、「これではつまらん井戸端会議に等しい、僕はもう中止を希望します」

「冗談を云っちゃあいけない」毎朝の青野が呶鳴《どな》り返しました、「彼女は被告として自分の立場を正当に主張しているんだ、井戸端会議といえばこんな事で厳重な処罰を要求する連中のほうがもっと井戸端根性だろう、僕は市民代表という資格で飽くまで続行を主張する、いいから続けたまえ」

「わたし、――」お幸さんはちょっと言葉に詰りました、然しすぐこう続けたのです、「わたし云います、方々の畑や菜園から、作物が盗まれる、それも主に住宅の方たちの処で、――だって、あそこのお百姓たちは米を作る訳じゃありません、南瓜や茄子や生瓜《きゅうり》やトマトや菜を作って、それを売って儲《もう》けているんです、それなのに菜園作りが流行《はや》りだして、町の人たちがみんなトマトでも茄子でも南瓜でも、自分で作って喰べるとしたらどうなるでしょう、嘘じゃありません、お百姓の中には作った野菜が売れなくって、本当に困っている家が何軒もあります、――そういう人たちが菜園作りをどんな風に見ているか、皆さんは御存じじゃないでしょう、私は知ってます、どうしてトマトや茄子や南瓜が盗まれるか、誰が盗むか、――でも今日まで私はこれっぽっちもそんなことは云いませんでした、これっぽっちも、北村さんの鶏だってそうです、私は誰が取ってたか知ってます、岩田さんの鶏だっておんなじですよ、私はちゃんと知ってるんです、けれどもそれぞれ困る訳があるんだろうと思うから黙ってるんです、――ところが私がなんにも云わないから、うちが温和しくって盗むところを見ても黙っているから、そして屠殺所なんかへ勤めて口もろくに利《き》けないから、みんなが私たちの罪に押付けちゃったんです、どうせ牛殺しだ、そうみくびって自分たちの仕たことまで押付けちゃったんです」お幸は指ですばやく眼頭《めがしら》を撫でました、「――口惜しいからよっぽどそ云ってやろうと思いました、でもうちじゃ黙ってろと云って肯《き》きません、世間じゃ牛殺しの云うことなんか信用しやしない、云ってたって恥をかかされるばかりだからって、……私だって人間です、ちっとは意地だってあります、そんなに盗んだと云うんなら盗んでみせてやろう、こう思いました、根岸さんと北村さんと岩田さんの畑へ入ったのはそのためです、捉まったのは態《わざ》とみつかるように入ったんですから当りまえです、これからだってそうだ、もし私が盗んだなんて云う人があれば、私はその家へりっぱに入ってみせます、それが世間のお望みなんでしょうから」

お幸さんは卓子の上へ泣伏しました、咳ひとつ起こらない森閑とした会議室の中に、彼女の泣き声だけが暫く聞えていました。するとやがて、毎朝の青野が立ってこう発言しました。

「僕はここへ招かれた資格で藤川幸さんに要求します、菜園や畑を荒したのは誰か、鶏を盗んだのは誰か、貴女の知っていることを明白に云って頂きたい、お願いします」

「僕も賛成です」夕刊新報の記者も即座にこう云いました、「輿論《よろん》の代表として聞く義務がある、どうか云って下さい、我われは全部あなたの味方です」

「――、――」お幸さんは涙を拭いてぐるっと周囲を眺めました、「野口の七郎さん、云ってもいいかね、あんたん所の納屋《なや》のことを云ってもいいかね、笹井の源さん、和田の信さん、あんた達の物置や薪小屋《まきごや》のことを云ってもいいかね」名を指された人たちは一言もなく肯垂れていました、彼女は北村夫人のほうへ眼をやります、「それから北村さんの奥さん、あんたがあのコーチンをどうしたか云ってもいいですか、旦那さんが品評会へ出すんだとかって大事にしていた、貴女がその世話をしていた時、……人には間違いもあるもんでさ、私は洗濯をしていてつい見ちゃったんですよ、あのことを云ってもいいですかね、云いましょうかね奥さん」

十

北村夫人は殴られでもしたように椅子から立ちました、なにか云う積りだったんでしょうが言葉が出ません、二三度口をぱくぱくやったと思うと、「中傷です中傷です」と叫びながら泣きだしてしまいました、お幸はそのときも岩田夫人に問いかけていました。

「岩田さんの奥さんも、お宅の鶏のいなくなった訳が知りたいですか、貴女の弟さんでどこかの学校へいっている学生さんがいますね――旦那さんと貴女の留守に、あの学生さんが友達を呼んで、どんな御馳走をしたか云いましょうか、みんな云いましょうか、云ってしまってよござんすか」

「ばかやろう、――」暢《のん》びりしているが重くるしい声で、とつぜんこう又作君が呶鳴りました、「なにをつまらねえこと云うだ、坐れ、……おれが恥をかくばかりだぞ、ばかやろう」

お幸さんは椅子へ掛けました。彼女に名を指された者は勿論《もちろん》、被害者と名乗る人たちはみんな顔を伏せ、固く沈黙して生色がありません。そのとき署長が初めて立上りました。そして例の土地台帳の写しと図面をそこへ披《ひろ》げながら、「藤川さんに訊きますが」とゆったりした口調で問いかけました。

「お宅の土地は二百二十坪五合と、税務署の台帳にある、これはその写しです、こちらはその図面です、よく見て、間違いがあるかどうか慥かめて下さい」

又作君は面倒くさそうに手を出しました。そしてひとめ見るとすぐ「間違いはねえです」と云って返しました。

「慥かに間違いないとすれば、貴方《あなた》は売っただけの地図の届けをしなければならない」

「――売った地面をって、それあ、なんのことですかね」

「私は、先日あなたの家を訪ねた、そのとき地割りが妙な具合なので、分署の者に量らせてみたんです、ところが正味百五十七坪ほどしかない、この図面と照らし合せると、七十坪ばかりの土地が減っているんです、つまり売ったか貸したものなんでしょうが、それなら税務署へちゃんと」

「売ったでも貸したでもねえです」お幸さんが署長の言葉を遮りました、「その地面は岩田さんと、北村さんの垣根の中へはいっちまったですよ」
「そんなばかな」と北村郁松氏がまた叫びました、「これは侮辱だ、黙ってはおれん」
「じゃあ量ってみるがいいですよ」お幸さんの声はおちついたものです、「ちょっと風が吹くと垣根が倒れる、それを起こすたんびにちょっとずつ此方《こっち》へ寄って来るだ、黙ってると幾らでも平気で此方へ寄せるから、いちどそ云ったらえらく怒って、弁護士だの裁判だのって脅かすですよ、うちじゃこんな気性ですから、地面が喰べられるじゃなし、垣根の此方と向うの違いだけだ、うっちゃっとけと云うもんでそのままになっていたですよ、売りも貸しもしたんじゃありません、そんな訳なんですから」
「北村さん如何《いかが》です」署長が甘ったるい声で呼びかけました、「岩田さんにも伺いますが、こういう事ははっきりさせたほうが宜《よろ》しいでしょう、専門家に測量させてみますか」
「そうです、慥かに、然し、――」北村氏の顔は赤くなりました、「然しなんです、垣根を立て直す時に、そのうっかり……」
「そうですね、うっかりですね」岩田岩三氏も急いでこう云いました、「測量は私たちでやってみましょう、実際うっかり間違ったかも知れません、えてして倒れた垣根を起こす時なぞは、その」

わっと新聞記者たちが笑いだしました。それは署の主任や課長たちに伝染《うつ》り、岩田、北村氏を除く全部の人たちの哄笑《こうしょう》を誘いました。その崩れるような高笑いから青野が立上ったのです。

「発言を求めます」彼はすばらしい声で叫びだしました、「これは重大な問題です、南瓜やトマトが盗まれたのどうのは高が知れている、重大なのは自分の非行を蔽《おお》うために、数人の者が力弱い善良な市民の一人を罪にまで駆り立てた、ここに問題があります、卑《いや》しむべき悪意を以て捏造《ねつぞう》された流説《るせつ》、汚《けが》らわしい耳こすり、徳義心も良心もない蔭口、これらのものが弱い善良な人間を罪に墜《おと》し、遂には罪を犯させるに至った、これは七十の殺人事件よりも重大な意味がある、然も法律的に制裁し得ない点がなにより重大です、僕は明言しますが、――」

「坐って下さい、青野さん」署長がやんわりと遮りました、「どうか坐って下さい、貴方の発言はもう不必要ですから」

然しとなお叫び続けようとする青野を、側《そば》にいた捜査係長が椅子に掛けさせました。署長は静かに咳をし、悠《ゆっ》くりと立上って天床《てんじょう》を見あげ、「さて、――」と、舌ったるい調子で云いだしました。

「さて皆さん、これで私の催したこの会合は終ります、菜園荒しの顚末《てんまつ》も――私としては意外な結果ですが、どうやら片が付いたようですし、御留意を願った道徳観念と良心の問題も、恐らく皆さん各自に御了解が、あったと思います、新聞社の諸君には代表して頂いた市民の名に於て、この問題を記事になさらないよう、三行記事でも当局として認めないことを御承知ねがいます、それから最後に藤川さんへ、私から一言お詫《わ》びを申したい」署長はこう云って夫妻のほうへ向直りました、「――藤川さん、こんどの事はまったく私の責任です、十目の見るところ十指のさすところ、そういう軽薄な評判につられて、貴方がたを疑い、こんな席へお呼立てした、まったく申し訳がありません、お赦《ゆる》しを願います」

又作君は小さな眼をすぼめて、署長の言葉なんか聞いてもいない風でしたが、お幸さんの眼からぽろぽろと涙がこぼれ落ちるのを私は見ました。――私は初めて気がつきました、署長はこういう結末を予期していた、凡てはこの結末に向って準備されていたのだ、藤川夫妻への謝罪は、寧ろ祝辞であったということを。こうして会合は終りました。

我が歌終る

一

　この土地は冬の来るのが早く、十一月のこえを聞くと大抵もう雪になるのですが、その年は中旬まで粉雪も降らなかった代りに、毎朝ひどく霜が下りたのと、寒さも例年になく烈《はげ》しかったのを覚えています……さよう、秋葉《あきば》権現《ごんげん》のお祭りでしたから、十七日の午後のことだったでしょう。山手分署から電話で「佐多子爵《ししゃく》が自殺された」という報告があった。署長は書き物をしていましたが、これを聞くとペンを措《お》いて、椅子《いす》の背に凭《もた》れながら深い溜息《ためいき》をつきました。

「――もう歌も音楽もいらないね、ポルカは終った」

　署長には似合わない科白《せりふ》めいた言葉ですが、私にはその意味がよくわかったし、それだけの理由もあったのです。佐多英一子爵は東京の出身で、十五年ほど前にこの市《まち》へ移って来た、山手の二本松に当時としては豪華な洋館を建て、たいそう派手な生活ぶりで、来る早々から市の社交界の人気をさらい、前後七八年は殆《ほと》んどその中心人物というかたちで、絶えず華やかな評判をふりまいたものです。家族は貞子《さだこ》という美貌《びぼう》の夫人と、秀次と呼ぶ男の子が一人ありましたが、英一氏が婿《むこ》であり、子供の秀次君も養子だそうで、家庭生活は余り調子がよくなかったのでしょう、夫人も英一氏に輪を掛けた遊び手で、――かんばしからぬ風評《ゴシップ》がずいぶん飛んだものでした。――然《しか》しそれも数年のことで、夫人は間もなく病死（堕胎の失敗だという噂《うわさ》でしたが真偽は不明です）し、あとは子爵の独り天下という訳で、更に狂気じみた歓楽と遊蕩《ゆうとう》の生活が続いたものです。この事件の起こる三年まえ、子爵は衝撃に因《よ》る腰椎麻痺《ようついまひ》にかかり、立つことも歩くこともできなくなりました。それでも車付きの自動椅子を英国から取寄せ、自邸に客を招いて絶えず宴会をする、舞踏会を催すという、相変らずの生活が暫《しばら》く続いたのです。そういう評判を聞かなくなってから僅《わず》かに一年でしょうか、病気が重くなったのだとか、資産を蕩尽《とうじん》したらしいとか、噂が尻《しり》すぼまりになって、殆んど消えかかっているとき、「自殺された」という知らせがあった訳で、まったくの激しいボヘミア踊りがようやく終ったという感じなのでした。

「然しちょっと寂しいですね」私は私の感じ方でこう云《い》いました、「こういう風に結末がついてしまって、あれだけ思い切った華やかな生活が当分みられないとすると、なんとなく張合のぬけたような気持がしますよ」

「いやたくさんだ、あれは派手とか華やかなどというものじゃない、単なるきちがい沙汰《ざた》、どたばた騒ぎに過ぎないよ、まっぴらだ」

「けれども大抵の金持は、待合で隠れ遊びをするくらいが関の山ですから、偶《たま》にはああいう度外れな明るい遊蕩があってもと思います、ちょっと世紀末風な匂《にお》いがあるし、その点では自殺という結末も悪くはないですよ」

ふん世紀末か、署長は眉《まゆ》をしかめながらペンを取りました。そのとき捜査主任が入って来たのです。「山手分署から今また電話がありまして」主任は緊張した容子《ようす》で、こう云いながら署長の前へゆきました。

「佐多子爵は自殺ではなく、他殺らしいと云って来ました」

「ほう、――」署長の椅子ががたっと音を立てました、「他殺らしい、というと、まだ決定した訳でもないんだね」

「現場を見ないとわかりませんが、子爵は厳重に鍵《かぎ》のかかった書斎の中で、心臓部を刺して死んでいた、絶対に外から出入りの出来ない状態だし、他に疑わしい点もなかったので自殺と判定したのですが、今しがた庭で兇器《きょうき》が発見されて、急に自殺説が覆《くつがえ》ったのだと云っています、署長にもすぐ来て頂きたいということですが」

「密室の殺人か」署長は気乗りのしない容子でまたペンを措きました、「探偵小説みたいでおれの柄じゃあないな、が、まあとにかくいってみよう」

私たちが二本松の佐多邸へゆくと、既に検事局から来てひと調べ済まし、広間《ホール》の一隅に卓子《テーブル》と椅子を集めて茶を飲んでいるところでした。署長はこれらの人々に無言の会釈《えしやく》をすると、すぐに分署の係長から事件の説明を聴きましたが、その要点を簡単に云いましょう。

――その前の夜の八時に、石田ちか子という婦人が子爵を訪ねて来た。彼女は半年ほど前から時どき（前後四回）子爵を訪ねて来るが、なにか個人的な事情があるとみえ、子爵は毎《いつ》も二人だけで長いこと話すのが例であった。そして、「石田が来たらすぐ書斎へ通すように」と云われていたので、そのときも取次に出た女中（お村という名の）は、彼女の顔を見ると、「どうぞ」と云って書斎へ案内した。それから二十分ほどして女中は紅茶を運んでいったが、扉を叩《ノック》しようとしたとき、書斎の中からこういう会話が聞えて来た。

子爵「どうしてもだめなのか、赦《ゆる》してはくれないのか、そんなにおまえは残酷なのか」

石田「私はもっと残酷になれないのが口惜《くや》しいくらいです、貴方《あなた》なんか……」

二

女中が紅茶を出して退《さが》ると、三十分ほどして石田ちか子は帰っていった。それと殆んど入違いに秀次君が帰って来たのであるが、石田ちか子が出ていったとき、門の外に一人の男が待っているのを見たそうである。

今朝午前九時、また石田ちか子が来た。毎ものように女中が案内してゆくと、廊下を曲るところで、「ゆうべこの時間に来る約束をしてあるから待っているだろう、独りでゆくからよい」と云った。それではと女中はそこから引返し、すぐに茶の支度をして持っていった。このあいだの時間にして十分くらいだろうか、書斎へいって叩《ノック》したが返辞がないし、室内は森閑としてまったく物音が聞えない。どうしたのかと不審ではあったが、なにか内密な話でもあるのかと思い、そのまま戻って来た。そのときもう一人のお勝という女中が、「お庭じゃあないの」と云ったので、ちょっと庭へ出てみたが、庭には秀次君がなにか捜し物でもする風で、足早に花壇のあたりを歩きまわっているきり、子爵も石田ちか子もみあたらなかったのである。――そのまま呼鈴《ベル》も鳴らず一時間経《た》った。十時にはチョコレートとビスケットを持ってゆく定《きま》りなので、お村はその用意をして運んでいった、ところがやっぱり叩《ノック》に答えがない、かなり高く五度ばかり叩《たた》いた後、なんの物音もしないので急に怖くなり、戻って来てすぐ秀次君にその由《よし》を告げた。話を聞いた彼はちょっと肩をすくめて、「あの女が来ているんなら、話しこんで叩《ノック》が聞えないんだろう、呼鈴が鳴るまでそっとして置けばいい」こう云って立とうともしない。そこでお村は室内にさっきから人の声も物音も聞えないことを告げ、どうしても容子が変だからと、半ば頼むようにして彼に来て貰《もら》った。

秀次君が叩《ノック》しても返辞はなかった。彼は拳《こぶし》で扉を敲《たた》いたが、すぐ廊下を戻って庭へとびだし、書斎の外にあるベランダに上って室内を見た。——子爵は車付きの自動椅子に腰掛け、熟睡しているように片方へ首を垂れている。秀次君は一枚だけ扉の明いている窓から、かなり大きな声で続けさまに呼んだ。返辞もなく身動きしない。そのうえ子爵の左の胸になにか突刺さっているのが見える。秀次君は後ろへ来た女中のお村に、「おまえすぐ内野先生を呼んで来い」と命じ、自分は警察へ電話を掛けるためにそこを去った。

「然しなぜ」署長がこう質問しました、「そのときなぜ秀次君は書斎へ入らなかったのかね」

「入れなかったのです、というのはその窓には鉄の格子《こうし》が嵌《は》まっているのですから」分署の係長はこう答えました、「御覧になればわかりますが、廊下からの出入口も、左右の部屋へ通ずる扉も、ベランダへ出る両開きの扉も、恐ろしく頑丈な造りのうえに、ばかばかしいほど厳重に内側から鍵が掛っていたのです」

電話を聞いて分署から係長や刑事たちが駆けつけたとき、既に内野医師が来ていて、秀次君や下男の兼吉といっしょに、廊下の扉をこじ開けようと苦心していた。係長はいちおう庭のベランダから室内を覗《のぞ》き、そこの両開き扉のほうが開け易《やす》そうなので、廊下のほうは中止させた。然し結局その扉も開ける方法がなく、遂《つい》に毀《こわ》して入ったのである。——室内へ入ったのは係長と刑事の一人、内野医師と本田警察医の四人だけだった。診察するまでもなく子爵は死んでいた。心臓を細身の短刀で刺したのが致命傷で、死後約二時間と推定される。短刀は心臓部に刺さったままであったが、それにしては出血量が少し多いように思えた。「自殺ですな」係長がこう云うと、内野医師も本田も、「まあそうでしょう」と頷《うなず》いた。——そこで本署へ電話で報告させ、家人から聴書を取っていると、石田ちか子という来訪者の件が出て来たのである。九時に書斎へ案内したが、それっきり帰ったのかどうかもわからないと云う。

「その女の住所はわかっていますか」

「旅館に泊っているようです」秀次君がこう答えた、「この土地の者ではなく、此《こ》処《こ》へ来るときは毎も旅館に泊っているような容子でした」

こう聞いた係長は念のため、刑事の一人にすぐ全市の旅館へ手配するように命じた。そのとき庭のほうを調べていた刑事が、血痕《けっこん》の付いた一本の細身の短刀を手帛《ハンカチ》で包んで持って来た。「花壇の沈丁花《じんちょうげ》の間に落ちていた」と云うのである。手帛をひろげて見ると、刃のほうには脂肪ぐもりだけであるが、白鞘《しらさや》の柄《つか》のところに新しい血痕が染付《しみつ》いていた。兇器の一つが庭に落ちていたとすると他殺の可能性が多い、改めて本署へ知らせる一方、徹底的に捜査のやり直しに掛った。——そして死躰《したい》のすぐ脇《わき》のところに、細い金鎖の付いたロケットが落ちているのを発見した。女中たちはもちろん、秀次君もこれまでついぞ見かけたことがないという。ロケットを明けてみると、中には古びて褪色《たいしょく》した男の写真が入っていた。秀次君はひと眼みてすぐ、「父の若い頃の写真です」と証言したのである。係長は他殺の確信を固め、検事局へ報告すると同時に、石田ちか子への手配を更に鉄道各駅から国道筋まで弘《ひろ》げたのであった。

三

短刀のうち死躰に刺さっていたのは佐多家のもので、仏蘭西《フランス》あたりの中世紀の作かと思える。柄に金の彫刻飾りのある美しい品であって、毎も書斎の机の上に置いてあった。庭にあったほうはこの家の品かどうか不明だが、これも備前物の鎧徹《よろいどおし》とみえる高価なものだった。両方とも指紋はまったく検出されなかったそうである。

「それで石田という婦人はまだみつからないのかね」

「いやみつかりました、十分ばかり前に電話で知らせて来たのですが、中央駅の前の山水荘ホテルに泊っていたそうです、男が一緒だそうでそれも伴《つ》れて来ると云ってました」

「とにかく現場を見せて貰おうか」

こう云って署長は椅子を立ちました。ここにその見取図を出して置きましたが、総建坪に比して大き過ぎる広間《ホール》と、この書斎の造り方に特徴のある他は、まあどこにでもみられる平凡な富豪の邸宅に過ぎません。広間はちょっと日本ばなれのした豪華な飾り付で、紹介する値打は充分あるのですが、この事件には関係がないので省きましょう。問題は書斎です、これは三間の五間ほどの広さで、三方の壁間に書棚や飾り棚があり、東西の文学、美術、評伝、哲学などの書冊や、出土品らしい古《こ》壺《つぼ》、瓶子《へいし》、土偶などが飾ってありました。南側の庭に面したほうに窓が二つ、ベランダへ出る両開き扉（これは毀されてある）東側に扉があって、これは隣りの寝室へ通じる。西側にある扉は浴室へゆくのですが、これらの扉は厚い桃花心木《マホガニイ》材で作られた恐ろしく頑丈なものだし、そのうえ厳重に内側から鍵の掛るようになっている。二つの窓には内側へ開く硝子《ガラス》扉があるが、その外に鍛鉄製の彎曲《わんきょく》した格子が嵌まっています。これは寝室も浴室も同様で、またその二つの部屋には独立した戸口がなく、どちらも書斎を通らなければ出入りの出来ないように造ってある。——窓に面して両側に抽出《ひきだし》の付いた大きい仕事机、革張りの回転椅子、喫煙用の胡桃《くるみ》材の卓子と椅子、濃い牡《ぼ》丹色《たんいろ》の布を張った低くて深いソファ、これらの家具もみな時代のついた重おもしいがっちりした作りで、ぜんたいに陰影と気品に富んでおり、然しかなり悒鬱《ゆううつ》な雰囲気を感じさせるものばかりでした。

　子爵の死躰は胸に短刀を刺されたまま、車付きの自動椅子に乗せてありました。位置は大きな仕事机の脇で、片方だけ硝子扉の明けてある窓と正対し、窓から五尺あまり隔たっています。死躰は両肱《りょうひじ》を腕木に掛け、首をやや左前方に垂れて、なるほどちょっと見には、熟睡している人のような姿勢です。署長はやや暫く死者の顔を見まもっていました。

「なにかこの部屋から無くなった物はないかね」

「秀次氏に見て貰ったんですが、この」と、係長は仕事机の上にある黒檀《こくたん》の手文庫を指して、「この中から財産目録と遺言状を入れた封筒が無くなっていると云っていました」

「ほう、財産目録と遺言状ね」こう云いながら、然し署長はまだ死者の顔を眺めています、「――この傷口は調べてみたろうね」

「はあ、本田君に検診し直して貰いましたら、穿入口《せんにゅうこう》は同時に二本の短刀で刺した広さがあるそうです」

「同時に――二本で――」

「初め出血量が少し多いと思ったのは、つまり二本で刺して置いて、一本だけ傷口から抜いた時のものだった訳です」

「二本の短刀で刺す、――」署長はふんと鼻を鳴らし、なにやら不服そうに首を振るのでした、「なんのためだろう、……なんの、――」

「犯人が自殺とみせかけるために拵《こしら》えた、そう思うより他に説明はつきません、庭から短刀が発見されるまでは私共もそう信じていたのですから」

「それにしても同時に二本の短刀で刺すというのは妙だよ、子爵が半身不自由で、抵抗の少ない状態だったとしてもさ、——二本で刺すということは自然じゃあない」

「けれども二本で刺して一本だけ抜けば、比較的に出血量が少なくて済むでしょう」

「それだけ気のまわる人間なら」署長はこう云いながら車椅子の側《そば》を離れました、「——そこまで考える人間なら、大事な兇器を庭へ落したのはおかしい、なにしろ唯一《ゆいいつ》の、最も重大な手懸りになる物なんだから」

そして署長は悠《ゆっ》くり室内を歩き始めました。寝室や浴室も入念に見ましたが、書斎の中は特に興味を持った容子で、部屋の飾り付や家具類、書棚の本の種類、窓《まど》框《がまち》の周囲から鍛鉄製の窓格子など、なにか感慨に耽《ふけ》る人のような調子で見まわるのでした。そのとき一人の警官が扉口から顔を出して、「石田ちか子を連行して来ました」と知らせました。係長はすぐ出てゆきましたが、署長は壁に掲げてある肖像画を眺めたまま、動きません。それは佐多子爵の半身を描いた油彩画ですが、ぜんたいに暗い配色だし、肖像の顔も冷やかで憂鬱な感じが強く出ています。

「ひじょうに孤独癖の強い人だったんだな」署長は画《え》を見ながらこう呟《つぶや》きました、

「――この書斎の閉居感、窓の鉄格子や、すべての扉の必要以上な厳重さ、これはまるで古典的な瞑想者《めいそうしゃ》か隠者の部屋のようだ、到底あんな華やかに豪奢《ごうしゃ》な遊蕩生活をした人間の書斎とは思えない、……聞いているかい」

「僕ですか、――聞いています」

「おれには今こういう場面が眼にうかぶ、酒と煙草《たばこ》と踊りと雑談でわき返っている広間から、人知れず遁《のが》れて来た子爵が此処に坐《すわ》っている、扉に鍵を掛け窓を閉めた、呼ばない限りいかなる人間にも邪魔をされる気遣いはない、彼はあの画にあるような沈鬱な寂しげな顔をして、じっと孤独な瞑想に耽る、――一杯のコニャック*と土耳古《トルコ》煙草があればいい、彼はただ静かさを愛する、集めてある画集はラファエル前派から前期印象派*のものが多い、哲学もカント*まで、小説は英国作家のものが大部分だ、これらの本を好むままに読んだり眺めたり、またぼんやりもの思いに耽ったりしている、――たった独りでだ」

四

「然しそうだとしても」私は喉《のど》のあたりがむずむずしてきました、「それとこの事件となにか関係があるんですか」

—誰にそんなことがわかるものか、おれはただこの書斎を見て、——」そう云いかけて署長はふと口を噤《つぐ》みました。そのとき仕事机の側《そば》にいたのですが、机の上に一冊の本があり、読みかけなのでしょう、栞《しおり》代りに挟んだ紙が見えている。署長はその本を取り、*ワイルドかと呟きながら、挟んである紙を抜き出しました。本は*ドリアン・グレイの画像です。私がその頁《ページ》をめくっていると、署長がいま抜き取った紙片を差出しました。「読んでみたまえ」

受取ってみると、紋章を刷込んである書簡箋《しょかんせん》に、次のようなことが書いてありました。

「この部屋に於《お》ける余の生活を常に見まもり、余の心情を知る者は彼だけである、今も彼は余を見まもっている、余が死んだ後にも彼の胸裡《きょうり》には余の凡《すべ》てが蔵されているだろう」これがその全文です。

「インクの色でみるとまだ書いてから間がないようですね」私は署長に紙を返しました、「然しこれに、——なにか意味があるんでしょうか」

「意味の有無はわからないが、これを眼につくように置いてあったことだけは慥《たし》かだ、そして問題は傍点を打ったこの『彼』という三人称だが、——」

署長は紙片を上衣《うわぎ》の内隠しへしまい、こんどは毀れている両開き扉からベランダへ出ました。そして例の、片方だけ硝子扉の明いている窓から、書斎の中を覗《のぞ》きました。ちょうど正面に子爵の死躰が見えます。――署長はそこからじっと死者の姿を眺めていました。私はその間にベランダの上を調べ、庭へ下りて、第二の兇器が落ちていたという、花壇の沈丁花の付近まで見て歩きました。短刀の在った位置には目印が立ててあり、五寸ばかりに折った木の枝が置いてあります。私がそのまわりを見ていますと、署長が大きな声で叫びました。

「そこが短刀の落ちていた場所か」

「そうです、此処に印があります」

「じゃちょっとその印の処《ところ》に立っていてくれたまえ」

署長はベランダから庭へとび下り（四尺ほどの高さです）芝生《しばふ》の上を歩いて、まっすぐに私の処まで歩いて来ました。さっきまでの渋い顔つきがどことなく晴れやかになり、唇のあたりには微笑が浮んでいるようです。まっすぐに私の側まで来ると、振返って窓のほうを眺め、「よし」と低く呟くのが聞えました。それから大股《おおまた》に戻って書斎の中へはいる、跟《つ》いていってみますと、例の窓の内側から窓枠、硝子扉の辺を頻《しき》りになにか捜す様子です。

「なにか変った事でもあったんですか」

「一つ足らないんだ」こんどは床の上を見まわりながらこう云いました、「たった一つ、それさえあればいいんだが、――」

「どんな物です、捜しましょう」

「どんな物かって、――」署長は片手を腰に当てて溜息をつき、「どんな物かというと、つまり、此処に有る筈《はず》で、無い物さ」

こう云っているところへ刑事の一人が、「証人の訊問《じんもん》を始めますから」と知らせに来ました。署長は頷いて、とにかく聞いて来ようかと云い、監視の巡査を残して書斎を出ました。――広間《ホール》では卓子と椅子を並べ直し、係官もそれぞれの席についてすっかり準備ができていました。署長は設けられた位置よりずっと後ろへ離れ、殆んど壁際《かべぎわ》に肱掛け椅子を持ってゆき、楽な姿勢でそれへ掛けると、まるで事件には無関係な人のように、腕を組み眼をつぶるのでした。

訊問には分署の係長が当り、まず女中のお村から始め、他の三人の女中、庭番、下男など、これらを簡単に片づけてから秀次君の番になりました。彼は二十八歳、がっちりした躰格で、頰から顎《あご》へかけて濃い髭《ひげ》をきれいに剃《そ》っています。噂に依《よ》るとたいへん勤勉な事務家肌の人間で、父や母の遊蕩には決して加わったことがなく、寧《むし》ろこれを冷笑しながら、家産の管理に没頭していたそうです。はっきりした眉、きりっとひき結んだ薄手の唇、冷やかな然し強い光りのある眼つき、言葉少なに要領を得た話しぶりなど、いかにも冷静で非感情な、噂どおりの人柄にみえました。

「私には父の死が自殺か他殺か見当もつきません」秀次君はこう答えました、「元もと父とは事務的な話より他に、親しく口をきいたことが殆んどありませんから、父が近頃どんな精神状態にあったかまるで知らないのです、ただ半年ほど前のことですが、——資産がどうなっているか見たいと云いまして、私の預かっていた帳簿を（これは不動産と銀行関係のものだけですが）取寄せ、十日ばかり独りで調べたことがあります、その帳簿を返すときに、事に依ると資産の一部を分譲するかも知れないから了解するようにと云われました、それはどういう理由かと訊《き》きますと、自分の個人的な問題だから訳は話せないという返辞です」

「それは石田ちか子という婦人が訪ねて来た後のことですか」

五

「そうです、慥かその直後だと思います」秀次君は極めて事務的に続けました、「私は法律上の相続人でもあり、長いあいだ資産の管理をして来た人間として、正当な理由のない財産分譲は承知する訳にまいらないと答えました」

一分譲の相手がなに者であるか想像されましたか、例えば、石田ちか子ではないかという――」

「いや私はなにも想像しません」秀次君はきっぱり首を振りました、「私は想像や推察に依って物事を判断する習慣をもちませんし、また軽蔑《けいべつ》します、――父はなにも申しませんでしたが、つい一週間ほど前に書斎へ呼ばれました、父は五寸に一尺ほどの麻の封筒を見せまして、この中に財産目録と遺言状が入っている、これをこの中へ入れて置くから、こう云って机の上の手文庫の中へ入れました、さよう、それには鍵は掛らなかったと思います、私は父がなぜそんなことを云うのか理解できませんでしたが、なにか必要があるのだろうと思い、別に理由は訊かずに出て来ました、気がついた事といえばこのくらいのものです」

「貴方は今朝九時ごろ、――」係長は手帳へなにか書止めてからこう訊きました、「庭の花壇の付近でなにか捜し物をなさいましたか」

「庭の花壇」秀次君はちょっと考えた後、「ああああれは捜し物ではありません、庭をひとまわり散歩したのですが、花壇の処まで来たときゴム紐《ひも》が靴にひっ掛ったのです、そのまま通り過ぎたのですが、包み物に使うのを思いついて拾いに引返しただけです」

係長はなお今朝なにか邸内に変った事はなかったかどうか慥かめ、壁際の椅子に掛けている洋装の若い娘を知っているかと訊きました。秀次君は冷やかに彼女を見やってから、「自分は紹介されたことはないが、石田ちか子という人であることは知っている」と答えました。

「昨日あの婦人が子爵を訪ねて帰るとき、門の外に待っている男があるのを御覧になったそうですが、その時の容子をもういちどお聞かせ下さい」

「夕食の後で私は本町通りまで買物に出ました、経済学に関する本を買うためで、三軒ばかり捜したのち、柳町通りでみつけて帰って来ました、ちょうど門の四五間てまえまで来たときです、玄関の扉が開いて出て来る者がある、と思ったとき、門の石柱に付いている電燈《でんとう》の光りで、その柱の蔭《かげ》に誰か立っているのが見えました、なんという理由もなくふと足を停めると、玄関から出て来たのは石田ちか子という人で、門の処へ来ると柱の蔭にいた人がなにか云いながらその前へ出ていった、その人は茶色の合外套《あいオーバー》を着て黒いソフトを冠《かぶ》っていたと思います、ちか子という人はたいへん吃驚《びっくり》した容子で、いちど後ろへ跳び退《の》きました、そしてそのときかなり大きな声で、『約束をおやぶりになったのね』と云うのが聞えました、それから急ぎ足にさっさと台町のほうへゆかれる、待っていた人も後を追って見えなくなりました、私の見たのはこれだけです」

　この供述を聞きながら、私はそれとなく石田ちか子を観察していました。彼女は二十三四になるでしょう。理知的な眼の美しい、かなりノーブルな顔だちで、背丈も高く、軀《からだ》ぜんたいに匂うような気品を持っている。然しそのときの表情は硬く、冷たい反抗的な色を帯びているようにみえました。殊《こと》に秀次君が供述を終って退《さが》ったあと、代って係長の前へ呼出されたときそれがいっそう際立つように思えたし、訊問に対する答え方には一種冷笑的な調子さえ感じられました。

「名前は石田ちか子、住所は東京 麴町《こうじまち》区麴町二丁目十一番地、石田、……ゆき子の長女、年は二十五歳です」

「佐多子爵とはどういう御関係ですか」

「母の知人でございます」

「半年ほど前から四回、貴女《あなた》は此処へ訪ねておいでになったが、それはどういう用件ですか」

「それは申上げる必要がないと思います、この出来事には関係がございませんし、ごく個人的な問題なのですから」

「――――」係長はちょっと髭を噛《か》みましたが、こんどはやや厳しい調子で、「昨夜ここへ訪ねて来られた用件も、同じ個人的な問題で話せないというのですか」
「そうです、この家の御主人の亡《な》くなったこととはまったく関係がないのですから」
「然しどうしてそれがわかるんです、子爵の亡くなった理由を知ってでもいるんですか」
「そんなことは存じません、また決して知りたいとも思いませんわ」彼女はこう云って眉をあげ、「人間はそれほど大きな理由なしにも自殺くらいするものですから、あの方は、――いいえ、わたくしなにも存じません」
「ゆうべ訪問されたとき」係長はちょっと間を置いて続けました、「今朝九時にまた来るという約束をなすったのですね、――ふん、そして、約束どおり子爵に会われたのですか」

六

「はい、それが――」ちか子嬢は眼を伏せ、唇を噛みましたが、すぐに顔をあげて、「それが、扉を叩《ノック》しても返辞がありませんでした、五分ほど待ったのですが、返辞もございませんし、お部屋の中に物音も聞えませんので、そのまま帰ってしまったのです」

「女中にも声をかけずにですか」係長の眼は鋭く彼女の眼に注がれました、「時間の約束までして訪ね、部屋の扉まで叩《ノック》しながら、答えないというだけで取次の者にも黙って帰る、――これはずいぶん変った訪問だと思いますが、どうでしょう」

彼女は黙っています。返辞ができないというより、その必要を認めないと云いたげな、どこか凜然《りんぜん》とした態度でした。

「ゆうべ門前で貴女を待っていた人、そして今日ホテルで御一緒だった人はどういう方ですか」

「わたくしの婚約者でございます」

「その人は子爵と貴女との個人的な問題を知っているのでしょうな」

「はい――或《あ》る程度までは知っております」

「例えばですね」係長はここで天床《てんじょう》へ眼をやりながら、「貴女がゆうべ子爵を訪問されたとき、その会話のなかに激しい言葉の応酬があった、子爵は貴女になにか赦しを乞《こ》われた、どうしても赦してくれないのか、そんなにおまえは残酷なのか、――これに対して貴女が、自分はもっと残酷になりたいと答えられた、こういう問答が殺人の前夜にとり交わされたということは、……どうなすったんです」

彼女がとつぜん椅子から立上ったのです。その大きな驚愕《きょうがく》の容子は非常にみんなの注意を惹《ひ》きました。「――殺人ですって」彼女は戦《おのの》くようにこう呟きました。

「あの方が、殺された、……のですって」

「自殺とみせかけた殺人、これが現在推定されている状態です、従って昨夜の貴女と子爵の会話が、我われにはかなり重要な意味をもつことになる、そのうえ今朝の訪問の奇妙な帰り方ですね、ゆうべ門の外にいた貴女の婚約者だという青年にしても、例えば貴女には有り得ない残酷な衝動に駆られて」

「そんな事は有りません、そんな事は」彼女は殆んど叫ぶようにこう遮りました、「――あの方はわたくしが子爵を訪ねることにさえ反対していたんです、どんなに間違ったってそんな事をする筈は決してございません」

「じゃあ貴女はどうです、子爵との個人的な問題という点で、どうしても赦せない事実という点で、それがぎりぎりに押詰められたとすると、貴女ならその可能性がある訳ですか」

「――――」彼女はきっと唇をひき結びました。

「待たせてある人を呼んで来たまえ」係長が刑事の一人に振返ってこう云いました。刑事は出ていったが、すぐに一人の青年を伴《つ》れて戻りました。それがちか子嬢の婚約者でしょう、三十がらみの、肥えた逞《たくま》しい躰格で、明るい精力的な顔つきをしています。係長は彼をちか子嬢の脇へ招いて、住所姓名から問い始めました。

「鉄村昌三といいます、住所は東京の本郷《ほんごう》菊坂、丸ノ内にある東洋人造絹糸《けんし》の本社で宣伝部に勤めています、――さよう、石田ちか子さんとは今年の二月から婚約の間柄です」

「もちろん、貴方は石田嬢が子爵を訪ねる事情は御承知でしょうな」係長はこう続けました、「そして貴方はこの訪問に反対なすったそうだが、それはなにか重大な結果になるような予感でもあったのですか」

「寧ろ逆の意味ですね、結果はどっちにしろ大したことはないのですが」

「子爵が殺害されたとしてもですか」

「殺《さつ》……」昌三君は明らかに恟《ぎょ》っとしました、「そんな、そんなばかな事が」

「佐多子爵は自殺とみせかけて殺害された、そしてその現場にこれが」こう云って係長は例のロケットを取って見せました、「死躰のすぐ側《そば》にこの品が落ちていたのです」

　昌三君は色の変った眼ですばやく石田嬢を見ました。彼女の顔色も明らかに蒼《あお》くなったようです、係長はその瞬間を巧みにとらえ、昌三君に向ってずばりと切込みました。

「これが石田嬢の持ち物だということは御存じの筈です、それとも違いますか」

「わたくしの物でございました」彼女は自分からきっぱりと答えました、「わたくしの物でしたけれど、昨夜ここで、子爵にお返ししたのです」

「返した、――とすると、これは元もと子爵の物だった訳ですか」

「いいえそうではございません、ただ」

ちか子嬢はそこで口を噤み眼を伏せました。なにか屈辱を感じたような表情です。係長が更に追求しようとすると、向うから署長が暢《のん》びりした声で、「もういいだろう」と云い、腕組みをといて悠《ゆっ》くり椅子から立上りました。

「これで周囲の方たちの事情はだいたいわかったようだし、私も伺っているうちに鍵がみつかったようです、秀次さんと石田さんお二人でどうか書斎へ一緒においで下さい、たぶん凡《すべ》てが明らかになると思いますから」

七

分署長と係長、検事局の二人、石田嬢と秀次君、これだけを導いて書斎へ入ると、わが寝ぼけ署長は上衣の内隠しから例の紙片を取出しながら、「この出来事の外貌をいちおう考えてみます」と云いだしました。

「女中さんの証言に依ると、今朝六時に子爵は寝室でパンと珈琲《コーヒ》の朝食をとられた、そして同じく十時過ぎ、死躰となって発見された、二本の短刀に依る心臓部刺傷の死で、医師の*検按《けんあん》は死後約二時間ということです、——死躰のすぐ脇にロケットが落ちていたのと、庭から兇器の一つが発見されたこと、もう一つ手文庫の中から書類が紛失していたこと、この三つが他殺の疑いを起こし、前後の関係から石田ちか子さんに嫌疑が掛って連行された、但《ただ》し、——この書斎は有《あら》ゆる出入口が内側から厳重に閉められてあり、一つだけ明いていた窓には鉄の格子が嵌まっている、殺人とすればいわゆる密室殺人というかたちで、犯人（有るとすれば）がどこから入ってどう出たか出入りしないとすればどんな方法で殺したか、この点が問題の中心であります、然し私はさっきこの部屋を捜査しているとき、仕事机の上にある本の中から、こういう紙片をみつけました」署長はそう云いながら取出した紙片を示し、

「本に挟んであったのですが、いかにも人眼につき易いようにしてあるので、取ってみるとこういう文句が書いてありました、——この部屋に於ける余の生活を常に見まもり、余の心情を知る者は彼だけである、今も彼は余を見まもっている、余が死んだ後にも彼の胸裡には余の凡てが蔵されているだろう、これだけです」

署長はその紙片を係官たちに見せてから、「さて」といって仕事机に片手を置き、悠くりと次のように続けました。

「仮にこの文句になにか意味が隠されているとして、その彼というのがなに者であるか、子爵の許しがない限り誰も出入りのできないこの部屋で、常に子爵の生活を見ており、その気持まで知っていたという人物、――この不可解な人物が誰であるか、私は訊問を聞きながら考えていたのです、そしてこういうことを想像してみた」署長はちょっと言葉を切り、部屋の周囲をゆっくりと見まわしながら、「――初めこの書斎を眺めたとき、私は一種の驚きと感慨にうたれたのです、子爵の生活はたいへん華やかで、御令息には失礼ですが、殆んど遊蕩に明《あ》け昏《く》れするという状態が続いていた、社交界のゴシップは子爵を離れては存在しない、そういう生活がなが年続いて来た、――だがこの書斎は到底そういう人のものとは思えない、この造り方も家具も蔵書も、飾り付けも、非常に孤独癖があり閑居を好む人の部屋と思えるのです、あんなに華美豪奢な遊蕩に耽り、社交界の花形と謳《うた》われた子爵は、実は極めて孤独な、静かに閑居することを好む人ではなかっただろうか――こう想像してきたとき、私にはこの紙に書いてある彼の意味がわかるように思いました、子爵の生活には二つの面があった、彼とはその一方の子爵自身を指す訳です、そしてこの部屋で常に子爵を見まもっていたもう一人の子爵、今も見ているし、死んだ後には子爵の凡てを胸にしまっているという文字、これは――」署長はしずかに片手をあげて、壁に掲げてある肖像画を指さしました、「これはあの肖像画を暗示しているのではないだろうか」

人々は一斉にそっちへ振返りました、暗い配色で描かれたあの肖像画のほうへ、――冷やかに憂鬱な表情で、肖像はそこから我われを見下ろしています。私はそのときさっき眺めたときとは違った、へんに生なましい圧《お》しつけられるような印象を受けました。

「紙に書いてある文句の終りに」署長は画のほうへ歩み寄りながら、「――余が死んだ後にも余の凡ては彼の胸裡にある、こう結んでありますが、これが今まで述べた私の想像を裏書きしてくれると思うのです、ちょっと手を貸してくれたまえ」

私にこう云って、署長は肖像画を取下ろしに掛りました。それは眼どおりに掲げてあるのですぐ下ろせます。署長は画を喫煙卓子の上へ裏返しに置き、しずかに裏《うら》蓋《ぶた》を取外しました。それから押えの板紙を除くと、そこに――大きな麻の封筒の隠されてあるのが見えたのです。誰からともなく、深い溜息の声が聞えました。

「御令息に伺いますが、手文庫の中から紛失したのはこれでしょうか」署長は麻の封筒を取って秀次君に示し、それに違いないことを慥かめると封じ紐を解《ほど》きながら、「この中には子爵の死の謎《なぞ》も隠されていると思いますし、子爵の目的もそこにあると信ずる理由があるので、私がここで開封させて貰います」

そして封筒を明け、中から三つの書き物を取出しました。孰《いず》れも薄い巻紙に毛筆で書いたもので、一には「財産目録」二には「遺言状」とあり、第三の裏には「吾《わ》が告白」というのに添えて、――検察官に依って披読*されることを望む、ということが書いてありました。署長はそれを人々に示したうえ、「どうか皆さん掛けて下さい」と云い、自分も仕事机の回転椅子に掛けました。検察官に読んで貰いたいという、このふしぎな告白にはどんな秘密があるのでしょう。室内にいる人たちはそれぞれの興味と好奇心に唆《そそ》られながら、ソファや椅子に腰掛けて、じっと署長の朗読に聞き入ったのです。

「――ちか子よ、これが読まれる席には、恐らくおまえがいるに違いない、なぜなら自分はそうなるように手段を講ずる筈だし、その方法には狂いがないと信ずるから」告白はこういう書出しで始まっていました。

八

詠嘆調の然し簡潔な文章でしたが、ここでは要点だけ申上げましょう、――亡き英一氏は秋田県でも知名な豪農の家に生れ、大学の工科に在学中から佐多家に出入りしていた。これは当時建築界で高名な仁田博士が、彼の師であると同時に亡《なき》佐多子爵の旧友で、初めから彼を佐多家の養子に推すための計らいだった。佐多家には未亡人と二人の娘がいて、子爵の亡くなったあと渋谷松濤《しょうとう》に新しい邸宅を構え、未亡人の好みで相当派手な生活をしていた。これは亡子爵が鉱山業で巨富を得ながら、殆んど吝嗇《りんしょく》に近い性格だった反動かも知れない。娘二人も母に似ていて、その解放的な家庭には常に多くの青年たちや、音楽家、舞踊家、俳優などが出入りしていた。やがて英一氏は姉娘の園江と婚約ができ、卒業と同時に結婚する筈になったが、或る夜、例のように学生や俳優や音楽家などが集まって、飲み歌い踊りの騒ぎをやっていたとき、廊下の暗がりで妹娘の貞子にむりやり接吻《せっぷん》をされた。そのとき貞子は彼に意外なことを囁《ささや》いたのである。「お気をつけなさい、お姉さまには恋人があるのよ」そして吃驚《びっくり》している彼の首に手をまわしながら、「貴方を本当に愛しているのはわたくしだわ」こう云った。……英一氏は園江を疑いだした。然し元もと解放的な家庭だし生活が享楽《きょうらく》的なので、疑えばなにもかも疑わしいが、なにも無いと思えば無いようでもある。ちょっとなにか云いでもすると、「貴方にはまだそんなことを仰《おっ》しゃる権利はない筈よ」と高びしゃに答える有様で、学校を出るまで疑惑の解けない苛《いら》いらした日が続いた。そして卒業して結婚の日取も五月某日と定ったとき、園江は、舞踊家Tと出奔し、そのまま一緒に仏蘭西《フランス》へ去ってしまった。「そのとき自分は佐多家と絶縁すべきであった」子爵の告白はこう繰り返し強調してある。「なにを措いても「絶縁し佐多家を去るべきであった」と。——然し仁田博士の責任感と、醜聞を糊塗《こと》しようとする未亡人と、そして貞子のふしぎなくらい積極的な希望とで、婚約は改めて貞子と結ばれ、その年の十一月に結婚式が挙げられた。だが式場から箱根へ新婚旅行に出たその夜、貞子がもはや処女でないことを彼は知った。「だって、なぜ」とそのとき貞子は驕慢《きょうまん》に微笑した、「そんなことになにか意味があると思ってらっしゃるの、——だとしたら女性ぜんたいに対する侮辱だわ」そして彼女は寝台から下りて、飲み残したコニャックを啜《すす》り煙草をふかした、「因習は生活の弁護よ、自由に生活のできる者が因習に縛られるのは愚劣でもあり寧ろ不道徳だわ、私たちは有ゆる官覚を充分に満足させ、生命の与えてくれる快楽をできるだけ多く味わって生きるのよ、それが人間というものだわ」英一氏は離婚する覚悟で東京へ帰った。然し泣き叫ぶ未亡人と、恩師の慰撫《いぶ》と、周囲の嘲笑《ちょうしょう》を惧《おそ》れる彼自身の虚栄心とで、遂に離婚の決心は崩れてしまい、享楽と耽溺《たんでき》の生活が始まった。厭《えん》悪《お》と侮蔑に面を外向《そむ》けながら、どうしようもない惰勢と虚無感で、彼もずるずると同じ渦の中へ巻込まれていった。

佐多家に亡子爵の友人の孤児でゆきという娘が養われていた。子爵の生きているあいだは娘たちと同じ扱いを受けていたが、その歿後《ぼつご》、特に松濤の邸《やしき》へ移ってからは、いつかしら小間使のような位置におちてしまった。然しそんなことを悲しんだり恨んだりする風はなかった。明るいすなおな性質で、眼もとに毎《いつ》も柔らかい微笑を湛《たた》えている。——貞子と結婚した年のクリスマス・イブのことだった。十二時の時計を合図に広間《ホール》の電燈を消したとき、金田という作曲家と踊っていた妻が、大胆に相手と接吻するのをみつけた。そこは窓際に近くかなり明るかったので、まわりにいた二三の組にもわかったようだ。一分して電燈が点《つ》くと、再び動きだした踊りの群の中で、英一氏は金田の腕を摑《つか》んで引寄せ、なにも云わずに烈しい平手打ちをくれた。未亡人が悲鳴をあげ、妻は冷笑した。そして再び金田の腕を取ると、客たちを伴れてどこかへ出ていった。——唯《ただ》一人、後に残った英一氏は、居間へ籠《こも》って強い酒を呷《あお》った。悔恨と自己否定、泥酔《でいすい》した彼は酒壜《さかびん》や杯を打破《ぶちわ》り、床の上に倒れて呻吟《しんぎん》した。その物音を聞きつけてゆきが来た。彼女は毀れ物を片付け、彼を援《たす》け起こし、硝子《ガラス》の破片で切った指の傷の手当をしてくれた。そしてそれをしながら

「英一さまがこんなにおなりになるなんて、――」こう呟いてはおろおろと泣いた、

「あんまりだわ、あんまりだわ、――」彼はゆきの呟きを聞きその涙を見た。そして溺《おぼ》れる者が救いを求めるように彼女のほうへ手を差伸ばした。

「自分の生涯を通じて最も純粋で素朴な瞬間であった」子爵の告白はこう書いている、「――そして二人のあいだに愛が生れた」英一氏はゆきの愛に依って生き直そうと心をきめ、仁田博士の後援の下に建築事務所を開いた。その事業がやや動き始めたとき、五カ月の身重の軀でゆきが失踪《しっそう》した。「いつまでも貴方をお愛し致します」という一行の文字を遺《のこ》して――。

九

英一氏は方法を尽してゆきを捜した。二年間。だがやがて希望を失った。ゆきの気持がしだいにわかってきたのだ。彼女はいつかこう云ったことがある。「どんなに真実な愛でも、そのために誰かを不幸にしたり、他から恨まれたりするようでは、本当でもなし幸福でもない」彼女の云う意味は単純ではなかった。養育された佐多

家への恩や、未亡人や貞子の怒りや、その醜聞が及ぼす彼の将来への責任など、色いろな感情が複合していたに違いない。そして自分たちの愛を他の犠牲や憎悪《ぞうお》から清潔に守ろうとする、最も純粋な決心で家を出たのである。英一氏は捜すことを断念し、同時に事業も抛《なげう》って遊蕩に没頭した。――この市《まち》へ移ったのは未亡人が脳溢《のういっ》血《けつ》で急死するとすぐだった。養子に入れた秀次君は未亡人の実家の妹の子であるが、英一氏にも夫人にも愛情はなく、彼のほうでも養父母には軽侮と冷笑しか感じなかった。「ながい年月の遊蕩耽溺を今さら意味付けようとは思わない、歓楽は恒《つね》に空《むな》しく絶望的なものだ、唯一つ、自分には書斎に籠《こも》る幸福な時間があった、誰にも邪魔をされることなくそこでもの思いに耽ったり本を読みちらしたりする、そのとき想《おも》いに浮ぶのはゆきのことであった、ゆきの産んだであろう自分の子のことであった、自分は毎もまざまざと『英一さまがこんなにおなりなさるなんて』というゆきの呟きを思い返した、あんまりだわ、あんまりだわ、――というあの呟きの声を」

そして英一氏は机の上に身を伏せたまま少年のように泣くという。

「ちか子よ、この時間だけが私の救いだった、この時間だけはゆきと語りおまえを愛することで人間らしく生きた、空想のなかでおまえは男だったが、私はおまえを膝《ひざ》に抱き、好みの服を着せ、通学する姿を眺め楽しんだ、現実よりは、書斎にいる孤独な空想の時間のほうが、私には本当の生活だったのである、半年まえに、突然おまえが現われたときの、私の驚きと歓《よろこ》びの大きさはおまえには想像もできないだろう、ゆきが独身をとおしておまえを育てあげたことは、おまえの話を聞くまでもなく私には想像がついた、今こそ始まるのだ、私とゆきとの愛が、誰の犠牲や憎悪もなしに今こそ始まるのだ、こう考えることがどんなに深く私を幸福にし力を与えたか、それもおまえにはわかるまい、——然しおまえは結婚しようとしていた、そのために、戸籍から私生児という名を除く認知を求めに来ただけだ、私が父だということも、ゆきと私との愛が純粋だったということも、おまえは認めようとしない、そしておまえは私を『憎む』とはっきり云った、どうしようがあろう、私は認知する約束をしておまえを帰した、それ以後、おまえは四たび此処へ来ている、私が約束だけで実際にその手続きをとらなかったから、——私には出来なかった、認知をしてしまえばおまえは再び来はしないだろう、だから少しでも長くおまえに会うために、そして万一にもゆきと会える機会があるかと思って、今日まで延ばし延ばしして来たのだ、然し四度めの今夜、おまえはゆきの秘蔵していた（私たちの慎《つつ》ましい記念である）ロケットを返し私に最後の宣告をした、もう認知は求めない、そして死ぬまで憎み続けるだろうと、——これが私にとってどんな罰であったかは云うまい、私は本当に手続きをとることを誓い、明日もういちど来るようにと頼んだ、そしておまえは（たぶん間違いなく）此処へ来ているだろう、必要な書類は机の右側の抽出の三番めに入っている、それから遺言書の中に、少しばかりだがおまえに遺産を分けて置いた、これまで三度ともおまえは冷笑を以《もっ》て拒絶したが、私が死んだ以上は受取ってくれるものと信ずる、私が児戯に等しい方法で死ぬ理由の重要な一は、私の正当な子に当然受けるべき資産の幾分かを与えたいためだ、私は既になにものをも信ずることのできない人間になっている、だから遺言書の公開に当っては検察官の立会が必要だったのだ。

冗長なこの告白がおまえにどんな感じを与えるかわからない、私の生涯はこういうものだった、なんの弁解もなしにおまえに示す。おまえの母はその愛を純粋に完《まっと》うするため愛人から去った、おまえならまったく違った方法で生きたろう、時代の差もあり性格の差もある、然し母の生き方を軽蔑したり嘲《あざけ》ってはならない、結果だけで人間を判断することくらい誤りはないものだから、——私は私なりの歌をうたった、そして今、その歌を終る、幸福であるように」

署長の朗読は終りました。その告白が人々にどんな感動を与えたかは云う必要がないでしょう。ただ秀次君が依然として無関心な傍観的態度でいたのと、ちか子嬢が眼を涙でいっぱいにしながら、然し昂然と額をあげていた姿だけは記憶に残っています。

遺言状の公開があり、遺産分配の件が片付くと、石田嬢は認知の書類を受取りました。問題は子爵の死の疑問だけです。

「それはごく簡単なことさ」署長はまだ告白文から受けた感情にとらえられているとみえ、浮かない眼つきで秀次君のほうを見ました、「――貴方は庭で今朝ゴム紐を拾われたそうですが、それはまだお持ちですか」

「有ります、持って来ますか」

秀次君は自分の部屋へいってそれを取って来ました。それは五分幅で長さ三尺ばかりの輪へ、もう一つやや狭い幅三分に長さ五尺ほどの輪をつないだもので、つまり大小二つのゴム紐が輪になっているのでした。

「子爵はこうやったんだ」署長はそのゴム紐を持って窓の側へゆき、太い方の輪を窓の鉄格子へまわし、その中央から細い方の輪をこっちへ引きました。「この輪へ短刀の柄を絡《から》んで引いて来る、そして二本の短刀で刺し、手を放すと一本だけゴム紐の弾力で庭へ飛ばす、これだけの事だったのさ、――念のためなら誰かやってみるがいい、僕はお先に失敬する」

署長は検事局や分署の人たちに挨拶《あいさつ》して佐多邸を出ました。「気の毒な人だ」車が走りだすと間もなく、署長は眼をつむってこう呟きました。

「然し遺書の公開に検察官の立会を求めたかったにしても」私はなにかちぐはぐな感じがとれないのでこう訊きました、「あんな取って付けたような方法をとる必要があったでしょうか、そこが少し腑《ふ》におちないんですが」

「君の腑におちなくったって子爵はそうしたかったんだ」署長はむっとした調子でこう云いました、「半身が不自由だということもある、秀次という青年の性質、どうしても自分の娘に資産を遺したいという焦《あせ》った気持――理由を挙げれば幾らでもあるだろう、然し要するに子爵の生活がこういう結果へ導いたんだ、私は私なりに歌をうたった、……これが凡《すべ》ての説明だよ」

署長は「ポルカは終った」と仰しゃいましたね、こう云おうとして私は黙りました。この偶然の暗合が、なにやら運命的なものに考えられたからです。暫くして署長はまた深い溜息をつき、低い声でこう呟くのでした。「――だがあの娘には良い人生があるだろう、親たちの生きられなかった人生を、あの娘はきっと自分のものにするに違いない、いい眼をしていたからな」

最後の挨拶《あいさつ》

一

「おいあの噂《うわさ》は本当か」毎朝新聞の青野庄助が帽子をひっ摑《つか》んで、とび込んで来るなりこう喚《わめ》きました。彼の耐《こら》え性《しょう》のないのに飽き飽きします、「本当かどうかって訊《き》いているんだ、嘘《うそ》だろう、ええ嘘なんだろう」

「誰か他の人間に訊いてくれ、僕はなんにも知らないよ」私はこう答えて書類をめくりました、「元来こんな事は君の社の県庁詰のお先っ走りのほうがよく知ってる筈《はず》なんだ」

「だから飛んで来たんじゃないか、然《しか》し、――」彼はじっと私の顔を見たようです、「そうか、わかったよ、君のその不景気な面《つら》を見れば慥《たし》かめるまでもねえや、だが原因はなんだ」

「誰か他の人間に訊けと云《い》ってるじゃない」私は中《ちゅう》っ肚《ぱら》でペンを抛《ほう》りだしながらど

なりました、「あの噂は本当ですか、嘘でしょう、本当に本当だとすると原因はなんですか、どんな理由なんでしょう、たくさんだ、朝から三十人も四十人も押掛けて来て、同じことを根掘り葉掘り訊きやがる、へん、今になって本当も嘘も原因も理由もあるもんか、うっちゃっといてくれ」

「ふうん、——すると愈《いよ》いよ*十日の菖蒲《しょうぶ》か」青野はこう狼狽《うろた》えたことを云いました、「だがおれは指を銜《くわ》えちゃあいないぜ、三面にでかでかと書いて輿論《よろん》を煽《あお》ってやる」

「赴任して来た時のようにかい、居眠り署長だの狸《たぬき》だの無能だのってな」私は、なお意地わるくこう云ったものです、「寝呆《ねぼ》け署長という綽名《あだな》はたしか毎朝新聞で付けた筈だっけ、我われはずいぶん親切な待遇をしたものさ」

「なんとでも云え、おれは敢《あ》えて市民のために、——」

　青野はこう云いかけて窓へ駆け寄りました。署の表のほうから非常に大勢の喚き叫ぶ声が聞えて来たので、いって見ますと正門の外はいっぱいの群衆で、紙のぼりや大きな白張《しらは》りの提灯《ちょうちん》や番傘やばかでかい万燈《まんとう》や、古風にも蓆旗《むしろばた》まで担《かつ》ぎだしている騒ぎです、これらの物には様ざまの文字と書体で「祈五道署長留任」とか「署長を我等に還《かえ》せ」とか「断乎《だんこ》転任反対」とか「署長なくして市民あらず」とか「県内務部の無能人事を打倒せよ」とか中には片仮名で「ショチョウサマ、ワタシタチヲミステナイデクダサイ」などという胸の痛むようなものもありました、つまりこれがいつか申上げた、署長の留任を望む蓆旗さわぎだった訳で、金花町や富屋町の貧民街の者が主となり、署へ押しかけた時は千人ちかい人数になっていました。そうです、我が寝ぼけ署長が本庁へ転任と定《きま》ったのはほんの五日ばかり前でしょう、だからもちろんまだ辞令が出た訳でもなし、こうして社会部記者の青野でさえ真偽を慥かめに駆けつけるくらいなのにどこからどう聞き伝えたものか出勤するともう待っている者があったし、後から後からやって来た、転任の真否や原因や理由を諄《くど》く訊かれる始末で、少々うんざりしていたところなんですが、その群衆の素朴な熱情にはやっぱり心をうたれずにはいられませんでした。

「嬉《うれ》しい風景だなあおい」青野は煙にでも噎《む》せたような声で云いました、「惜しまれる署長も署長だけれど、こんなに純粋な信頼と愛情も珍しいぜ、――親爺《おやじ》はなにをしているんだ」

「午前ちゅうは帰らないよ、県庁だ」

紙のぼりや万燈や蓆旗を振り振り、声いっぱい喚いたり叫んだりしている群衆を眺めながら、私はふと自分もその群の中にはいって署長よゆかないで下さいと叫んでいるような錯覚におそわれたものでした。

関口久美子《くみこ》が渡辺老人に伴《つ》れられて来たのはそれから間もなくのことです。——群衆は主任が玄関へ出て挨拶をすると、代表者を出して留任嘆願の連名帳を差出し、それから市街を派手に行進して県庁へまわり、更に公園で市民大会を催したそうです。こうして騒ぎがひと鎮《しず》まりし、青野も去って（彼は示威行列を写真記事にするのだと張切ってましたが）やれやれと机に向って間もなくでした、ぜひ署長にというので会うと、渡辺老人と久美子なんです、「署長は午前中は帰りません、私でよかったら用件を聞きましょう」こう云いますと、久美子は考えようともせずに、「ではお帰りになるまで待たせて頂きます」と軀《からだ》を固くして動く容子《ようす》がない、仕方がないので私は彼等を椅子《いす》に掛けさせました。渡辺老人、久美子、こんな風に云うのは実は私が二人を知っているからなんです。それはこれまで度たび申上げた貧民街めぐりですね、一週間に一度は欠かしたことのない署長の貧民街訪問、そのとき知り合ったものなんですが、渡辺老人は象牙《ぞうげ》職人、久美子の父は時計師で、金花町一丁目の相長屋に住んでいました。署長はこの二人が特にお気に入りとみえ、ゆくと必ずどちらかの家で話し込むのが定りで、しぜん私も顔なじみになっていた訳です。

「署長さんはどうしても転任ということになるんですかなあ」渡辺老人がふと溜息《ためいき》

をつきながら云いました、「お上《かみ》の事だとするとどうも仕方のない事なんでしょうが、やっぱり世の中は雨降り風間《かざま》*、そういった感じのものですなあ」

二

渡辺老人の言葉はなんでもない平凡なものですが、私はふと署長が最もこころよく受取るのはこういう表現ではないかと考えました。あの大群衆の留任運動も感動なしには眺められないでしょうが、幕旗とか紙のぼりとか万燈とか、それにああいう激越な文句を書き立て騒がしく押廻す。こういう派手な遣方《やりかた》は、署長のなにより も嫌うことなんです。——世の中はやっぱり雨降り風間ですな、はっきりした意味はないながら一種の淡い哀愁の匂《にお》いのある、こんな別れの言葉こそ署長にはいちばん相《ふさ》わしい、私は独りでそんな考えに耽《ふけ》っていました。

署長は十二時ちょっと前に帰りました。沈んだ苦にがしい顔をしているのは恐らくあの仰々しい示威騒ぎを見たせいでしょう、入って来て私の部屋に老人と久美子のいるのをみつけると、更に眉《まゆ》をしかめ、黙って署長室へ入ってゆきました。後から付いていって食事を訊きますと、「県庁で済ませて来たから要らない、それから今日誰にも会わせないでくれ」と云います、私は二人が二時間も待っていたこと、久美子の容子でみるとなにか深い事情がありそうだということを告げました。「どんな事情にしろ、署長としてはもうなにも聞く訳にはいかないんだ」こう云って疲れたように椅子の背へぐたりと凭《もた》れ、「なにしろこの椅子へ掛けるのも三日きりなんだから」

「三日ですって、――そんなに早くですか」

私がこう眼を瞠《みは》ったとき、そこへ来て聞いてでもいたのでしょうか、扉を明けて渡辺老人が現われ、「関口さんが殺されましてな」と低い声で云いながら入って来ました。低いさらっとしたその調子が、「殺された」という意味を逆に強く感じさせ、署長もちょっと虚を衝《つ》かれたかたちで、老人を側《そば》にある椅子へ招きました。

「関口さんが、どうしたんですって」

「殺された」渡辺老人は袂《たもと》から煙草《たばこ》を取出しながら、「――らしい、と云いたいんですが事実そうあってくれればめでたいですがな、どうにも色いろの事が揃《そろ》い過ぎているもんですから」

「それなら私の処《ところ》へなど持って来ないでどうしてすぐ届け出なかったんです」

「そこにも訳があるんでして、と云うのはですな、――犯人、もし、実際に間違いがあったとしてですな、その犯人と思われるのが、貴方《あなた》も御存じの亀三郎《かめさぶろう》のような具合で、然《しか》もいちおうその証拠のようなものがあるもんですから、それでこれだけはなんとしても署長さんのお力を借りるところだ、こう思ってまいったのですがな」

「お午食《ひる》がまだでしょう」署長は、身を起こして、「よかったらなにか取りますから喰《た》べながら聞きましょう、久美子さんも一緒にどうです」

「そうですな、あの子は朝も喰べなかったようですから」老人はそこでふと笑いました、「――ちょっと肩身の狭い話だが、それでは頂きましょうか」

「肩身が狭いとは、それはまたどうしてです」

「世間でよく云うじゃありませんか、警察の飯を食うって」

この辺に署長とこの人たちの親しさが表われている訳ですが、久美子も喰べると云い、私は二人の食事を命じに立ちました。――ここで簡単に関口親子を紹介しましょう、彼女の父は泰三という名です、名古屋の大きな時計工場の技術部で育ち、腕を認められてスイッツル*へ修業にやられ、五年の積りがもう一年もう一年という希望で十年に及んだ、それは彼に或《あ》る野心があったからですが、帰って来ると会社の事情がすっかり変っていた、後援支持してくれた幹部は退陣し、新しい機構と組織で見違えるような発展ぶりです、彼が十年スイッツルで修業して来たことなどは問題にならず、与えられた席もひどいものでした。どんなに失望したことでしょう、彼は世界第一流の時計を作る理想を持って帰ったのです、ウオルサムをもロンジンをも凌《しの》ぐ第一流の時計、——然し会社はまったく違った方向へ発展していた。廉価《れんか》、廉価、そして大量生産です。それでも会社への義理だと思って、彼は十年そこで働き、退職するとすぐこの市《まち》へ引込んでしまった。二三招かれたそうですが、いずれも廉価な大量生産です、彼は工場という機構に見切りをつけ、金花町の裏長屋で時計の修繕を始めました。そしてその傍《かたわ》ら、材料を買って来て自分の腕いっぱいの時計を作るのです、そして自分に満足する物が仕上ると、東京のＭ・・時計店へ持っていって売りました、その店では初め相手にしなかったが、美術品蒐集《しゅうしゅう》で有名な英国帰りの兼松伯爵《はくしゃく》がみつけて買い、「これは日本ロンジンだ」と折紙を付けたそうだ、それからは出来しだい云い値で引取るようになったのです。然し一種の芸術欲で作るんですから、一年に二つ仕上れば、精々、一つも出来ない年さえあるので、値も高いし名も売れていながら、相変らず当人は裏長屋の貧乏ぐらしでした。——まだ会社にいるうち結婚した妻君は十二三年まえに死に、肉親といっては娘の久美子ひとりなんですが、その娘も去年から女学校を出ると、すぐ市の販売組合に勤めて貧しい家計を助けている、概略こういった状態でした。

三

「一昨々日《さきおととい》の夕方のことですがな」食事が終ってから渡辺老が話しだしました、「久美子さんが勤めから帰ってみると戸が閉っていた、出かけるにしても戸閉めをするなんてことはないんで、気になったもんだから隣りの松岡さんに訊いたんですな、すると午《ひる》まえに亀三郎君が来て、なにか話していたが一緒に出ていったとこう云うんです、それでまあ家へ入ったんですが、そこらにだいぶ物が散らばっているんですな、戸納《とだな》も明いているし、仕事台のまわりも乱暴なことになっている、それを片付けて夕飯の支度をして待った、が、帰らない、八時が九時になり十時を打っても帰るけしきがない、段だん心配になるもんですから、念のために亀三郎君の処へいってみると、これがなんと、――ぐでんぐでんに酔って、独りで唄《うた》なんぞをうたっていた訳です」

「亀三郎君が酒をねえ」署長は首を捻《ひね》りました、「――それで、どうしました」

「お父さんはと訊くと、しどろもどろな口で東京のM・・へ出来た時計を持っていった、こういう返辞なんですな、おかしい、関口さんは御存じのように半年まえから署長さんの時計を作っていた、一世一代の名作を差上げるんだと、たいへんな意気込みで、それこそ精根を注いでやっていた、そんなＭ・・なぞへ持ってゆく品はない筈なんだ、が、然しなにか用事でもあったのかとその晩は帰り、翌《あく》る日、出勤するとき東京のＭ・・時計店へ電報を打ったんですな」

「あんまり心配だったものですから」久美子が眼を伏せたまま云いました、「これまで黙って東京へゆくなんてことは決してなかったものですから」

「すると昨日の午過ぎのことですが」老人は煙草に火を点《つ》けながら、「占い師の権《ごん》藤《どう》さん、御存じでしょう亀三郎君の隣りの、あの権藤さんの神さんが裏の掃溜《はきだめ》の掃除をしていると、大家で飼っているゴリですな、あの犬が隣りの家の縁の下からなにか銜え出して来てふざけている、どうも着物らしいので取ってみると羽折なんでして、それも関口さんがいつも着ていて見覚えのある物なんですな、妙なことがあると思っているとゴリのやつ、喜び勇んでまた縁の下へとび込んでゆく訳です」

権藤の妻君は人を呼んだ。そして捜してみると、亀三郎の台所の床から関口の着物と兵子帯《へこおび》が出て来たのです。そこで初めて渡辺老人が呼ばれました。——亀三郎は尾崎という姓で、印判屋をしている三十二三の独身者です。昼は長屋のひと間で認印だの三文判を彫り、夜は露店へ出るのですが、ごく温和《おとな》しい性質なのに博奕《ばくち》が好きで、いちど手を出すと本当の素っ裸になるまで止《よ》さない、二三ども拘留をくっているこど、そのために毎《いつ》も貧乏で妻君も持てないでいる、だが当人はひどくあっさりと「この癖の直らないうちは女房は貰《もら》えません、泣きをみせるに定ってるんですから」などと達観したことを云っています、「博奕の面白いのは負けがこんで来たときにあるんでさあ、勝ちたい量見のあるうちは博奕の醍醐味《だいごみ》はわかりませんや」こんな風な話をする他は、ふだんごく黙り屋の好人物でした。

「呼ばれていったが私にも考えがつかない」渡辺老は独特の調子で続けました、「その時はまだなんにも聞いていなかったし、亀三郎君は朝から留守でして、まあ関口さんで縁側にでも拡《ひろ》げてあったのを銜え込んだものなんでしょう、こんな風に云っていたんですがそこへ東京のＭ・・時計店から電報が来たので私が預かりました、三時半くらいでしたかな、久美子さんが帰って来る、話を聞く、電報をあけてみると『こちらへは来ない』というはっきりした返事なんでした」

縁の下から出た着物や帯や羽折、前日からの関口の失踪《しっそう》、それに絡《から》む亀三郎の行動、これらを組合せてみて、渡辺老人もこれは尋常の事ではないという気がし始めた。——とにかく亀三郎に精《くわ》しい事情を聞かなければならない、またそう云っているうちに関口が帰らないものでもないから、今夜ひと晩待ってみようということになり、寂しいだろうからと、渡辺老の妻君が久美子の処へ泊りにいった。老人は一時頃まで起きていたそうですが、亀三郎は朝になって、まだ暗いうちにひどく酔っぱらって帰ってきた、渡辺老はその声で起き、すぐにでかけていって関口のことを訊いたんです。亀三郎は泥酔《でいすい》していて、訳もなく「狐《きつね》に化かされた」だの「いっぱい食った」だの「あの野郎は悪党だ」などと喚くばかりです。それから水を飲ませたり寝かせたり、一時間あまり介抱して少し醒《さ》めかげんになったところで訊き直すと、前日いっしょに関口と出たが、公園の石段の処で誰かに関口が呼止められ、話し込む容子だから自分はそこで別れた、こんなことを云う。

「東京へいったという話は嘘か、こう訊きますと、そんなことは云った覚えがない、もし云ったとすれば酔っていてでたらめだ、そういうだけで結局わけがわからないんですな」

「縁の下から出た物のことを聞いたかね」

「いやそのことは黙ってました、関口さんの問題だから署長さんが力になって下さるだろう、こちらにはこちらの調べ方があると思いましてな、余計なことは訊かずに出て来たんですが」

四

私たちは車で金花町へでかけました。——殺されたという事実こそないが、前後の事情を総合するとそういう疑いが起こるのも無理ではない、署長はふだん亀三郎にも好意を持っていたので、どんなにか心を痛めたでしょう、車の中じゅうずっと沈んだ顔で考え込んでいました。

「わあい署長さんだ、みんな来い署長さんだ」

車が金花町へとまって我われが下りると、まず浴びせられたのがこの歓声でした。なにしろ蓆旗で留任運動をやっているさいちゅうです。普通でも姿を見れば純朴な敬愛の情を示さずにいない連中が、温和しくしている筈はありません、叫び声に応じてわっと人が集まって来ました。赤児《あかご》を背負った神さん、老人、娘、若者、子供たち、「署長さんこの町にいて下せえ」「何処《どこ》へもゆかねえで下さい」「転任なんか御免ですぞ」「お願《ねげ》えだぞ」「頼みますぞ署長さん」みんな真剣なんです。どの顔にも心から署長に呼びかけ、署長の同情に縋《すが》ろうとする思いが、哀《かな》しいほどじかに表われていました。私たちは自動車を小盾《こたて》に、暫《しばら》く立往生のかたちでしたが、やがて署長が大きな声で「皆さん」と云いだしました。

「皆さんがもし私を好いてくれるなら、どうか私を困らせないで下さい、私に好意を寄せてくれるなら、私に栄転と出世の機会を与えて下さい、私も官界の人間である以上それだけの出世がしたい、地方都市の警察署長で終るのが私の理想ではありません」ああ云いも云ったりです。集まっている人たち、縋りつくように署長を見上げていた人たちの顔に、どんな変化が現われたかは御想像に任せましょう、署長は更に声を励まして、「私はいま本庁へ呼ばれているのです、もし運命が幸いすればやがて警視総監になる希望もある、——どうか私にこの機会を掴ませて下さい、この機会を逃がすような邪魔をしないで下さい、お願いします」

云い終った署長はずんずん歩きだした。今まで密集して動かなかった人垣が、こんどはたやすく道を開いて私たちを通します、私には到底かれらの顔を見ることができませんでした。単純で素朴な人たち、信じている者の言葉は善《よ》し悪《あ》しに拘《かかわ》らずすなおに受取る人たち、——どんな失望、どんな落胆をかれらは味わったことでしょうか。が、私たちは関口の住居へ着きました。

部屋は上《あが》り端《はな》の四帖《じょう》と奥の六帖だけです、署長はまず久美子に向って、初めの日ちらかっていたように、物とその位置を出来るだけ元のかたちに置くよう命じました。それから上ったのですが、上り端に穿《は》き古した足袋が片方と破れた新聞紙、小さな鑿《のみ》と鑢《やすり》など、また六帖との間の障子が三尺ほど明いており、敷居の上に久美子の腰紐《こしひも》が落ちている、——六帖のほうは隅に重ねてある座蒲団《ざぶとん》が散らばり、戸納が明け放しで、中が乱暴に掻《か》きまわしてあったそうです。裏に面した障子際《しょうじぎわ》に檜材《ひのきざい》のがっちりした仕事台が据えられて、その右手の壁に沿って、高さ四尺に長さ六尺ばかりの抽出《ひきだし》付きの棚が在る、これは修繕を頼まれた各種の時計や、その部分材料や器具類を整理して置くもので、そのときも二段めの棚に、懐中時計だけ十三個、きちんと一列に並べてありました。仕事台の周囲の散らかりようには久美子も困った容子ですが、「大体のところでいいよ」と、署長も余りこだわりませんでした。これらの状態を見ると、ごく初心の空巣《あきす》覘《ねら》いが慌《あわ》ててひっ掻きまわしていった、ざっとそんな風なものなんです。

「お父さんが私のために作っていてくれた時計を知りませんか」署長はこう訊きました。

「はいそれは」久美子はこう云って、仕事台に付いている抽出の一つを明け、「――いつも此処《ここ》へ入れて置くんですけれど、……もう出来上るからって一週間ほど前にも、……ああございませんわ、ございません」

「他に納《しま》う処はないんだね、ない、――ふん」署長は棚に並べてある十三個の時計を眺めながら、「貴女《あなた》の物やお父さんの物で、他になにか無いものはないかね」

その他にはなにも紛失した物はなかった。そうすると、亀三郎の家の縁の下から出た着物は、関口泰三が着て出たものだということになる。——これらの条件から推すと、犯人は関口を誘い出し、どこかで殺害して（死躰《したい》の弁別のできないように着物を脱《と》って）家へ引返し、署長に贈るために仕上げてあった時計を奪って逃げた。こういう説明が成立ちます。——署長はそのときもまだ例の棚に並べてある時計を見ていましたが、亀三郎が渡辺老に伴れて来られたので、ようやくそこを離れながら、「そこに並んでいる時計の時間を書いていてくれ」と私に命じました。

「時計の時間といいますと、なんです」

「その棚に十三個の懐中時計が並べてあるだろう、その一つ一つの針の指している時間を左から順にメモへ取るんだよ」

そして自分は亀三郎のほうへいって坐《すわ》りました。私はなんのためともわからず、命ぜられたとおりメモを取りましたが、修繕を頼まれて棚に並べてある時計の、停止している指時表を作ってどうするのか、ちょっと馬鹿《ばか》ばかしい感じで苦笑せずにはいられませんでした。

五

「関口さんとでかけたのは、なにか用事があったのかい」

「へえ、なに、――」亀三郎は悄然《しょうぜん》と坐って臆病《おくびょう》そうな眼を絶えずぱちぱちさせながら、衿首《えりくび》を撫《な》でたり膝《ひざ》を擦《こす》ったり、ひどくおちつかない容子でした、「なに用といえば用ですが、これといって別に、なんです、その」

「君が誘いだしたのかい」署長は例の眠ったそうな声になっています、「それとも関口さんのほうで一緒にゆこうと云ったのかい」

「あの日はあれです、私があれしたもんですから、関口さんがとにかく都合しよう」

「都合とは金のことなんだね」署長がとぼけた声をだしました、「君がまた悪い遊びをして不義理な借金ができた、そこで関口さんに相談したら都合してやろうと云う、そういう訳なんだね」

「借金じゃありません、私はばく、いえ遊びには決して借金をしないしきたりですから」恐ろしくむきな抗議でした、「どうかそんな風には考えないようにお願いします、とんでもない、借金だなんて、私がそんな人間にみえるでしょうか」

「それで一緒に出て、それからどうしたんだね、関口さんとどういう風に別れたのかね」

「つまりですね、それは渡辺さんにも云ったんですが、公園の、石段のところで」

「石段のところで、――」

「私は、私は知らない人なんですが、向うから来て、関口さんに声をかけたんです」

「洋服かね和服を着ていたかね」

「洋服のようでした、いや洋服です」亀三郎は手の甲で額を擦りました、びっしり汗が滲《にじ》み出ているのです、「洋服で茶、茶色の靴を穿《は》いていました」

「人相なんか覚えていないだろうな」

「ええちょっと見たばかりなもんですから、でも、そうですね、髭《ひげ》があって、額が禿《は》げあがっていました、それからええと、そうですかなり肥《ふと》った恰幅《かっぷく》でしょう、眠ったそうな細い眼つきで、――」

「精しいじゃないか、が、もういいよ」署長は肩を揺すって、「おれには君のでたらめを聞いている時間はないんだ、それに、でたらめというものはもう少しは面白くなくっちゃいけない、退屈だよ」

亀三郎はなにか云おうとしながら声が出ず膝の上でぶるぶる拳《こぶし》を震わしています、署長は渡辺老人の後ろから、関口泰三の例の着物だの帯だのを引き寄せて、「これを知っているかね」と、そこへ押しやりました。そのとたん彼は両手で喉《のど》を押え、

「吐き気がするんですが」と云いながら突っ立ちました。後で考えるとこの辺はなかなかうまいもんでしたが、吐き気というのもまんざら嘘ではなかったんですね。署長の眴《めくばせ》で私が付いてゆきました、――戻って来ると蒼《あお》い顔に膏汗《あぶらあせ》を出して、「酒を呑《の》ませて下さい、宿酔《ふつかよい》で苦しくって、死にそうです」こう云うなりそこへ倒れて呻《うな》りだしました。

「渡辺さん済まないが」署長は立ちながら紙入を取って老人に渡し、「これで酒を買って来て呑ませてやって下さい、なにいいです、宿酔というやつは苦しいもんだそうですから――私はそのあいだに」こう云って頷《うなず》いてみせました。

亀三郎の住居の捜査、――そうです、署長は彼の住居へゆきました。このとき長屋の人たちはまだこの出来事をなにも知っていません、これは渡辺老人のゆき届いた気転だったのですが、そのお蔭《かげ》でよけいな騒ぎの起こらなかったのはなによりだったんですが。――さて彼の家宅捜索は結局なにも得るところ無しでした、署長も余り期待してはいないとみえ、ごく簡単に見てまわっただけです、但《ただ》し一つだけ、台所の床下から足袋が片方みつかりました。

「このくらいでよかろう」署長はこう云ってさっさと靴を穿きます、「長屋の連中がへんに思うとうるさいから、――」

実際さっき表で署長の挨拶を聞いてから、長屋の人たちは眼に見えて無関心になり、ただ毎もの訪問の例で、親しい関口や渡辺老と話しているんだろうと思う容子でしたが、亀三郎が呼ばれたり署長が彼の家へ入ったりするので、幾らか疑いを持ったのでしょう、そろそろ路次へ立つ者がみえだしたのです。——私たちはさりげなく関口の家へ戻りましたが、土間へ入ったとたん、奥で「あっ」という叫び声と、どたどたと烈《はげ》しい物音が起こりました、私は反射的に靴のまま跳び上り、六帖へゆくと、渡辺老人が裏へとび下りるのが見え、そこにいた久美子が、「逃げました、そっちへ」と震えながら指さします、私もすぐ裏へとび出し、老人の姿をめあてに追駆けました。そこは裏側の長屋の背中合せになった三尺ほどの庇合《ひあわい》で、盥《たらい》だの掃《は》き溜《だめ》だの毀《こわ》れた乳母車などが乱雑に置いてあるので、おまけに先に逃げた亀三郎がそういう物を転がしたり倒したりしたものですから、路次口まで出た時には彼の姿はどこにも見えず、どっちへ逃げたかもわかりませんでした。「まさかと思っていたもんですから」老人は恐縮そうに息を弾ませ、「なにしろ突然ぱっと、こう、貴方、——が、とにかく交番へでも」「もういいもういい」向うから署長がこう呼ぶので、私は老人を戻らせ、自分だけで表の派出所へゆき、手配の連絡を頼んでから引返したのでした。

六

亀三郎は久美子の買って来た酒を冷のまま呑み、また気持が悪くなったと云って、横になるかと見たとたん跳ね起き、非常なすばやさでとびだしたのだそうです。「なにすぐ捉《つか》まりますよ」署長はこう笑ってから、久美子に、「この頃せっついて時計を頼みに来た客はないか」と訊きました。前に云ったとおり日本ロンジンなどという折紙が付いて以来、関口の作る時計は益《ます》ます評判が高く、M・・時計店を通じたり、なかには遠くから態《わざ》わざ来て、注文する者がだいぶ殖えていたのです、ところが関口の作る数はよくいって年二個というところで、到底そんな注文には応じきれない、そのため時計商や好事家《こうずか》の中には金や物で釣ろうとしたり、悪どい策動をしたりする者が間々《まま》あったのです。

「わたくし昼間は勤めに出ますし」久美子は首を傾《かし》げながらこう答えました、「父もそういう話はしませんのでよくは存じませんけれど、県の秘書課長さんと台町の富田さん、このお二人から頼まれていたことは聞いていました、お二人とも二年越しで、富田さんのほうはずいぶん厳重に仰《おっ》しゃっていらしったようですけれど」

県の秘書課長は沢村六平といって、まだ四十にならない精力家であり、「切れる男」といわれる反面にとかくの評《うわさ》のある人物です。台町の富田勇三郎はあの「藤富紡績」の社長でしたが、行状の悪いのと酒乱とで、よく新聞の三面を賑《にぎ》わすといった人間でした。署長はやがて久美子を元気づけ、「死躰の発見されるまでは希望を持つこと、出て来た着物や羽折に傷がなく血痕《けっこん》なども無いのは、案外まだどこかに無事でいるかも知れないこと、警察では出来るだけ捜査に手を尽すから」こう云って、間もなく私たちは別れを告げました。

「亀三郎は手先に使われたんでしょうね」車へ乗ると私がすぐにこう訊きました。だって、そこには町の者たちが遠巻きに見ているのに、声をかける者がないばかりか、寧《むし》ろ反感のある眼つき、冷たい表情、嘲《あざけ》るような薄笑いを示している、なんともばつの悪い空気なのですから、――単純な人たちよ。が勿論《もちろん》それは彼等が悪いのではありませんし、署長が彼等を愛するのもその単純さにあったといってよいでしょう。それにしても私はそのときのばつの悪さにはまいりました、「――あの男を使って、目的は時計だったんですね」

「さっきのメモがあるかい」署長はつまらないことを云うなという調子です、「ちょっとそれを読んでみてくれ」

「メモって、――ああれですか」私はすっかり忘れていた手帳を出し、例の十三個の時計の指時表を抜《ひら》きました。それは次のような表になります。

１時６分
３時４分
１時２分
２時５分
５時１分
１時10分
３時９分
３時８分
３時５分
１時７分
２時５分
１時７分
３時４分

「ふむ、――」署長は眼をつむって、「つまり一時から五時までなんだね、ふむ、――君はそれに不自然を感じないかね」
「別に感じませんね、修繕を頼まれた時計が棚へ並べてある、これがそれぞれの時間で停っている、それだけじゃないんですか」
「修繕する時計だから停っている、然し一つくらい動いていてもいいじゃないか、もう修繕して具合をみている時計が、少なくとも一つくらい有るほうが自然じゃないか」
「それはまあ然し、――ちょっと」
「承知できないかね」署長はぐっと後ろへ凭れかかりました、「それならその時間はどうだ、停っているのはいいとして、十三の時計がぜんぶ一時から五時の間で停っている、それ以外の時間を指しているのが一つも無い、――こいつはどうだね、おれが気を惹《ひ》かれたのはその点なんだが、君にはこれも不自然には思えないかね」

「それは結局、つまりこの事件に、関係した意味でなんですか」

「おお大事にしたまえ」署長はゆっくりと頭を振りました、「君の節穴のような眼と、空壜《あきびん》のような頭を大事にしたまえ」

例の毒舌ですが、毎もの精彩を欠いているのが悲しいようで、私は相槌《あいづち》も打てず黙っていました。——署へ帰るとだいぶ訪問客が待っている、孰《いず》れも留任を求めたり慫慂《しょうよう》しに来た人たちでしたが、署長は面会を拒絶し、私にメモの写しを作れと命じて、自分はすぐ県庁へ電話を掛けました。私が例の指時表を作っていったとき、署長は沢村秘書課長を呼んで、「金花町の関口という時計師を御存じですか」こう訊いていました。

「最近お会いになりましたか、はあ、五日の午後に、すると四日まえですね、はあ、その後はお会いにならんですな、ふむ、やあどうも」

電話を切った署長は、私から表を受取りながら、「台町のほうを当ってみてくれ、念の為《ため》だからざっとでいいよ」と云います、私はすぐにでかけました。——然し富田氏は台町の邸宅にもいず、郊外の工場にも通町の本社にもいません、四日まえに台町の家を出たっきり、帰っても来ず所在も不明なのです。「また遊びまわってるんだわ、きっと」本社の受付にいた少女が、ませた口調でこう云ってました、「先月もこんなにして京都から和歌山のほうまで、二週間も車で乗りまわしていらしったんですの、社内では不在社長って綽名が付いてますわ」私はこいつ叩《たた》いてみる値打があるぞと思いました。

七

もういちど台町へ引返し、四日まえに出たときの精しい容子と、自動車の番号を訊き、なお富田氏ゆきつけの料亭待合を二三あたってみました。すると「瓢屋《ひさごや》」という待合で一夜泊り、翌日の夕方に「お軽」という青柳《あおやぎ》町のほうの待合へ、見馴《みな》れない客を同伴して現われた、（それは関口泰三の失踪した日に当ります）五時頃に来て、芸妓《げいぎ》も呼ばず二時間ばかり二人で酒を呑み、それからまた伴《つ》れ立って車で帰った、そこで氏の足取りはわからなくなっているのです。――同伴した客は和服の上に*二重廻《まわし》を着ていたとも云い、着ながしだったという女中もあって、人相や年恰《としかっ》好《こう》などもはっきりしないが、「見馴れない和服の客」というだけでも私には大収穫のように思えました。

「ああ御苦労、そのくらいでいいよ」署長はあっさり頷いたきりです、「それから済まないが県庁へいって警察部長に報告してくれないか、殺人または*殺人予備と思われる事件で未発表のまま捜査をしている、大体の経過を説明してね、解決まで留任するからって、いいね」

「それは承知しましたが、富田氏のほうを自動車の番号で早く手配しないと」

「そっちはおれが引受ける、これは置き土産におれ独りで片付ける積りなんだ」

「お独りで、ですって？」私は署長の顔を眺めました、「ではもう、なにか……」

「時間だよ」こう云って署長は、ちょうど掛って来た電話に手を伸ばしました、

「必要なのは時間だけさ、十三の時計、時間、――ああ何誰《どなた》ですか、さよう五道です」

　私がでかけようとすると、署長は送話器の口を塞《ふさ》いで、「県庁が済んだら先に帰っていいよ」と私に呼びかけました。――まるではぐらかされたような気持です、せっかくひと収穫つかんだと思うのに、署長はまるで耳もかさず、時間だとか十三の時計だとか、置き土産に独りで片付けるとか、なにもかも心得たようなことを云う、よしそんなら勝手になさいまし。私もこう思って、警察部長に報告すると、云われたとおり署へは戻らず、先に官舎へ帰ってしまいました。

　翌日の各紙の朝刊は賑やかでした。五道署長の転任決定と、留任嘆願の示威運動、

公園の市民大会など、みんな写真入りで派手に書きたててあります。毎朝と夕刊報知は社説に惜別の辞を掲げ、署長の功績を讃《たた》えたり感傷的な字句を列《つら》ねて繰り返し転任を惜しんだりしていました。然《しか》しその中で時事日報の三面に、「署長X氏その理想を語る」という例外の記事がありました、これは昨日の金花町の出来事を扱ったもので、「——X氏は従来よく栄職に恬淡《てんたん》なりと云われたが、氏の最も愛すると報ぜられた貧困者たちの、熱誠に満ちた涙ぐましき留任懇願に対し、自分の出世の邪魔をしないよう、これは警視総監にも成れる様なりと公言せりとは一驚の他なし、*俚諺《りげん》に曰《いわ》く——」こんな風な書きぶりです。単純なる者よ、私はこう呟《つぶや》いて抛りだしました。——それから数日のわずらわしさにはうんざりしました。ひきもきらない留任懇請です。送別会をしたい、謝恩会をしたい、記念品を贈りたい、歓送会、別れの懇談会、そういう申込みが次ぎ次ぎと絶えないのです。勿論ぜんぶお断わりでした。県会や市会からのもお断わり、分署長連中のも同様、凡《およ》そ会と名の付くものは片っ端から謝絶です、それがみんな私の仕事なんですから、まったくいやはやでした。——然し初めの日から七日めに事件が起こりました。こんどは久美子の失踪です、やはり渡辺老人が知らせに来たのですが、「昨日から家へ帰らない」というのです。

「それが妙なんですが」老人は例の枯れた話しぶりで、「二三日まえから容子が変って、なんだかそわそわしておちつかない風なんでしたが、昨日の朝いつものとおり勤めに出たっきり帰らないいんでして、――私は今朝はやく組合事務所へいって訊いてみたんです、すると昨日の午後あの子に電話が掛って来て、男の声だったそうですが、それから急に用が出来たからと云って、早退《はやび》けして帰ったと、こういうことなんですがな」

「いや、わかりました」署長はこう頷きながら眼をつむり、ぐっと椅子の背へ凭れて、「なにか二番手を打って来るとは思っていたんです、そしてその電話の男はですね、渡辺さんだから云いますがね、――亀三郎先生なんですよ」

「ははあ」老人は口をあけました、「だとしますと、その、あの子はそれを知らずに」

「いや知っていたでしょう、お父さんに会わせてやる、こんな風に云われたんだと思います、警察へ知らせたりするとお父さんの命はない、そんな威《おど》し文句もあったかも知れませんな」

「が、――本当に亀三郎なんでしょうかな」

「知らない人間なら久美子君はゆきゃあしませんよ、あんな事件の後ですからね」

署長はおちついたものでした、「とにかくめどはついていますから心配しないで下さい、いずれ一網打尽にしておめにかけますよ」

八

更に一週間経《た》ちました。留任運動の騒ぎも鎮まり、毎朝が（青野の執筆でしょう）署長の扱った事件を、物語り風に連載している他は、どの新聞にも署長の記事は一行も載らなくなりました。またあれほど毎日のように訪ねて来た貧民街の人たちも、あの日の挨拶のためか、諦《あきら》めたものか、恐らく生活に追われてなんでしょう、殆《ほと》んど影をみせなくなっていました。——十九日の午後のことです、署長がとつぜん「今夜ひとつ湯沼で飲むかね」と云いました。

「愈《いよ》いよお別れだから、いちど悠《ゆっ》くり将棋を指そうじゃないか、君にはだいぶ世話になったからな」

「だってそれは、そうすると関口親子のほうはどうなるんですか」

「時間、時間、時間だよ」署長は笑いもせずにこう云いました、「君はこの二週間、毎日のように関口の事件はどうなったどうなったとおれをうるさがらせた、おれが問題は時間と十三の時計にあると云うのに、そっちは見ようともしないで気を揉《も》んでいる、――今でもあの十三の指時表が君には不審じゃあないのかい」

「すると事件はすっかり解決しているんですね」

「解決は明日だ、そしてそれが五道三省の転任する日さ」署長はこう云って椅子を立ち、窓へいって静かに外を眺めました、「あの馬鹿ばかしい騒ぎも鎮まったからな、……」

本当にお別れだとすると青野だけでも呼んでやりたかった。それで「どうでしょう青野も」と頼んでみましたが、署長は黙って首を振ったきり相手になりません、そして退署時刻になると車を命じて、二人だけで湯沼へでかけたのです。湯沼は峠を二つ越した県境に近い谷間《たにあい》の温泉場です、宿屋も古ぼけた小さな家が三軒きりないし、狭い谷の奥で眺めもよくないため、今でも寂れてひっそりしたものですが、署長はその鄙《ひな》びたところがいいと云って、私を伴れて五六たびもいったでしょうか、松田屋というのがいつも定宿のようになっていました。

車が峠へかかると粉雪になりました、署長はお誂《あつら》え向きだと喜んでいますが、私は手帳を出して、例の十三の指時表と睨《にら》みっこです、なにかの暗示記号だということは署長の言葉でわかるのですが、さて一時六分から始まる十三列の数字を、どういう鍵《かぎ》で解いたらいいかとなると見当もつきません、――やがて車は松田屋へ着きました。

　それでなくとも寂れた温泉宿は、殆んど客もなく森閑としていました。私たちはすぐさま湯に入って温たまり、寛《くつろ》いで酒を舐《な》めながら将棋盤に向いましたが、例の署長の長考が始まると、私は手帳の数字と格闘を続けたのです。――宿の裏にある小川のせせらぎ、筧《かけい》の水音、そして絶えず雨戸にかかる粉雪のさらさらという囁《ささや》き、夜はしみいるような静かさに更《ふ》けてゆく。将棋盤に向って、考えているのか眠っているのかわからない、漠然とした署長の姿、ほの暗い電燈に照らされたその逞《たくま》しい顔にふと眼を惹かれた私は、愈いよこの人とも別れるのだ、こう思ってにわかに胸苦しいほどの悲しいやるせない気持におそわれました。この一夜の思い出にはもっともっと語りたい事がたくさんあるのですが、残念ながら御想像に任せるとして話を進めましょう。

　幾ら考えても暗号は解けず、夜が明けてひと風呂《ふろ》あびるとすぐまた数字と格闘を始めましたが、十時頃になってとうとう甲《かぶと》をぬぎました。署長は炬燵《こたつ》に入って、障子の硝子《ガラス》ごしに見える谷峡の雪景色、若木の杉林のすっかり綿帽子を冠《かぶ》ったのへ、なおさらさらと雪の降りしきるのを眺めていましたが、「一時から五時まで、――つまり一から五まで」と、もの憂《う》そうに云いました。

「おれの頭にはすぐ五十音表がぴんときた、片仮名の五十音表がね、――時数が母音、分数《ふんすう》が子音、それで注意してみると分数はみな十以下だ、音表にぴったりじゃないか」

私は拳骨《げんこつ》で自分の頭を殴り、すぐに手帳へ五十音表を書きました。署長は知らん顔で窓の外を見ています、私は音表と十三列の数字を突合せながら、順々に次のような字を拾いだしたのです、一時はア行《ぎょう》、六分はその六番目で「ハ」二番目の三時はウ行、四分はその四番目で「ツ」です、並べると「ハツカニオワルユヌマニマツ」こうなりました。

「そのとおりだよ」署長は炬燵の上の茶碗《ちゃわん》を取りながら、「もちろん関口がおれに宛《あ》てた伝言さ、亀三郎の家の床下から出た着物、さも家捜しをされたような家の中、それだけの条件を拵《こしら》えたが、十三個の時計でおれに伝言だけは遺《のこ》した、おれならみつけるだろうと信じてな」

「じゃあ亀三郎は知っていたんですね」

「知らないのは久美子君だけだろう、いや、君もその一人だったな」署長はにやっと笑いました、「なにしろ石段の処で会った奇怪な人物、亀三郎の一生懸命に描いてみせたのが、眼の前にいるこの寝ぼけ署長そのままだということさえ、君には気がつかなかったんだからな」

「然しいったい」私はまじめに坐り直しました、「いったいどうして関口は、こんな拵え事をしたんですか、なぜこんな面倒くさい」

「おれの転任日を今日まで延ばしたかったのさ、一世一代の積りで、おれのためにに作っていた日本ロンジン、それを仕上げておれにくれたかったんだろう、伝言のオワルというのがその意味だよ」

「馬鹿ばかしいそんな事で、そんなつまらない事でこんな騒ぎを起こしたんですか」私は肚が立ってきました、「そしてそれを承知で、署長もそれを承知でこんな」

「おれにはおれで、時間が必要だったのさ」署長はこう云って、また窓外へ眼を移しました、「――留任運動の、あの気違いめいた大騒ぎ、ああいうから騒ぎと、おれがどんなに縁遠い人間か君は知っているだろう、……おれはあの市《まち》が好きだ、静かな、人情に篤《あつ》い、純朴な、あの市が大好きだ、色いろな人たちと近づきになり、短い期間だったが、一緒にこのむずかしい人生を生きた、別れるなら静かに別れたい、……なんとしてもあの気違い沙汰《ざた》で送られたくはなかった、此処へ来たときのように、誰にも知られずに、そっとおれは別れてゆきたいんだ、そっと、……それだけの時間がおれにも必要だったんだよ」

私は頭《こうべ》を垂れました。署長はふと立って障子を明け、暫く雪を見ていましたが、やがて詠《うた》うような調子で次のように呟きました。

「――*龐居士《ほうこじ》、薬山《やくさん》を辞す、……山《さん》、十人の禅客に命じ、相送って門首に至らしむ、……居士、空中の雪を指して云わく、……好雪片片、別処に落ちず」

関口泰三が訪ねて来たのはそれから一時間ほど後でした。むろん日本ロンジンを持ってです。亀三郎も、渡辺老人も、そして久美子も恥ずかしそうに笑いながら、――わが寝ぼけ署長はその日の午後、どこかへ散歩にでもゆくような姿で、こっそりと独りこの市を去ってゆきました。好雪片片不レ落別処。署長はいまどこにおちついていることでしょうか。

注　解

11＊分署　警察署などで、本署から分かれて別の場所に設けられ、本署の管轄《かんかつ》の下で業務を行う役所。

11＊警部　警察官の階級の一つ。当時、東京、大阪、北海道を除く府県の警察官の階級は、上から警察部長・地方警視・警部・警部補・巡査部長・巡査と定められていた。

12＊小使　「用務員」の旧称。学校や会社、官庁などで、雑用に従事した人。

12＊給仕　ここでは、「小使」と同様に官庁や会社などで働く少年、の意。

12＊蓆旗　蓆（藁《わら》などで編んだ敷物）を竹竿《たけざお》などにつけ、旗としたもの。江戸時代には、百姓一揆《ひゃくしょういっき》などに用いられた。

14＊司法主任　当時の警察官の役職の一つ。犯罪の捜査や被疑者の逮捕など、司法警察の職務を担当した警察官の主任。

15＊内務部長　「内務」は、行政・警察・土木・衛生などに関する政務。

15＊内務次官　内務省の次官。内務省は、当時、警察、地方行政などを統轄した中央官庁。「次官」は大臣の補佐役。

19＊コムビネーション　コンビネーション。数字や文字を組み合せて開錠する仕組み、の意。

34＊軍政に曰く…　「古い兵法書には、『（戦場では）口で言っても聞こえないので、鐘や太鼓の鳴り物を使う。指し示しても見えないので、旗や幟《のぼり》を使う』とある。そもそも、鐘や太鼓、旗や幟は、兵士たちの耳目を統一し、集中させるためのものなのだ」の意。『孫子　軍争篇』にある言葉。

34＊昔の或る判官　江戸時代前期の譜代大名、板倉重宗《いたくらしげむね》のことを暗にいっている。下総《しもうさ》の国（現在の千葉県北部と茨城県の一部）関宿《せきやど》藩初代藩主。元和《げんな》六年（一六二〇）に京都所司代となり、承応《じょうおう》三年（一六五四）まで三五年間在職した。訴訟を聞く時には、茶臼《ちゃうす》でお茶を挽《ひ》きながら心の平静を保ち、障子の内側にいて、訴人の見た目に左右されないように心掛けた、と伝えられる。「判官」は裁判官のこと。

39＊御召　「御召縮緬」の略。表面に細かいしぼ（糸の撚り方で織物の表面につけた凹凸）のある絹織物。昔、貴人が着用した。

42＊劫罰　地獄の苦しみを与える罰。

45＊五尺七寸あまり　一七〇センチメートル以上、の意。「尺」「寸」ともに尺貫法における長さの単位。一尺は約三〇センチメートル。一寸はその一〇分の一。

45＊マラッカ　マラッカ籐《とう》。「マラッカ」はマレー半島の南部に位置するマレーシア南西部の州、および州都。この地域で産出する籐は、高級なステッキや傘の柄などに用いられる。

49＊市会　市議会。

49＊商工会議所　市などの一定地区内の商工業者が、その地域の商工業の発展のために組織する、自由会員制の法人。

49＊会頭　会や団体の代表者。

53＊ストリンドベリイの幽霊曲　ヨハン・ストリンドベリは一九世紀中ごろから二〇世紀前半のスウェーデンの劇作家、小説家。「幽霊曲」は原題 The Ghost Sonata で、「幽霊ソナタ」のこと。

55＊内隠し　内ポケット。

55＊瀆職　私欲のために職務や地位を乱用すること。汚職。

61＊請願巡査　当時、町や村、会社や個人が巡査の配置を警察に請願した制度。また、その巡査。費用は請願者が負担した。明治一四年（一八八一）発足、昭和一三年（一九三八）廃止。

63＊千坪ほど　「坪」は面積の単位。一坪は約三・三平方メートルで千坪は約三三〇五・七九平方メートル。

63＊露台　バルコニー。

66＊死灰　火の気がなくなった灰。転じて、生気のないもののたとえ。

77＊食えなくってさ　食えなくてどうする、の意。

77＊ちゃん　父親を呼ぶ語。主として近世の庶民が用いた。

77＊ばつを合わせようと　うまく調子を合わせようと。

78＊五十銭　「銭」は貨幣の単位で一円の一〇〇分の一。

79＊紀元節　「節」は祝日の意。明治五年（一八七二）、『日本書紀』の伝える神武《じんむ》天皇即位の日に基づいて、二月一一日を祝日と定めた。第二次大戦後の昭和二三年（一九四八）に廃止されたが、昭和四一年（一九六六）に「建国記念の日」として国民祝日に制定し、翌年より実施。

81＊落魄　おちぶれること。

81＊逐鹿戦　「逐鹿」は政権や地位を得ようとして争うこと。

82＊百四十九顆　「顆」は粒状のもの、丸いものを数えるのに用いる語。

99＊遁辞　言い逃れ。口実。

99＊ベネディクティン　フランス産のブランデーをベースにしたリキュールのブラン

ド。

101 *D・O・M　ベネディクティンのドムはフランスを代表する薬草系リキュール。

111 *this time…　今回は店のおごりです。ここでは、私のおごりです、の意。

113 *新劇界　「新劇」は、明治時代後期、西欧の近代演劇の影響を受けて興《おこ》った、リアリズム演技を基調とする演劇。歌舞伎《かぶき》や新派劇などの伝統的演劇に対していう。

113 *モリエール　一七世紀のフランスの劇作家モリエールの作品、の意。『ドン＝ジュアン』『人間嫌い』『守銭奴』など。

113 *久保田万太郎　大正から昭和にかけての劇作家、小説家。ここでは久保田万太郎の作品、の意。戯曲『大寺学校』など。

113 *ド・キュレル　一九世紀後半から二〇世紀前半のフランスの劇作家フランソワ・ド・キュレルの作品、の意。『新しき偶像』『狂える魂』など。

113 *近松物　江戸時代前期の浄瑠璃《じょうるり》・歌舞伎作者、近松門左衛門《もんざえもん》の作品。『曾根崎《そねざき》心中』『国性爺合戦《こくせんやかっせん》』など。

114 *検閲制　「検閲」は、公権力が書籍、新聞、雑誌、映画、演劇などの表現内容を、事前に強制的に調べること。現行の日本国憲法では禁止されているが、当時、演劇は関係する地方官庁の検閲を受けた。

114 *グラン・ギニョル　グラン・ギニョール。フランスの大衆劇の一つ。コメディと恐怖心をそそるドラマとを合せた一種の怪奇劇。一八九七年、劇作家オスカル・ムトニエがパリにグラン・ギニョール劇場を創設して始めた。

114 *臨検　ここでは、立ち会うこと。

114 *三面　新聞の社会面、の意。新聞が四ページだった頃、第三ページに社会記事を

114 ＊載せたところからいう。

114 ＊のっこみ鮒　乗込鮒。産卵前に、浅い所に移動してくる鮒。

115 ＊あみだにはねながら　「あみだ」は阿弥陀被《かぶ》り。帽子などを、後ろ下がりにかぶること。ここでは、帽子を後方にずらしながら、の意。

116 ＊嗜眠性脳炎　エコノモ脳炎。高熱、四肢の不随意運動、嗜眠などの症状を伴う。ウイルスが病原体とされる流行性脳炎の一つで、第一次世界大戦中に流行した。

119 ＊引幕　舞台と客席の間に設け、横に引いて開閉する幕。ここでは、祝儀《しゅうぎ》として幕を贈ることをいっている。

119 ＊クウルトリイヌ　ジョルジュ・クールトリーヌ。一九世紀後半から二〇世紀前半のフランスの喜劇作家。作品に『わが家の平和』『陽気な騎兵隊』など。

119 ＊署長さんはお人好し　クールトリーヌが、一八九九年に発表した戯曲。

122 ＊シュミットボン　ヴィルヘルム・シュミットボン。一九世紀後半から二〇世紀前半のドイツの劇作家、小説家。戯曲に『放蕩息子《ほうとう》』、自伝小説に『河畔に生まれて』など。

122 ＊街の子　シュミットボンが一九〇一年に発表した戯曲。森鷗外《おうがい》の翻訳によって数多く上演された。

124 ＊悲劇喜劇　演劇雑誌。ちなみに、第一次「悲劇喜劇」は昭和三年（一九二八）一〇月から翌年七月まで、小説家・劇作家・演出家の岸田國士《くにお》の個人編集で、第一書房から発行され、第二次が昭和二二年（一九四七）一一月から、遠藤慎吾《しんご》らの編集で早川書房から発行された。

124 ＊奈落　劇場で、舞台や花道の床下の地下室。

134 ＊銀貨　ここでは、五〇銭銀貨のこと。

138 ＊はんじょう　半畳。観客の、役者に対する掛け声や野次。江戸時代、芝居小屋で、役者の芸に不満がある観客が自分の敷いていた半畳（小さな敷物）を舞台に投げ入れたことからいう。

138 ＊初号　「初号活字」の略。号数活字の最大のもの。大きさは約一五ミリメートル四方。

143 ＊平土間　劇場の一階正面の低い枡形にくぎった観客席。

145 ＊パパストラトス　ギリシアのたばこ会社パパストラトス製のたばこ、の意。

151 ＊送局　ここでは、送致の意。警察が被疑者を検察などに送ることをいう。

152 ＊Where Mercy…　ウィリアム・ブレイクの詩の一節。ブレイクは一八世紀後半から一九世紀前半のイギリスの詩人、画家。

153 ＊角道を通すなり　「角」は角行。将棋の主要な駒《こま》の一つ。角は斜めにしか動けないため、序盤戦で、角の右上の自陣の歩《ふ》の駒を一マス進めて角が動きやすくすることをいう。ここでは、初手を指したきりで、の意。

154 ＊一番　「番」は勝負の数を数えるのに用いる語。

154 ＊交換した角を打つ　取り合った角を盤上に置く、の意。将棋では、勝負の最中に互いの角がぶつかって相手の角を取り合う局面がしばしば現れる。

154 ＊県会　県議会。

154 ＊わや　だいなしになること。駄目。

177 ＊兵役　軍籍に編入されて、一定期間軍務につくこと。大日本帝国憲法下では、臣民の義務とされていた。

177＊丙の免除　徴兵適齢の成年男子に対して、兵役に服する資格の有無を判定するために検査を行い、体格と健康状態によって甲種・乙種合格（現役に適する者）、丙種合格（現役に適さないが国民兵役に適する者）、丁《てい》種不合格（兵役に適さない者）、戊《ぼ》種（適否を判断しがたい者）に分類した。合格者に一定期間の兵役を課した。「丙種」は事実上、兵役を免除された。

184＊満艦飾　軍艦の儀礼の一つ。祝祭日などに、停泊中の艦艇が艦全体に信号旗、軍艦旗を掲げること。

184＊神さん　上さん。商人や職人などの妻をいう語。

185＊検事局　大日本帝国憲法下の裁判所構成法のもとで、検事が配置されていた官署。各裁判所に付置されていた。

186＊一斗樽　「斗」は容積の単位。一斗は一升の一〇倍で、約一八リットル。

188＊女には法律的責任がない　当時、女性には選挙権・被選挙権は認められていなかった。また、妻の地位も低く、民法上、単独では完全な法律行為のできない「無能力者」とされていた。

194＊公証人　当事者などの嘱託により、契約書や遺言書などの私権に関する公正証書を作成し、私署証書や定款《ていかん》に認証を与えるなどの権限を有する者。日本においては法務大臣が任命する公務員。

195＊嬋娟伝　「嬋娟」は容姿が美しくあでやかなさま。

195＊狷介孤高　「狷介」は心が狭く頑固で、人と相容《あいい》れないさま。

199＊一万円　ちなみに当時、内閣総理大臣の給与が月額およそ一〇〇〇〇円だった。

200 *臭素剤シロップ　「臭素剤」はブロム剤。鎮痛剤・鎮静剤として用いられる。薄めて甘いシロップに混ぜて飲用する。

200 *心悸亢進　心臓の鼓動が平常よりも激しくなること。

206 *学僕　学校などで雑用に従事しながら、学問をする者。

227 *表白　言葉や文書で述べあらわすこと。

240 *五町間　約五〇〇メートルの間。「町」は距離の単位。一町は約一〇九メートル。

242 *てら　寺銭。賭博《とばく》で、場所の借り賃として、動いた金の額に応じて貸し元や席主に支払う金。

247 *保護検束　大日本帝国憲法下の行政執行法によって、警察官が、救護を要すると認めた者を警察署などに留めおくこと。

252 *愚や愚や汝を如何せん　古代中国の秦《しん》王朝滅亡後、漢の劉邦《りゅうほう》と天下を争った楚《そ》の項《こう》羽が、漢軍に包囲された時、寵姫《ちょうき》、虞《ぐ》美人《びじん》に歌ったという「力は山を抜き、気は世を覆《おお》う。時利あらずして騅《すい》（愛馬の名）逝《ゆ》かず。騅逝かざるを如何せん。虞や虞や汝を如何せん」の最後の句をもじったもの。

252 *通暁　くわしく知り抜いていること。

252 *番頭　商店などの使用人のかしら。主人に代わる経営責任者として店を取りしきる。

252 *手代　商店で、丁稚《でっち》修業を終えた者が昇格して就く身分。番頭の下で働く。

252 *吏員　官吏。職員。

252 *タルタラン的性格　「タルタラン」は、一九世紀のフランスの小説家アルフォンス・ドーデの三部作『タルタラン・ド・タラスコン』『アルプスのタルタラン』『タラスコン港』に登場する、陽気で大言壮語の好きな小心者の冒険家。ここでは、身の程知らず、ほら吹きの意。

269 *関ヶ原　関ヶ原の戦い。慶長五年(一六〇〇)九月、石田三成を中心とする西軍と徳川家康《いえやす》率いる東軍が、関ヶ原で天下を争った戦い。ここでは、計画の成否の決まる状況をたとえている。

269 *十手風でも吹くのか　警察権力を振るうのか、の意。「十手」は、江戸時代、同心や目明しなどが犯人を捕える際に使った鉄製の道具。

269 *隅に置けませんな　「隅に置けない」は、意外に技量などがあって、あなどれない。

275 *渡辺検事正　「検事正」は、当時、検事局の長として局務を統括し、職員を指揮・監督した検察官。

276 *総監　ここでは、警視総監、の意。警視庁の長。

276 *横紙破り　自分の考えを無理に押し通すこと。

276 *司法大臣　司法省の長。司法省は、現在の法務省の前身。

276 *官房主事　「官房」は内閣や各省庁に置かれる部局の一つ。「主事」は、その長。警視庁では、警視総監直属の参謀として、あらゆる機密に参画した。

277 *書証　ここでは、証拠資料の意。

283 *惻そくとした　身にしみて感じるさまをいう。

283 *輓歌　挽歌。死をいたむ歌。

283 *黄門記　「黄門」は徳川光圀《みつくに》の通称。江戸時代前期の大名。常陸《ひたち》の国水戸藩第二代藩主。官位の中納言《ちゅうなごん》の唐名「黄門」により「水戸黄門」の名で知られる。世直しのために諸国を漫遊するという筋立ての物語が講談、小説、演劇などで流布《るふ》した。

286＊スチブンソン・ゴオゴリ　一九世紀後半のイギリスの小説家ロバート・ルイス・スチーブンソンと、一九世紀前半のロシアの小説家、劇作家ニコライ・ワシリエヴィチ・ゴーゴリをごっちゃにしている。

286＊農奴　ヨーロッパ封建社会で、領主に隷《れい》属《ぞく》する農民。

286＊夜の宿　一九世紀後半から二〇世紀前半のロシアの作家ゴーリキーの戯曲『どん底』のこと。日本では小《お》山《さ》内《ない》薫《かおる》が翻訳し、当初は「夜の宿」と題した。

290＊五里ばかり　約二〇キロメートル。「里」は距離の単位。一里は約三・九キロメートル。

295＊ボオク・カツレッド　ポーク・カツレツ。

296＊流刑　刑罰の一つ。罪人を辺地や離島に送る刑。流《る》罪《ざい》。

296＊二貫目以上　八キログラムほど。「貫」は、尺貫法における重さの単位。一貫は三・七五キログラム。

303＊Now I a fourfold…　ウィリアム・ブレイクが、後援者トマス・バッツに送った書簡に記した無題の詩の一節。

303＊いま自分には…　署長が、先のブレイクの詩を訳していっている。

306＊剔抉　悪事などを暴《あば》いて取り除くこと。

335＊ラファエル前派　一九世紀中期のイギリスの芸術家グループ。また、彼らを中心とした芸術運動。一六世紀のイタリアの画家ラファエロ以前の初期ルネサンスを範とした。

335＊前期印象派　「印象派」は、一九世紀後半、フランスを中心に行われた絵画を中心とした芸術運動。古典主義的な写実を斥《しりぞ》け、感覚的・主観的印象を、そのまま表現しようとした。

335 ＊カント　イマヌエル・カント。一八世紀前半から一九世紀初めのドイツ啓蒙《けいもう》主義の哲学者。近代哲学の祖と呼ばれる。著作に『純粋理性批判』『実践理性批判』など。

336 ＊ワイルド　オスカー・ワイルド。一九世紀後半のイギリスの詩人、小説家、劇作家。唯美《ゆいび》主義的な作風で知られる。作品に、詩集『ラヴェンナ』、戯曲『サロメ』など。

336 ＊ドリアン・グレイの画像　『ドリアン・グレイの肖像』。ワイルドの長篇小説。美青年ドリアンを主人公にした耽美《たんび》主義的作品。

348 ＊検按　検案。医師が、死体について、死亡の事実を医学的に確認すること。

351 ＊披読　開いて読むこと。

359 ＊五分幅で　幅が約一・五センチメートルで。「分」は尺貫法における長さの単位。一分は約三ミリメートル。一寸の一〇分の一。

362 ＊十日の菖蒲　菖蒲《しょうぶ》は「あやめ」とも。青野は、「六日の菖蒲十日の菊」を言い間違えている。五月五日の、端午の節句の翌日の菖蒲や、九月九日の、重陽《ちょうよう》の節句の翌日の菊、の意で、時機に遅れて役に立たないことのたとえ。

364 ＊示威行列　デモ行進、の意。

365 ＊雨降り風間　雨が降るにつけ、風が吹くにつけ。その時々、の意。

367 ＊スイッツル　スイス。

385 ＊二重廻　身ごろにゆったりしたケープがついている男性の和服用の外套《がいとう》。

386 ＊殺人予備　他人を殺す目的で、その準備をすること。

387 ＊俚諺　世間に伝わることわざ。

394 *龐居士、薬山を辞す…　一二世紀、中国宋《そう》代の仏教書『碧巌録《へきがんろく》』（禅僧圜悟克勤《えんごこくごん》の編集による公案集）にある言葉。大意は、「居士（在家信者）龐蘊《ほううん》が、禅僧薬《やく》山惟儼《さんいげん》のもとを去るに際して、薬山は一〇人の僧に門まで見送らせたところ、居士は降りはじめた雪を指してこう言った、『いい雪だ、ひとひらひとひらが落ちるべきところに落ちてゆく』」。

山本周五郎を読む

山本周五郎と私

三十年ぶりの再読

横山秀夫

「呼び出してすまんな」「いいけど何？　俺、あんまり時間ないんだ。五時からホスト殺しの会見だから」

「山本周五郎の『寝ぼけ署長』、もう読んだよな」「えっ？」「南署の佐々木署長に借りたはずだ、ホスト殺しが起こる前に」「ああ、あれね。先週読んだけど、署長に借りたんじゃないよ。署の巡回文庫に入ってたのを拝借したんだ」「ふーん、そうだったっけか」

「まあいい。読んだ感想を聞きたいんだ」「感想って？　じゃあ覚えてないわけ？」

「ホスト殺しでバタバタしたからだろう」「ああ、なるほどね。どこで読んだか覚えてる？」「記者室のベッドか」「当たり。夜廻りの合間に読んだんだ、一話ずつ」

「だったかもな。で、どうだった？」「ヤバい用語のオンパレード。あれじゃあ記者ハンドブック片手に直したら真っ赤っ赤だ」「時間がないんだろう」「いや、面白かったよ、普通に。周五郎っていうよりタイトル読みだったんだけど、警察の勉強にはならなかったな。あれって昭和初期の設定だよね。内務省が所管してた時代の」「ほう、調べたのか」「広報官も読んだって言うから駄弁《だべ》ったんだ。覚えてない？」

「周五郎の作品としてはどうだった？　昔よく親父《おやじ》の本棚から引っ張りだして読んだろ。さぶとか赤ひげとか樅《もみ》ノ木とか」「ああ、漢字飛ばしてね。うーん、そうだなあ、これは他のとは毛色が変わってるよな。ちょっとホームズっぽくて」「造りはそうだ。周五郎が遺《のこ》した唯一《ゆいいつ》の探偵小説集だからな」「語り手の秘書だってワトソン君ばりだろ。えーと、あの寝ぼけ署長、なんていったっけ」「五道三省《ごどうさんしょう》」「それそれ、五道三省だ。無能とかぐうたらとかは嘘《うそ》っぱちで、あれって千里眼だし、もう掛け値なしの名探偵だよ。で、秘書君は推理力も洞察力も署長に遠く及ばないものの、常識的で節度があって語り上手とくりゃあ、まさに探偵小説の王道コンビだろ。出てくる事件だって、えーと……」「密室殺人あり、暗号解読あり、替え玉あり、人も金も次々蒸発する」「そうそう！　あれ？　思い出したの？」

「再読したんだ、三十年ぶりに」「三十年ぶり……」「どうした」「ってことは年が明けると五十七」「そうだ」「一つ聞いていいかな」「答えられることならな」「今、何やってるの」「……何って何だ」「総務が言うには、そう遠くないうちにウチの役職定年は五十七歳になる。役員になってりゃ話は別だけど」「悪いな。言えない決まりだ」「ひょっとして、もう辞めちゃってるとか」「悪いな――それより続きを聞かせてくれ」「再読したんならそっちも感想言いなよ。そういうのまで言えない決まりなの？」

「俺は探偵小説というより俠気《きょうき》小説として読んだ」「俠気ね。弱きを助け強きを挫《くじ》くか」「だけじゃない。罪を憎んで人を憎まず。愛ある行為を讃《たた》え、愛なき行為を憐《あわ》れむ。まさしく周五郎節全開の一冊だ」「まあ、そこんとこは同感かな。五道三省は結構好きだった。うんちく含蓄の数は浜の真砂《まさご》状態だし、いちいち痺《しび》れる台詞《せりふ》を吐く。あ、持ってるならちょっと見せて。えーと、どこだっけ……。あれえ、あれあれえ……」「読んだばっかりなんだろ」「あ、マーカー入ってるじゃん。なになに――貧乏だということで、かれらが社会に負債《おいめ》を負う理由はないんだ、寧《むし》ろ社会のほうでかれらに負債を負うべきだ――なるほど」「その先がもっといい」「――食うにも困るような生活をしている者は、決してこんな罪を犯しはしない、かれらにはそんな暇さえありはしないんだ――なるほどね、ちゃんと周五郎してる」「………」「なんだ、マーカーだらけじゃんか。お次は、と――どんな富のちからだって、権力だって、人間の愛を抑えたり枉《ま》げたりすることはできやしない、またそんな権利もない――ほほう」「………」「――自分の能力を試してもみずに、暗算でものごとの見透しをつける小利巧さ、こいつを叩《たた》き潰《つぶ》さなくてはいけない――おお、これはなんか身につまされるな」「………」「なんだよ、その顔」「お前、ちゃんと読んだのか」「読んださ」「サツ官との話材探しをしただけか」「いやまあ、それもあったけど」「警察のトリビアネタをメモりながらざっと読んだってことだな」「そんなことないって。だから探偵小説として気楽に読んだんだよ。わかったわかった、そのうち事件が終わったらゆっくり読み返すさ」「三十年後だぞ」「えっ？　あ、ああ、そっか」「謎《なぞ》が解けたよ。読んだことすら忘れてた理由がな」「嫌味言うなって。そっちこそ思い出せよ。サツ廻りやってる最中に呑気《のんき》に小説なんか読んでる時間あったか」「だな。わかった、邪魔したな」「待てよ。座れよ。感想ならある。ほら、あれだ。俠気はわかるよ、よーくわかるんだけどさ、いくらなんでも五道三省はやりすぎっていうか、やらせすぎだろう。えーと、ほら、ホシを次々と目溢《めこぼ》ししたり……。それから……」「未遂事件の揉《も》み消し。手紙や文書の偽造。恐喝文まで送りつけた」「そうそう、もっとあったよな」「なりすまし、住居侵入、記者に対するミスリード」「あ、それそれ！　ミスリードはともかくさ、あの青野とかいう記者はなんなんだよ。悲しくなるほど重症の記者病患者だ」

「そうカッカするな。署長の引き立て役として必要な男だ」「結局のところ、探偵小説だからだろ。やっぱりその辺りが他の周五郎本とは違うんだよ。いや、これにも確かに書いてはあるんだ。金も力もない人たちの哀《かな》しみとか、男や女のやむにやまれぬ事情みたいなものとか、ちゃんと書き込まれてはいるんだけど、それがあまりリアルタイムで読めなくて、ミステリーのオチの所にワッと集中してくるというか……」「無理しなくていいぞ」「してねえよ。だんだん思い出してきたんだ。そうそうだから、物語の流れに身を任せるみたいないつもの心地《ここち》好《よ》さがなかった。周五郎の本を読んでいるっていうより、周五郎一座の公演を見せられている気分だった」「わざとそうしたんだろう。周五郎は塀を高くして庭を造り込んだんだと思う」

「塀？　庭？」

「小説は箱庭みたいなもんだってことだ。囲む四方の塀を高くして独自の世界を構築するか、あるいは塀を低くして借景よろしく実社会を取り込むか。歴史小説や時代小説は前者だとして、だけど周五郎の作品は塀が高いか低いか論じる以前に、塀そのものが存在しない感じがしないか」「ああ、確かにね。今との地続き感が半端《はんぱ》なくあるなあ。なんていうか……空は今も昔も青いとか、江戸や明治から風が吹いてきて頰を撫《な》でるみたいな」「まあ、周五郎の場合、高い塀の囲いがあっても同じことさ。少し狭くったって空は見えるし青い」「寝ぼけ署長がそうだってこと？ 探偵小説だから箱庭感が強いって話だよね？」

「箱庭どころの騒ぎじゃないんだ。恐ろしく塀の高い、五道ランドの建設が必要だったってことだよ」「は？」「考えてもみろ。五道三省が署長でいた五年間というもの、管内は平穏、事件らしい事件はなかったと思いきや、実は事件や事件になりそうなたくらみは山ほど存在していて、なんとそれを署長がひとり陰に陽に立ち回ってソフトランディングさせていた——これは目から鱗《うろこ》の設《しつら》えだけど、警察のことを少しでも知ってれば、それがいかに無謀な設定かわかる。お前が言ったように時は既に昭和だ。しかも五道三省は、記述はないが帝大出の超のつくエリートで、本人がその気になれば内務省三役の警視総監にまで登り詰めそうな逸材だ。そんな男に警察署長の立場で法律無視の正義を繰り返し実行させる。最後には無傷で本庁に送り出す。そんなリアリティーの欠片《かけら》もない話を、人情話、俠気小説に昇華させるためには、秘書も記者も貧民街のみんなも彼らに半年間寮を明け渡した署員たちも、とにかく猫も杓子《しゃくし》も総動員して高い塀を築き、外の世界と隔絶した特別な市《まち》を造るしかなかった」「………」「だからいい。みんなが力を合わせ、苦心惨憺《さんたん》して創造した奇跡のような世界だから、読んだ人間は幸福感を得られるんだ」「聞いてるのか」「聞いてるよ。だけど、なんでまたそんな無茶な設定にしたんだろう。事件を事件にしない警察なんて」「警察の意味、生き字引に聞いたろう」「ハハッ、聞いた聞いた。警務課次席の吉村《よしむら》さんね。えーと、警察の警は、常に犯罪に対する警戒を怠るべからずの意。察は、犯罪を未然に防止するため、あらかじめ地域と人を知っておくこと、だっけ？」「まんま五道三省だろう。検挙が警察の仕事だとみんな決めつけてるが、本分は犯罪の予防なんだ」「それって川路大警視が輸入したおフランス流だろ。所詮《しょせん》、警察はパクってナンボさ」「思うに周五郎って人は、たとえ探偵小説の中といえども、いたずらに咎人《とがにん》を量産したくなかったんじゃないのかな。権力者である警察署長を主人公に据えときながら、その権力を行使させる気などさらさらなかった。パクってナンボの警察が意地でも事件を挙げない。そのアイロニーこそが寝ぼけ署長の肝なんだろう」「行使したけどな、幕藩の亡霊や町の顔役には」「ハハッ、連中も五道ランドの立役者さ。

誰よりも熱心に塀を造ってたじゃないか」「なるほどね……。ところでさ、本当んとこ感想を聞きにきたの？　言いにきたの？」

「聞きにきたんだ——寝ぼけ署長、あんまり響かなかったってことか、二十六歳の俺には」「そうだなあ、警察漬けの毎日がリアル過ぎるからだろうけど、五道ランドのヒューマニズムは濃厚すぎて、俺にはちとキツかったかな。それに気も散ったんだ。読んでる最中にホスト殺しのネタを他社に抜かれたりして」「抜かれた？」「おっとごめん、もう行かなくちゃだ」「………」「何さ、その顔？」「思い出した」「えっ？」「思い出したんだ」

「記者室で寝ぼけ署長を読み終わったあと朝廻りに出たろう？　一課長の官舎に」「行ったよ。日課だからな」「歩いて行った」「あ、うん」「なぜ車で行かなかった」「なぜって……なんでかな。歩いてもそんなに遠くないしな」「ホスト殺しで抜かれた翌日だぞ」「あ……」「公園を散歩したろ」「いや、散歩っていうか……」「歩きたかったんだ」「いやあ」「ちょっと歩きたい気分だったんだ」「………」「途中で文庫本を取り出してめくった。最後の辺りをちょっと読み返した」「………」

「署を去る五道三省の独白だ——おれはあの市《まち》が好きだ、静かな、人情に篤《あつ》い、純朴な、あの市が大好きだ——」「ん」「——色いろな人たちと近づきになり、短い期間だったが、一緒にこのむずかしい人生を生きた――」「ん」「空を見上げたろ」「ん」「青かったな」「ん。青かった」「会見に遅れるぞ。行け」「行く。一つだけいいか」「何だ」「なぜ記者を辞めたんだ」「カマをかけるのはサツ官限定にしとけ」「幸せか、今」「……」「行く。俺は記者を続けるからな、ずっと」「いちいち宣言するな。ケツは持つ。お前はただ、お前のむずかしい人生を生きればいい」

（「波」平成二十六年一月）

解説　人間愛を貫いた推理と解決

細川正義

『寝ぼけ署長』は昭和二十一（一九四六）年十二月から昭和二十三年一月にかけて雑誌「新青年」に発表された。警察署長、五道三省《ごどうさんしょう》は年齢は四十歳か四十一歳、独身、太っていて「かなり恰好《かっこう》の悪い軀《からだ》つき」をしていて牡牛《おうし》を思わせると紹介される。加えて、細い小さな眼は「いつもしょぼしょぼして」、署長室でも官舎でもいつも居眠りばかりしている人物である。しかし、ひとたび事件に向き合うと無類の思考力を発揮し、犯罪にかかわった者の心理を次々に見ぬいていく。日頃の読書量もかなりのものであり、なぜか詩や文学史やその評論が多い。こうした五道三省の人物像や日頃のスタンスは、全十話からなる連作を通して、一貫して変わらないのだが、読者は一作ごとに彼の魅力に引き込まれていき、最後の「最後の挨拶《あいさつ》」を読み終える時には、「誰にも知られずに、そっとおれは別れてゆきたいんだ」という五道に共感し理解しながらも、懸命に留任運動をする住民たちと同じ気持ちにさせられるのではないだろうか。

木村久邇《くに》典《のり》は、

『寝ぼけ署長』の連作は著者の唯一《ゆいいつ》の探偵小説といってよいが、探偵小説である よりもまず山本周五郎でなければ書けぬ作品を、探偵小説的構成を借りて表現し たものといいえよう。

（『山本周五郎全集』第四巻「附記」、昭和五十九年一月、新潮社）

と述べている。『樅《もみ》ノ木は残った』に代表される歴史小説を中心とした作家、山本周五郎が、初期の頃には探偵小説を多く書いていたことは案外知られていない。平成十九年から二十年に作品社より『山本周五郎探偵小説全集』（全六巻・別巻一）が刊行されるまでは、編者の末國善己《すえくによしみ》氏が第一巻の「編者解説」で「戦前の探偵小説は、新潮文庫の短篇集に数篇が収められているだけで、作品の復刊も再評価も進んでいないのが現状である」と述べているように、周五郎のこの分野の作品は『寝ぼけ署長』以外は殆《ほとん》ど顧みられることがなかったようである。しかも、末國氏の解説には、存在することは確かながら『山本周五郎探偵小説全集』にも未収録の未発見作品が長篇短篇合わせて十三本あることが記されている。ともあれ末國氏の尽力で周五郎の別な側面が評価されることとなったことは喜ばしい。

その『山本周五郎探偵小説全集』に収録されている作品群が明らかにしているように、周五郎は二十七歳だった昭和五年頃から『危《あやう》し!! 潜水艦の秘密』（昭和五年七月）や『幽霊屋敷の殺人』（昭和五年九月）など少年向けの探偵・怪奇小説を盛んに書いている。それらの発表媒体が博文館発行の「少年少女譚海《たんかい》」を中心としており、この雑誌が昭和十九年に廃刊になった後、周五郎は戦後、同じ出版社の雑誌「新青年」にも執筆するようになって『寝ぼけ署長』の連載がなされた。

周五郎の創作初期は、その発表媒体からもわかるように、対象読者は少年少女を中心としていた。彼がそうした創作を始めた動機を語ったものとして、当時「少年少女譚海」の編集長だった山手樹《き》一郎《いちろう》に触れて「畏友《いゆう》山手樹一郎へ」（『山手樹一郎・山本周五郎小説読本』時代傑作小説臨時増刊号、昭和三十五年九月）で次のように述べている。

僕は丁度、結婚相手が出来て、家を持たねばならないし……いや、恋人が出来た時だったかな……ともかく金の必要があるから、書かしてくれと言うと、彼はじゃァ俺の言う通りに書くかと念をおすので、よし何でも言う通りにすると約束した。それで、書きあげたのが『疾風のさつき丸』という少年時代小説だった。

周五郎が土生きよいと結婚したのが昭和五年十一月で、ここに書かれているようにこの年から少年少女向け雑誌に探偵小説を書き始めた直接の動機は生活のための原稿料を得ることにあった。しかし、木村久邇典が周五郎から聞いた言葉として「すぐれたエンターティメントの作品を書くには、推理小説の構成を勉強することが要諦《ようたい》だ」を紹介しており（『山本周五郎小説全集』別巻3「解説」昭和四十五年六月、新潮社）、この「少年少女譚海」に探偵・推理小説を精力的に書いたことが、やがて昭和十七年六月からの連作「日本婦道記」や、昭和二十一年七月に前篇を発表した『柳橋物語』といった代表作を生んでいく力量を育《はぐく》んだともいえる。周五郎が『柳橋物語』と前後して探偵小説である『寝ぼけ署長』の連作を「少年少女譚海」と同じ博文館の「新青年」で始めるのも、そうした経緯とかかわっているように推測できる。

そうして書き始められた『寝ぼけ署長』の第一作は、「中央銀行三十万円紛失事件」と題して昭和二十一年十二月の「新青年」に掲載された。銀行の納《しま》い忘れた手提げ金庫から三十万円が紛失したという事件であるが、五道署長はその金はまだ銀行内にあると目星をつけて、署長自ら捜査に乗り出した。その方法はユニークなもので、支店長以下十三人の行員全員から事件のあった土曜日に「自分の担当した事務を、精《くわ》しく、順序立てて」話すことを求めた。しかも翌日もその次の日も同じことを繰り返させた。六日目に五道は孫子《そんし》の言葉を例に出して、なぜそのようなことをさせたかを説明する。そして支店長に向かって「あなたは、金が欲しいですか、それとも、犯人が欲しいですか」と迫るのである。その五道の考えが示されているのが、事件のことで訪ねてきた渋谷昌子《まさこ》に対して語る次のことばである。

人間は、うっかりすると、転ぶ、その転び方が悪いと、一生、片輪になる、（略）失《な》くした金は、また儲《もう》けることが、できる、けれども、片輪になった人間を、元どおりにすることは、非常に、むつかしい、私はそれを、心配して、いるんです

この言葉の直前に「おれは、人間の方を心配しているんだ」とも語った五道の人間への眼差《まなざ》しは全編を貫いていて、初めは五道のヒューマニズムに対して批判的であった新聞記者青野庄助をも、シリーズが進むにしたがって虜《とりこ》にしていくのである。

先に紹介した木村久邇典が言った「山本周五郎でなければ書けぬ作品を、探偵小説的構成を借りて表現した」はまさにここに符合していく指摘であったということができよう。『寝ぼけ署長』シリーズを開始する直前に前篇を書き上げた『柳橋物語』もまた、人間を見据え人間の真実の愛を明確に描いた作品であった。『日本婦道記』をはじめ彼が歴史小説を通して一貫して描いた姿勢は、「歴史と文学」（昭和三十六年六月、中央評論）において、

いかなる思想、いかなる新らしい社会主張にも左右されず、いつでも文学は文学として、どんな権力にも屈することなく、自由に人間性を守ってゆく。この情熱を失なわないようにしていきたい。これが文学であろうかと私は思うのでございます。

と述べたことが総《すべ》てを語っているといえる。『樅ノ木は残った』（昭和二十九〜三十三年）を書いた時も、伊達《だて》騒動の歴史的解釈ではなく、原田甲斐《かい》の「一個の人間として誠実に生きぬこうとした人生態度」、歴史の資料の中から「自然にうかび上ってくる甲斐の人間像」（「歴史と文学」）を描くことを目指したと書きとめている。

『寝ぼけ署長』が書かれた昭和二十一年、太平洋戦争に敗北して国民の価値観が混《こん》沌《とん》としていたさなかにあっても、周五郎はそうした世相を見据えつつ、いかに困難な時代においても、あるいは生活が困窮していたとしても、「人間は人間ですぜ」（「眼の中の砂」）と訴える長屋の老人の言葉に託したように、人間一人一人のかけがえのなさを読者に訴えかけていきたいという思いを貫いたということができるのである。

このシリーズは、中島河太郎が触れているように「新青年」編集部では、初めは第三話を以《も》って終わるつもりであったものを、読者の要望にこたえて引き続き連載することに変更し、十話まで延長した（「覆面作家の『寝ぼけ署長』」『山本周五郎の世界』新評社、昭和五十六年九月）。かなりの英断だったと推測できるが、それだけ多くの読者が、五道三省の人間愛を貫いた胸のすくような推理と解決を期待していたことをうかがわせるのである。

その中で特に触れておきたいのは、五道がかなり熱心な読書家であり、多岐にわたる読書の中でもとくに「詩とか詩論」「文学史やその評論」にかなり偏《かたよ》っていたと紹介されている点である。その端的なこととして「眼の中の砂」で『聖書』と英国詩人ウィリアム・ブレイクの詩集『無垢《むく》の歌』の中の「The Divine Image（神のイメージ)」の詩句が引用されている。『聖書』は「ルカによる福音書」二十三章三十四節、十字架にかけられたイエスが「神よ宥《ゆる》したまえ、かれらはその為《な》すところを知らざるが故《ゆえ》に」と祈る箇所の引用であり、ブレイクの詩句は「慈悲と愛と憐《れん》愍《びん》の在るところ神もまた在り」の一文である。この二つの言葉を引用した「眼の中の砂」はこのように始められている。

罪を犯した人間に対してわが寝ぼけ署長がどんなに深い同情と憐《あわ》れみを持っていたかということはもう度たび話しました。(略)勿論《もちろん》、中には署長のちからに及ばないことがあって送局するより仕方のない場合があります。そういうときの署長の哀《かな》しげな諦《あきら》めの悪いようすは忘れられません。

そして、こうした「署長のちからに及ばない」ことがあった後の或《あ》る時に、語り手でもある部下の署員が見聞きしたものとして先述の二つの言葉が記されている。神に許しを請《こ》い、神の愛に縋《すが》ろうとする言葉から窺《うかが》えるのは、その時の署長の心《しん》奥《おう》の寂しさであり、一人の人間のことを深く思いやる署長の真実の姿であるともいえるが、この署長が聖書に触れるのは作品中でこの箇所だけであり、作者周五郎もここでキリスト教信仰を云々《うんぬん》するつもりはなかったと考えられる。むしろ現実の一切の価値観をこえても人間愛を貫き、一人の人間の生きる道の行方を気遣い、願う真実な心が、『聖書』に、そしてブレイクの詩句に託して語られたという見方が出来るのではないかと思う。

『寝ぼけ署長』の連載は、戦後の混乱期の昭和二十一年十二月から、二十三年の一月にかけてであった。この作品が出版社の予想を超えて人気を博した理由としてもう一点あげるとすれば、それは、理不尽な暴力や貧困の中でどんなに辛《つら》くても、日々を生きることがどんなに過酷であっても、けっして絶望したり逃げ出したりしてはいけないという考えを、五道署長が繰り返して庶民に唱えてきた点であろうと思う。例えば「夜毎《よごと》十二時」の次のことばである。

人間は死ぬまでしか生きない、たしかに愛し合うのは生きているうちだけです、愛する者があったなら、そしてその機会が来たら、時を失わずに愛するがいいのです、

五年の間相手に自分の思いを伝えることもできず苦しく辛い日々を過ごし、絶望

しかけている二人を諭すこの五道の言葉は、「毛骨屋親分」で暴力に屈しようとする人たちに「人間が正しく生きるためには勇気が必要であります」と厳しい言葉で話す五道の言葉とも呼応する。そのように、五道署長が求める道は、現在の時間と生活を懸命に生きることによって得る幸せであり、前向きな生き方によって人間性の回復を実現させようとすることである。おそらくこうした向日性が戦後の昭和二十一年から二十三年という時代の読者に共感を呼んだのであり、それは、時間を超えて現代にあっても読者に温かさと安心と勇気を与える作品として、周五郎文芸の魅力の一端を担《にな》っていると考えられる。

（近代日本文芸研究者）

この作品は昭和四十五年六月新潮社より刊行された。

編集について

一、新潮文庫の文字表記については、原文を尊重するという見地に立ち、次のように方針を定めました。

① 旧仮名づかいで書かれた口語文の作品は、新仮名づかいに改める。

② 文語文の作品は旧仮名づかいのままとする。

③ 旧字体で書かれているものは、原則として新字体に改める。

④ 難読と思われる語については振仮名をつける。

一、本作品中には、今日の観点からみると差別的表現ととられかねない箇所が散見しますが、著者自身に差別的意図はなく、作品全体のもつ文学性ならびに芸術性、また著者がすでに故人であるという事情に鑑み、原文どおりとしました。

一、注解は、新潮社版『山本周五郎長篇小説全集』（全二十六巻）の脚注に基づいて作成しました。

一、改版にあたっては『山本周五郎長篇小説全集　第二十三巻』を底本としました。

（新潮文庫編集部）

新潮文庫最新刊

西加奈子著
夜が明ける
親友同士の俺とアキ。夢を持った俺たちは希望に満ち溢れていたはずだった。苛烈な今を生きる男二人の友情と再生を描く渾身の長編。

江國香織著
ひとりでカラカサさしてゆく
大晦日の夜に集った八十代三人。思い出話に耽り、それから、猟銃で命を絶った――。人生に訪れる喪失と、前進を描く胸に迫る物語。

結城真一郎著
#真相をお話しします
日本推理作家協会賞受賞
でも、何かがおかしい。マッチングアプリ・ユーチューバー・リモート飲み会……。現代日本の裏に潜む「罠」を描くミステリ短編集。

森絵都著
あしたのことば
小学校国語教科書に掲載された「帰り道」や、書き下ろし「%」など、言葉をテーマにした9編。すべての人の心に響く珠玉の短編集。

柞刈湯葉著
幽霊を信じない理系大学生、霊媒師のバイトをする
理系大学生・豊は謎の霊媒師と出会い、奇妙な〝慰霊〟のアルバイトの日々が始まった。気鋭のSF作家による少し不思議な青春物語。

緒乃ワサビ著
天才少女は重力場で踊る
未来からのメールのせいで、世界の存在が不安定に。解決する唯一の方法は不機嫌な少女と恋をすること?!　世界を揺るがす青春小説。

寝《ね》ぼけ署《しょ》長《ちょう》

新潮文庫　や－3－13

昭和五十六年八月二十五日　発行
平成三十年五月二十日　六十一刷
平成三十一年四月一日　新版発行
令和六年六月三十日　四刷

著者　山《やま》本《もと》周《しゅう》五《ご》郎《ろう》

発行者　佐藤隆信

発行所　株式会社新潮社

郵便番号　一六二―八七一一
東京都新宿区矢来町七一
電話 編集部（〇三）三二六六―五四四〇
読者係（〇三）三二六六―五一一一
https://www.shinchosha.co.jp

価格はカバーに表示してあります。

乱丁・落丁本は、ご面倒ですが小社読者係宛ご送付ください。送料小社負担にてお取替えいたします。

印刷・錦明印刷株式会社　製本・錦明印刷株式会社
Printed in Japan

ISBN978-4-10-113487-1　C0193